谢六逸全集

谢六逸——著
刘泽海——主编

十七

贵州出版集团
贵州人民出版社

报刊文章（二）

目　录

001　　小说作法
010　　文学与民众
013　　我为什么创作呢?
016　　文学之要素(上)
022　　文学之分类
024　　卑劣作品
026　　通信:关于小说的定义
028　　通信:六逸复沈振寰、魏亦波、赵景深诸先生,
　　　　六逸复粲布先生,征求刊物启示
029　　杂谭:现在需要的小说杂志
032　　介绍新刊:赵景深编译的《乐园》,
　　　　[印度]泰戈尔著、郑振铎译的《飞鸟集》
033　　介绍新刊:《小说月报》第14卷第1号,
　　　　玫瑰社编辑、民智书局发行的《心潮》
035　　通信:答 W.T 先生

037	杂谭:汉诗英译
039	杂谭:文学概论教本
041	战争与文学
046	文学艺术大纲
048	批评家"卡莱尔"
054	杂感:人说现在没有批评家
055	谈戏剧
058	杂谈:这次仿佛是 Gaia 神的愤怒
061	童谣二首
063	杂感:儿童文学
065	杂谭:很妙的《短篇小说之研究》
067	杂感:日本文学家的恋爱狂
069	杂感:妙文一瞥
071	十日谭
075	不响的笛子(小品)
078	杂谭:诗与散文的区别
080	结婚之夜
087	《万叶集》
092	盛夏漫笔
096	猥　谈
098	杂感:小计划
100	关于文学大纲
103	一九二八的日本文学界
114	东邻消息

116	日本文艺家协会对于各杂志社提出最低稿费的要求
119	断片:著作界的吸血鬼
121	苏俄的教育人民委员长阿拉德里·鲁纳却尔斯基
123	断片:陈恭禄君的《日本全史》
125	《游仙窟》解题
130	两种国文教科书
139	泰西轶闻:亚洛温克里
141	诗与韵律
151	人生与文学
159	西洋文艺思潮之变迁
177	一棵柿树
181	弟弟救瓦雀
182	性缓的人
183	性急的人
184	俄国文学之先驱
197	梅利的小羊
198	春
199	英国民谣
201	婴　孩
205	好孩子
206	进行曲
207	火蝾螈

208	小　河
209	会跳瀑布的鲑鱼
210	诗人拜伦
226	小雀的命运
237	无产阶级革命与民族解放运动
245	《日本文法辑要》
252	八千矛神的恋歌
258	读书随笔：英雄崇拜论
264	余兴：教职员谜
266	饭　盒
269	日本现代小品文选：零星
271	日本现代小品文选：失眠
273	日本现代小品文选：伊豆之旅
277	戏曲创作论
282	新秋漫笔：专家
284	中国报纸若不改良　读者将有莫大危险
285	全国专家对于读经问题的意见之谢六逸先生的意见
287	日本劳动妇女的现状
297	妇女记者
301	新兴小说的创作理论
344	人名索引

小说作法

做小说有两个步骤：一，构思；二，表现。换句话说，就是内容和外形的构成。著者未下笔以前，当然有一番精密思考和种种预备知识，然后用最适宜的艺术表现出来。这两种步骤，无论做哪一派的小说，都不能离掉的。但是这二者彷彿看去是两种东西，其实互相维系，不易划分界线。现在以叙述上的便宜，暂分做两层说：一，思想上的方法；二，表现上的方法。

一、思想上的方法

作者的心理　做小说的动机本系起于感情冲动(Emotional Impulses)，所以有些文学家下小说的定义说："小说者，以感情始，以感情终。"意思就是说小说起于自己的感情，结果要能冲动他人的感情。我们观察事物的时候，冲动了我们的感情，便将它描写出来，要能使阅者的感情和自己的感情融和才算上品。在昔浪漫派作家的心理多以娱乐为主，只要兴到(Aspiration)，提笔便写，故不惮铺张扬厉，神秘妄诞。这便是"小说系文人娱乐品"的谬误思想的渊源。后来渐渐进化到自然派做小说的心理才一变为感情中心，不全凭主观且加入客观。例如读晚近俄国小说家的著作，便可看出他们对于俄国社会的感情是怎样；阅者看了他们著作之后感情又是怎样。不至使阅者读后和著作漠不相关。小说家作小说的这种心理，其力量很不小咧！

作者的人生观 小说一方面是描写人生诸相，一方面却是自己表现，所以小说又是自己表现本能的产物。作者对于人生问题、社会问题、宗教问题等都要有正确的了解，同时尽力发挥作者的个性。黑德森说得好："一部杰著是作者心和脑的产生，作者身入每页之中，具有作者的生命，是个性的冲动。"（Hudon, *Introduction to Literature*, p. Ⅱ）故作者各有各的个性，各具各的人生观，因而莫泊三有莫泊三的作风，左拉有左拉的作风。浪漫派作者的人生观决不是自然派作者的人生观。读杜介涅夫的小说，可以看出他的温和性格、人道主义的思想。读托尔斯泰的著作，可以看出他对于宗教的观念。读莫泊三的小说，可以看出他憎恶现社会的黑暗恶浊。此外都各有作风，各有情调，决不似吾国前些年坊间的小说，千人一面，毫无人生观念。小说家能够发挥个性，能够确立人生观，那么所做出的小说，必有绝大的影响。但是最忌的，不可将自己的人生观当作一种模型。换言之，不可使人生观和材料固定，固定了便是死物。不可不流动发展，更新向上。例如浪漫派对于古典派，自然派对于浪漫派，表象派对于自然派，全不外一种破坏旧人生观的运动，小说家务必要向着真的、新的人生观走去。须知新文学便是新人生观的发现，要这样才能免去虚伪知仿拟的弊病。

思想与经验　要有最好的思想,然后才有最好的著作。这种思想并不是幻想,它的背面常横着世界观和人生观。作者的思想是怀疑吗?个性中心吗?破坏偶像吗?总不可缺。譬如法国自然派小说家弗劳贝的思想便是厌弃现实生活的(就是那个时代的生活),他用他的理智分析解剖一切事实,寻出人类社会的虚伪,所以他自称为旁观者(Onlooker)。他做完了《波勿莱夫人》(*Madame Bovary*)小说之后,尝给友人一书,中有几句说:"我做这本小说,全起自憎恶之念,其中所描写的丑恶事实,可以惹起你的厌恶,同样我也止不住要呕吐了。你果知我,你必明白我憎恶现代生活。我对于这种生活竭力地避开。"由此,我们便可看出弗氏的思想了。最近欧洲的思想一变,求新努力和新理想的倾向极盛,又把从前怀疑和憎恶的思想更换,倾向建设方面。这种思想,我们读近代俄国名家小说,便可得见了。

经验是由什么地方来的呢?除读书而外,是由我们敏锐的五官去观察得来的结果。作者要将主观当作镜子,去映照事物,观察要细密,却不可预有成见。小说家若不能观察,便不能得到事物的精萃。莫泊三说:"无论什么事物,其中总隐藏少许东西(Something)。不过心目中早把先入为主的思想当作方式惯了,所以那点东西(Something)便看不出。小说家对于细微的事物不可不细致看出。"这话的意义便是探求人生社会的真相,要用科学家的态度去考究材料的善恶美丑。若果不对于人类社会有真正的观察,则自无经验可言,便不能作小说,因为作小说不比作诗,做诗可以兴到而成,任意寄托。小说的性质复杂和诗的性质大异,所以作小说离了观察是不行的。再重言观察的义意,便是要了解人情世故,能了解才能表现得出,所以哲学家尼采说:"明白和了解,是表现和批评的根本要件。"

客观的态度 客观的态度是作小说唯一的要件。诗歌词赋可以发挥自己的喜怒哀乐,所以是纯主观的,做小说是先观察后描写,所以是客观的。纯写实派的小说家,这种色彩最富。劝善惩恶的小说不能算第一流,便是因为过重主观。如法国的小仲马(Dumas Fils)、圣特(G. Sand)等人的小说便犯了偏重主观的弊病。后来自然派小说家又发现全凭客观,不算完美。他们说偏重客观好像摄影器,结局恐把作者的个性和人生观抹杀,仍然要弄到千人一面。所以他们不偏重主观,也不过重客观,二者都有适当的调和。因为有客观的态度便可得到人生的真相,有主观的态度更可表现自己的本能,做小说的时候才能将自己的思想、概念、材料,等等,推移发展,不至落于窠臼,不至干燥无味,这是何等手段!所以作小说的时候,若果已经有了最好的思想和经验,必再加入作者的人生观和个性方能出色。

二、表现上的方法

短篇与长篇 小说表现的形式,决不出此二种。黑德森下短篇小说的定义说:"短篇小说,是要在半点钟或一二点钟能读完的。"这是由数量上区别的。再由二者的性质上看,可以说长篇小说是描写人间生活的纵面,富于时间连续的性质。短篇小说则写人生的横断面,属于空间的,富于暗示的性质。作短篇看去很容易,要作得精妙却甚难,因为要在寥寥短文之中,将作者的思想、主意、观察等描写得好而且有趣味,用笔自比长篇为难。长篇因为时间上及篇幅上的关系,很有伸缩余裕,自较短篇容易。就德国文学说,则无短篇长篇之分。写人生社会等状况成了系统的,谓之曰复篇;写人生断片及一时心理的,谓之单篇。更就这二者的价值说,也不能遽下评断。近代的小说家,有以长篇见长的,也有以短篇见长的,如莫泊三便是以短篇有名,龚古尔兄弟则以长篇出色。就二者的需要上说,因为近代物质生活进步,各阶级的人余暇较少,对于文艺,自以能在简短时间享乐满足的为上,因此短篇较长篇流行。所以近代文学中,短篇小说和简单剧,占最要的位置。

描写自然 描写自然是写环境之一法,在表现方法上很重要。这种方法普通称为写景,其实就是描写自然(nature)和心理之有机的关系。譬如写爱情的,多借"春宵""花月"的景色作背景;写悲哀的,多借"暮秋""残红"的景色作背景。一篇小说之中,有写一时的自然的,有写一季的自然的。这种叙景自有他的巨大作用,切忌弄成常套。我从前见有些作四六调小说的,他们的叙景法仿佛是数学里的公式,例如什么"……芳草斜阳……红楼一角……中有女郎,岑其姓,翠鸳其名……"等话头,随时随地,反复活用。像这种叙景法,只不过当作一篇的冒头,在文学上是毫无价值的。近代文坛中善于写景的,首推俄国诸家。他们的描写方法,都由他们的自然观而来。例如杜瑾拿夫的自然观则偏于瞑想的哲学的。他做小说的叙景法多写森林的阴郁、海洋的浩淼,借描人间的运命。哥尔基的自然观,则为感情的、活动的。将自己的感情，寄寓在活动的自然之中。所以他的叙景法多写碧色之波、奇峰之云、潺潺清流、渺渺苍烟等，今由他的名著 *Chelkash* 中摘译一段叙景文如下：

他们俩的头上，灰色的天空，蔽上雪样的毛毡，碧海正在舞弄那小艇。微风送浪，船音往来，那发光的咸水，也像正戏弄小舟似的。船首可以望见不断的黄沙海滨，船尾则汪洋无垠。远望白浪，戴上白沫之冠，左右滞飞，似乎把海也要搅乱了。那边更有许多的船，在海的胸腹上面。随左手遥望，帆挂如林，白色之屋林立。一种闹扰的声音，远远传来，与波音相合，不异奏妙曲一绝……

哥氏的这种叙景法，活泼泼的。惜著者不文，未能把他的原文描出，此外如安得列夫又各有不同。约而言之，小说中必要描写自然的原故，在使人与自然、篇中的人物和环境，成有机的结合，使表现法栩栩有生气，并不是多写闲话来填充篇幅咧！

描写人物 人物和事件，为构成一篇小说所不可少的。有时由人物中生出事件，有时又由事件中生出人物。就中以描写人物为全篇之骨的尤多。描写人物是一件难事，好小说便是善于描写人物。小说的组成，有男女，有老幼，各有各的境遇性质、容貌思想。有一百个人，自然描出一百个状态，例如《水浒》中的人物，言语性质，决非同一，《红楼梦》中的男女，各有特征，都能将篇中人物的声音相貌、动作姿势、心理性质，活画纸上。非如"……芙蓉其面……杨柳其腰……"等套话可比，假若不能描写人物，那么小说大可不必作了。

描写人物有三种方法。一是描写性格，弗劳贝教莫泊三作小说的时候说得好："世间没有同样的二粒沙、二头蝇、二只手、二个鼻。"又说："描写一个燃火或一根树木的时候，我们总得将火同木的面面点检一过；要看出这个火和别个火的差异，这根树和别根的不同。"弗氏此语的本旨，就是说人各有性，作小说切忌雷同。一篇小说里人物的性格绝不一律，所以描写各异。二是描写外面，一个人的语言动作，服装相貌，都足以表示其的内部。描写外面的重要点，在能暗示其人的内面，内面便是心理情绪、性格潜在的状态。有一部分写实派小说家，他们的描写外部方法，多注力在相貌服装的叙述。介绍书中人的时候，有写到一二页的，这种方法虽然可以充分达到表情作用，但是也就不胜其烦了。

所以我们描写的时候，务必要用最经济的手段，写来恰到好处。能如此便可以借外面的描写，表现其人的内面。其他描写事务、境遇、阶级等，也足以增长篇中人物的势力，小说家不可忘记这点。三是描写内面，描写内面便是描写心理。近代文学家描写心理的倾向极盛。例如写恋爱嫉妒、快乐忧郁等。那种描写的方法，全在自己的省察和反省，未作小说之先，自然平日先有省察，省察所得的材料，到用时必定要在作者心中反省一过，加上解析的功夫，看看这种心理状态是否正确，是否有价值，与环境适宜否，再用最好的言语描写出去，方能出色。试读俄国陶司托夫司其的《罪与罚》，便可见他写那斯哥尼可夫的贪鄙卑吝，更读安得烈夫的《红笑》、哥哥尔的《狂人日记》，便可以看出《红笑》中的狂人和《狂人日记》的狂人的心理状态。至于用笔之细致，尤非我们可以想象的咧！

对话 对话是描写人物所不可缺的。虽然用叙述笔法也可以描写，但有对话则可由复杂变简单，板滞变活泼；还可以表现人物的年龄、性格、学识出来，是最紧要的。而且在叙述要费去两行文字，在对话则一二句便可传神，印象阅者最深。就我国普通话说，男女说话的腔调没有大差别。不善于作对话的，作出来每每男女无异。在日本语男女的腔调不同，所以日本小说家作小说的时候，对于对话特别注意，日本小说之可观，此亦一因。

作对话不可忽的，要能与描写的人的心理性格生密切关系，如此则可使阅者睹篇中对话，便知其人。譬如《水浒传》中人物的说话，皆随其人之性格各异，李逵所说的话，决不是武松所说的话。此外二人对话的时候，犹有一种不可形容的神情传出，且举一例！

"你好意思的？"

"我怎么不好意思的！"

"你不管我苦不苦了？"

"我一会也舍不得你……"

如这一类的对话，比旧小说中的尤为传神，就是可以不必每句都冠以"某某说""某某道"等字，阅者早知是他二人在说。西式小说中,这种例数不胜数,都有一种巨大的暗示力。(此处所谓对话,即通称会话。)

人称 小说中如"他说""他们说""宋江说道"等形式谓之第三人称,如玛丽自述、约翰忆语等类小说,谓之第一人称,就是自称。近有第二人称,便如写信一般,向着一个对手似的人或物说话。近代小说这种作法,已不多见。惟有第一人称及第三人称最流行,吾国旧有小说,则完全系第三人称了。

一篇小说经过了上述的两种方法,然后通篇的结构始能精密,才是人生的文学。就时代的需要说,那些用四六体、赋兴体来作小说的,已经一钱不值。最需要的是有人生观、社会观的小说。不惟思想要好,而且表现方法要精。我相信作小说不是一种专门技艺,不比工程师要受过机械的训练,所以我写了这一篇。

[民国]九年十二月十五日

原载(上海)《文学旬刊》,1921年第16号,1921年第17号。署名:六逸

文学与民众

文学固然是带得有普遍性质的，但未见得尽人都能领略，所以文学家要求"文学之社会的渗透"是件不容易的事。

第一，试看我们供给了些儿什么于他们，又看他们的容纳的程度到了什么地方？

有些人主张文学不能受些儿的拘束，不能为任何阶级而产生，遂有许多的争论。俄国批评家标尔说："有些人说俄国文学应该是生活的反映，有人说不是如此，没有这样的必要。有人说文学是引导我们到创造生活的，有的说决不是这样。或说文学是说教的形式，或又以为文学只是文学而已。别的又辩，文学是诗的形式，或者又说是成形的音乐。忽地又站出一个来：你们所说的都不是这样，文学是知识的普遍化之形式。"他们所说的这些话是不能看为有拘束文学的意味的。我以为文学的民众化是可能的。有高尚神秘的幻想的人，他们尽管"随心之所之"地创作，任何力量都不能阻挠他。我所愿望的是多有几个替民众设想的创作天才。

我并不是想收文学的效果，文学的影响只是在文学的本身。因此缺乏真实性的文学，其影响不及富于真实性的文学之普遍。富于真实性的文学不是积极地写"爱"，便是消极地写"憎"，其冲动民众的心弦则相同。与其高调地幻想，毋宁普遍地构思，使一篇创作能够浸润于普遍的人。民众之时时刻刻需要文学，这是不言而喻的了，倘若我们仍旧一味的高调，今日描写诗神的幻想，明日又写高深的玄理，其结果仍为知识阶级的享乐，而于普遍的民众不过"风马牛"而已。倘若这样永久的下去，文学与民众为没交涉。

为民众的作品果然有了，但仍是不足的，应当看看本国所固有的是些什么，且为民众所熟知的读物里面，有无可以整理取用的东西。整理之后，才用鼓吹的方法使他们能慢慢地享用。但这也未见得就算充分，再者西洋的作品有可取用的仍然介绍。不过介绍的方法便不能像介绍于教育阶级的那样。第一，卷帙浩繁的他们没有时间精力，而且不愿意去看。其次，情节与本国风俗人情相差过远的，他们看了不懂，这是可以注意之点。以介绍西洋文学较吾国为早的日本作例，他们有一团人的方法是将西洋的十几部"脍炙人口"的杰作，译编其意，但不失文学的趣味。文字极其通俗浅明，意味极为浓厚。（他们译编的有《唐癸阿谛》《哀史》《青鸟》等作，至于此等作品值得介绍于民众与否，又当别论。）在最近如菊池宽的戏曲，田山花袋、德田秋声等微带通俗意味的作品极受民众的欢迎。其势力已在《讲谈俱乐部》《落语》等类固有的读物之上了。以我所见的田中纯、里见弴等人所办的《人间》，也为车夫所浏览。俄国有名的几部杰作，妇孺亦津津乐道，据此可以想见他们文学的浸润社会是有几分成功的了。

民众何以不能容纳我们所介绍的东西？虽则是民智上的关系，但也因为教化的作品很少的原故。（我说此话，难免把文学本身的价值降等，是不得已的。）文学之影响于教化民众，没有更比俄国厉害的了。所以有许多人说俄国文学是俄国知识阶级与民众的媒介物，带有社会教育的性质。他们的作品极富于民众的同情，有教诲指导的意味，竟可说一个文学家同时又是教育家，四十年来的俄国文学，这种特征是非常的显著。俄国一种首领并不是什么政党政客，就是那文坛的代表。我以为中国现在的情形有和俄国相同的地方，若能出了几个为社会、民众设想的创作家与介绍者，参入教化的意味，定能变更他们的思想，使他们舍弃淫腔滥调的读物。不过这不是一二人的力量所能做到，最希望大家的努力。

原载（上海）《文学旬刊》，1922年第29期。署名：路易

我为什么创作呢?

[日本]长与善郎　著

我为什么创作呢?因为我觉得我的内部里有欲吐出的冲动。我先由生理地觉得自己的胸内有蠢然而动的东西,这点东西强我表现出来。倘若这点东西用小说的形式表现最适当,于是我就作小说。同样,要求作脚本的时候,就作脚本。适于诗的形式就作诗,直接适宜于感想文就作感想文,适宜于对话便作对话,不过是这样。我不觉得我的内部里有欲吐出的冲动,我不能著作的,恰和涸泉不能喷水一样。又我以为这样著作出来是可耻的事。没有感觉而强作感觉,把感觉的内容的空虚成为胡乱的技巧化便是堕落。将虚伪的东西很巧地表现出来使俗人佩服,不致有不安及岑寂,那么,更在堕落以下了。内部的冲动越强越好、越深越好。作出来的不过是在表面,精神则在里面,生命则在里面。在托尔斯泰、陀思妥也夫司基、史屈恩日的作品里能感觉无底的伟大与可畏的原故,就是能够明白地在他们著作里看见伟大而深刻的背景。倘背景小而贫弱,表面上却大规模地铺张起来,除使人不安以外没有别的了。有大而深的背景纵有小的表面也可以看出"无限"的。

也可以说我是因为掘起这种无限而创作,或是说为使背景伟大乃作前景。世界是无限的、无数的。所有的地方都有伟大的世界。直到天才瞧着了这些地方,人们才知道有这个世界,而且一切都是当然的世界,就是在我们眼前的世界,不过人们没有瞧出来罢了。勒姆卜南特的世界、罗丹的世界、贵推的世界、惠特曼的世界等,这些不是当于前面的平凡的、无上的世界吗?但是没有他们这些开拓者,这些世界还是永久闭起来的咧!因此,也可以说我因为要见这些未知的世界,使它成为我们的东西而动手工作。

……艺术是人生观的表现。在一人的人生观的材料里面忽然瞧出自己的形态,遂生创作的动机。创作为表现、养育、发展其人的人生观的东西。表现的方法无论是直接也好,间接也好,无论任何意味,自己的人生观不进、不取不足表现的材料的才是创作家,否则创作为无意味的,因此我创作。

约言之,我因为生着,为使我生而创作。我爱真理的美,爱人生,爱自然,爱"对于人类——至少人类及其他一切的爱",尊敬它们。因此我又爱艺术,爱我自己的工作。若果没有艺术及创作,则我为什么生存是不可能的了。我以为人生便是艺术。仅仅因为这点,我能赞美自然及人生。我很爱我本己,这是自然的事(倘若方法不错),又是最善的事,因为一切东西都在我的内部。欲想使一切东西活着,除使我自身活着而外,没有别的了。

长与善郎是日本白桦派文学家,白桦派是最近日本文坛的代表,所以长与善郎足以代表日本最近的文坛。这篇东西是我三年前由他的《生活之花》(创作集)的序文中摘译在"读书录"里的,我最爱读他。西谛兄索稿,因重抄出来,也许是对于轻易创作者的一点贡献。

译者记

原载(上海)《文学旬刊》,1922年第32期。署名:谢六逸　译

文学之要素(上)

A 实质的要素

1. 感情

2. 想像

3. 思想

4. 美

B 形式的要素

1. 文体

2. 律格

3. 组织

　　文学的要素就是构成文学的东西。研究文学的要素是什么,就是研究文学是由什么构成的。

　　文学的要素可分为实质与形式两方面讲,可是二者不能截然区别。譬如我们看一个梨子,也不能说皮是梨或是肉是梨,反正二者都是梨。文学的实质与形式也和这道理一般,说及形式难免牵引到实质,说实质也不免涉及形式,不过二者关系的密接,我们老早就承认的了。

且先说实质方面。

1. 感情。感情在文学要素里面是很重要的,系包括著者的感情与书中人物的感情。由这两种感情去引起读者的感情而言,这三种感情是连带的,必先要作者有丰富的感情,书中的人物才有感情,然后才能引起读者的感情。譬如我们读《红楼梦》,倘若作者曹雪芹没有感情,则书中的人物必不能描写得那般动人,读者也就味同嚼蜡了。所以我们说及文学二字的意义,首先便要说"文学是申诉于感情的"(Appeal to feeling)。

文学既是申诉于感情的,然则无论什么感情都可以发挥无遗吗? 这却不尽然。文采斯德谓有二种感情可以商榷的:第一,为自身的目的之感情(如利欲、复仇、报恩等),算不得是文学的感情,因为这是自身的,非一般的。倘若作者的情感只是为自己,则必减去文学的价值。第二,因为自己要免去苦痛,遂发泄轻蔑、忿怒、猜忌等感情,这也不算是文学的感情,必不是一般人的心理所愿望的,这种文学的效果一定非常的浅薄。

真正文学的感情必须是与文学的普遍性、永久性(即文学的特质)相协合的感情,即是对于人生同情的一切形式(All forms of our sympathy with life)。文采斯德曾申言文学的感情有五种。一是感情的纯正或适当。所谓纯正或适当,便是说感情之来要有适当的原因。

拉司金尝曰："火花和奇丽的店饰,虽然能得他人的赞赏,但其感情的基础是虚伪的、卑劣的。这种感情我们不能说它是诗的,实际上火药的火花和商店的陈列商品是没有丝毫赞赏价值的。反之,对于花蕾的赞赏才是诗的感情。其故在灵的能力和生气之美的表现,是不能够充分赞赏得尽的。(参看《近代绘画》四卷一章十三节)因此,虚伪的感情是不适当的。二是感情之活泼或势力。能感动读者,刺激、兴奋、扩充人的心像与否便全恃感情之活泼与势力。不然便是呆板的,不能使阅者有深刻的印象。这一层比前项更难,因为完全关系作者的性格,为感情浅薄的人所做不到的。三是感情之持续或确实。文学的感情应该是继续不断的,强度的感情虽然不能保持长久,但不能将一部分完全缺少感情。作者虽在汲汲描写真实,却不在忘却有申诉于读者的(文学的)感觉之义务。所以可好艺术品中,我们可以看见作者感情的进退或浓淡。倘若感情不能持续或不确实,则作品必至于单调。四是感情之范围或变化。范围极广的感情非天才莫办。以前的文学家也不过莎士比亚一人。充溢在他的剧曲里的感情有很广的范围,所以看他的作品时,令人有时悲叹,有时喜悦,而且他的著作中的人物的感情变化得很快,阅者异常受他的刺激,自己的感情随着他的感情变化。五是感情的种类或性质。人的喜怒哀乐是感情,轻蔑猜忌也是感情,但文学的感情是要经过淘练的,并不是一切感情都可入文学的,这一层在前面已经说过了。哪一种感情算是高尚?哪一种算是卑劣?在目前仍是聚讼纷纷,在这一点和文学的潮流颇有关系。主张劝善惩恶的,所取必为道德的或宗教的;倡恶魔主义的,则百态毕露,血肉淋漓。所以这一项极难得一定的标准。但在现代人的眼光看去,文学是描写人生的,无论善恶、放纵、嫌恶、哀怜、热情等感情都可以写出的,教训式的劝善惩恶,已在枯萎了。

2. 想像。想像决不是普通人的空想、梦想,或是胡思乱想,乃以过去的种种经验为根本,由其中抽象某部分或某性质,选择、结合之,更构成新者之一种创造作用。至于空想或幻想,则没有经过此种秩序的创造作用。美学家鲍删奎曾说想像是:"依据经验的结合,以追求暗示的各种可能性,以及阐明此□□□的活动之状态。"由此,我们可以知道想像一词的解释了。

文采斯德分想像为三种:第一是创作的想像;第二是联想的想像;第三是解释的想像。所谓创作的想像,便是由经验所得的各种要素,自发地选择,并且收括拢来,作出新者之一种作用。倘若这种结合是无规律的、不合理的,则这作用只成其为空想而已。其次联想的想像,便是以事物、观念、感情,与感情上类似的心像相联结的东西,若其联想不根基于感情的类似,也只是空想。再其次,解释的联想是理解精神的价值或意义,并且以表现这精神的价值所存在的部分或性质以说明事物的。我们要想增高文学作品的价值,这三种想像是最重要的。诗歌、小说之于想像,不用说是不可少的,即以非彻底真确不行的历史家而论,亦非借重想像不可。何以呢?因为历史家的职责不仅在排列或记录事实,而且也在将过去的人物,写得如现在的一样,而且又须配置于适当境遇之内,将时代精神示诸读者。像这般地排列出人物及时代精神,而下正当的批评更非有赖于想像力不行。

其实搜集或排列事实及证据,煞费苦心,还不是历史家的本分,尤在要过去的事实,使人看去和现在一般,使人人了解,所以非加以想像力不可。严格的科学的方法和实际的判断虽为历史家的信条,然而要使他们的作品的事实得着确证,而且使著述有兴味,有永久文学的价值,则想像更为必要了。这些话都足以证明想像在文学里的重要。

以下更申言前列三种想像——

1. 我们平日目见耳闻的都可以说是经验,譬如一花一草、潺潺的川流、青绿的嫩叶等,无一不是经验。这种经验在没有结合之前是点滴的、断片的,结合了许多零碎的经验,聚集在脑里之后,便可作出心像。这心像就是创出来的新的东西。这种想像的方法是创作的,所以叫创作的想像。

2. 我们在冬天的野外散步见着已经落叶的枯木在北风里动摇,这是一种景色。照这样直写出来也无有不可,但是遇着诗人,他便要想到寒风、吹摇的树枝,在春天就是葱蔚苍翠的,小鸟在树枝上唱着歌,来往跳跃。现在呢?不过几点枯叶点缀在枝上罢了。这便是诗人由树枝的变化起了别的感想,而与目前的景色调和,浮出其他的形象,所以名曰联想的想像。

3. 不加新的创作,也不借他物表出同样的感情的效果,直接将事物的真义诉于人类的感情。换言之,认定事物的本来性质,叙述精神的效果,便是解释的想像。譬如诗人渥斯华司(Wordsworth)有一首《咏雏菊》(Daisy)的诗,有几句说:

Sweet flower! For by that name at last

When all my reveries are past

I call thee, and to that cleave fast

Sweet silent creature!

That breath'st with me in sun and air,

Do thou as thou art wont, repair

My heart with gladness, and a share

Of thy meek nature!

他的诗中说雏菊是静默的,但是别的花如蔷薇等又何以不用静默一字去形容它呢?这就是因为作者的想像,只表现出这花的本来的性质,只是解释的。所以这类想像是洞悉事物的真生命,发露事物的本性与深远的价值。

原载(上海)《文学旬刊》,1922年第37期。署名:路易

文学之分类

创作家要将自己的思想与感情移送阅者,遂不得不讲求方法,表现出来的方法,便是文学的形式。由形式上可以分文学为二类:1. 韵文(Verse);2. 散文(Prose)。

韵文是将语言文字,依据一定的规律排列起来的。这一定的规律,便是律格。律格可分为三:1. 音性律,颇似我国的平仄法;2. 音位律,如我国之押韵法;3. 音数律,如我国之造句法。此外还有没韵法(Blank Verse)。

就韵文的题材上看,又可分为三类:1. 叙事诗(Epic Verse);2. 抒情诗(Lyric Verse);3. 剧诗(Dramatic Verse)。叙事诗是以客观的事件为主,用律路写出,如希腊的伊尼亚特(Iliad)、俄特西(Odessey),英国的失乐园(Paradise Lost)等是其代表。抒情诗和叙事诗相反,是以表现主观的感情为主的,近世诗歌的大部分,都属于这类。至于剧诗,则合二者于一炉,以客观的人物,及描写事件为主,这一点近于叙事诗,但其所描写的人物,又是各自表现他们自身的主观的,这一点又近于抒情诗。如英国文豪莎士比亚(Shakespeare)的戏曲,便是其例。至于三者发生的顺序:抒情诗第一、叙事诗第二、剧诗居末。散文体的纯粹文学,便是戏剧和小说。

由于作家描写事物的态度上,又可以分为:

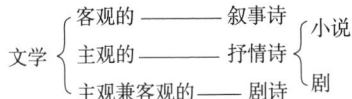

又由文学的实质上,可以照下表分类(据日人楠山氏之分类):

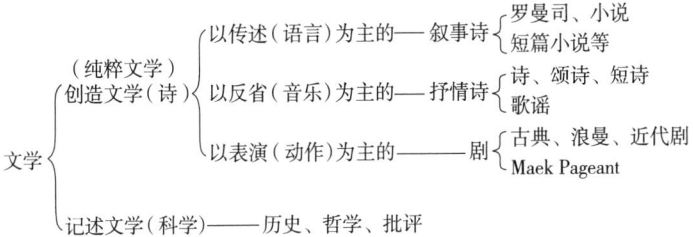

原载(上海)《文学旬刊》,1923年第61期。署名:路易

卑劣作品

近来,自称"敦聘海内外名人,及东西洋留学博士,分任编译"的大书店,出了一种《小说世界》。《神州日报》附刊《晶报》曾说是"便宜货",据我看来:虽然有几张三色版,篇幅也有几百页,但其中除开本不想用而又不能不拉来装点门面的两篇稿子外,便简直是一只油炸的面筋,由外看去很大,其中却空洞无物。说这样的印刷品曰"小说世界",也太闹笑话了!

在报纸广告上自吹是望眼欲穿的,我们满拟得许多杰作看看。由道理上说,凡杂志第一期,因为要招徕的原故,选择稿件,当然要精细一点方行。我们翻开第一篇《十年后的中国》来看,不能不使我们生疑,简直是说梦话,和"小说"二字还差几万倍。这篇东西有结构吗?哪一句是描写呢?什么是作者的思想,当然更说不到了。大约作者看了几次电影,胡想一霎便提笔乱写起来。"啊哪达"三字之音,应该是日本人的"贵方"(你之意)了。但"贵方"者,尊称之词,尤其是妇人不便称其夫之名,遂用一句"啊哪达"以表亲昵;作者既要用这篇东西来鼓舞国人的"敌忾心",一方面却又反用"啊哪达"来表亲善之意，那么，我们这十年前的中国人真是无话可说，只得说一句："意甚善也。"

《一星期的新闻记者》，又是一篇流水账来了。"何止欺"第一天如何，第二天如何，真是"今日付菜费一角，明日付水钱一文"的方式。此外加上几句冒头，又接上几句"不到报馆"的尾巴，于是乎小说成了。以下的几篇，都是"一挥而就"的小说。这种的作品，真合求幸福斋主所说"我卖小说要卖大批，而不零剪"的话。然而这是"小说世界"了。

近来卑劣作品之增加，实在是出版界的堕落，包办杂货的书贾，已经是无利不搏，（定价四五角的书，本钱只花七八分）不料看见"礼拜六"派的行销，眼睛热热的，也干了起来，自然难怪"礼拜六"派要在那里呼冤了。但是《小说世界》恐怕也难长命，至多不过两年，因为这种模仿他人，学着做起的出版物，将来也要随社会心理转变。"后视今，亦如今之视昔"便是这个原故。

何君这篇文字本来很长，经记者将过于刻薄之语删去若干，刊布于此，望著者原谅。惟吾国出版界，往往漠视批评，只有谋利二字是他们的目的。只责备编者与作文的人恐亦无效。现在扑灭卑劣作品的方法，只在各地集聚同志，自己著作，自己出版经管，不假手专利之书贾。到良好作品广布之后，那么，卑劣作品便可一天一天地减少了。——记者

原载（上海）《文学旬刊》，1923年第61期。署名：何宏图

通信：关于小说的定义[①]
（答严敦易）

敦易先生：

小说的定义很困难，批评家也有称小说是"以感情始，以感情终"的，小说的定义既不一定，所以不免有简单之嫌了。

作小说者之多，固然是很好的现象。但当时我不惮重复申说的，就是生怕人人把作小说看得太容易了。所以态度轻薄、随便，乃至于儿戏。这样的作品，又何贵乎多呢？我又曾解释小说家说："观察人生，因受刺激的结果，将深印脑里的生活诸相，传诸他人之人，便是小说家。这一个'传'字，包括他的思想、感情、情绪、想像等，又因为他们要'传'，所以不能不寻求最有效力的手段，这种手段，便是记述体的文字。"因此小说家是不容易做的，做感想文很容易，而小说和感想文，实在有天渊之隔，现在有一部分做小说家的，往往不曾注意此点。我们既不愿目前的滥调小说，所以未来的"准滥调"，我们似乎也应该预防呢！

[①] 副标题为整理者加。

"民国十二年,除了最新的神秘派,同极旧的蝴蝶派,新旧小说家有携手的倾向。"这一层倒是过虑之词。所谓携手,不过是 Dadaism 和"十年后的中国"携手罢了!你看近来有几种报的末版或本刊,但可知道其中的情形了。所谓携手,也不过是"新旧同体"的,互携其手罢了。有暇望常赐教,祝健康!

六逸　复

原载(上海)《文学旬刊》,1923 年第 62 期。署名:谢六逸

通信：六逸复沈振寰、魏亦波、赵景深诸先生，六逸复粲布先生，征求刊物启示[1]

▲沈振寰、魏亦波、赵景深诸先生：大著收到，稍缓即揭载。

六逸　复

▲粲希先生：大著收到。太戈尔的原文诗集，上海伊文思公司有卖，但价值颇昂。能寄钱到日本东京丸善会社去买，比较便宜些。

六逸　复

▲征求本刊第一、五、三七等号，各若干张，有愿割爱者，请寄本社，当以倍值奉酬。

逸

原载（上海）《文学旬刊》，1923年第62期。

---

[1] 副标题为整理者加。

杂谭:现在需要的小说杂志

一般人都能容纳的东西,我们替他加上一个"通俗"的名字,本没有什么弊害,不幸现在有些人对于"通俗"二字都生了误解。他们以为一般人所喜欢的东西就是通俗,不然便不至于出版价廉的小说杂志了。(虽然价廉,但兜安氏补肾丸和香烟的广告收入,实在是大赚其钱,与"血本"无关。)他们的主见只在看现在已经有什么东西流行,什么为一般人所无意识的欢迎,于是依样仿效从没有比现在社会先走一步的。譬如看见此时有些人喜欢吃糕了,有几种糕可以赚钱,于是做了一种糕,甚至做了一种"糟糕",而多方招徕他人大吃。但没□□他们自己出一个新意思,做点好东西请大家来吃的。出版界如此,实在可耻而又可怜了。

在现在国人容纳文艺的程度之下,我们深恐没有通俗的小说。可惜现在自命为通俗小说的只知道一个"俗"字,而不管"通"字,只可以说是"从俗"。他们对于通俗小说的解释是:

1. 内容极随便。

2. 社会里曾经欢迎过的。（例如《九尾龟》爱看的人多，《九尾龟》便是通俗小说。）

通俗小说的解释决不如此简单，我想应该是：

1. 内容至少须有文艺的趣味，意在引诱一般人对于高深文艺的初步的（起码的）兴趣。

2. 创作的态度应该严肃，描写不必过于抽象。（譬如我们对于某种制度或主义，认为不当，而取为图材之用，第一必先对于此制度或主义有相当的了解。《小说世界》里有一篇写社会主义的，态度轻佻已极。社会主义虽不禁人表示否定，但徒然轻佻，决不能道出其缺点百分之一。这样的著作，又冤枉了。）

3. 文字浅明，暂时不用逼近欧化的文句。（例如胡适之所译的短篇小说的文字。）但决不是将几句陈旧小说里的白话反复应用，至少要能使读者渐知道"自铸新词"之妙。

4. 通俗小说的取材亦应有一定范围，如以下各种：

（1）家庭生活的小说（Domestic story）；

（2）人的兴味的小说（Human interest story）；

（3）描写性格的小说（用来代替哀情、言情等滥调）；

（4）惊异的小说（Surprise story）（如科学、侦探、冒险等）；

（5）诙谐的小说（Humorous story）；

（6）整理中国的传说、故事、小说。

由此看来，把几句新颖的名词放在著作里，加上新符号，或是自命"调和新旧"的杂志决不符合这种要求，显然无疑了。

符合我这种要求的小说杂志,中国出版界中,一本也没有。除开高深的文艺杂志外,这种通俗的小说杂志,我们实在十分需要。可惜没有!

原载(上海)《文学旬刊》,1923年第63期。署名:谢路易

介绍新刊：赵景深编译的《乐园》，[印度]泰戈尔著、郑振铎译的《飞鸟集》[1]

▲《乐园》赵景深　编译

这是一本小册子，中为赵君的译诗和他自己做的诗。译诗中有渥次华斯、般生、布朗、皮尔斯、施笃谟等名家的诗，都很清新。赵君的诗，颇有自然、天真之趣。

▲《飞鸟集》[印度]泰戈尔　著，郑振铎　译

泰戈尔的诗，国人已比较有深的印象，但译诗都是散见于报纸杂志上，不曾有整册的诗集刊行；幸好出了这一册，在这萧涩的冬令，我们读了这本译诗，正如诗人夏芝所说，一切苦恼都忘了。

原载（上海）《文学旬刊》，1923年第63期。署名：路

---

[1] 副标题为整理者加。

介绍新刊：《小说月报》第14卷第1号，玫瑰社编辑、民智书局发行的《心潮》①

▲《小说日报》第十四卷第一号

今年的《小说月报》，内容颇丰富，有许多新颖的材料，创作也增多数篇。创作中如《火灾》《故乡》《彷徨》等篇，描写都很缜密。论文有西谛的《读毛诗序》，将历来传统的"诗经"观念，施以打击，采取古来各家之说，证明《诗序》之不足征。原文中的结论说："《毛诗序》是没有根据的，是后汉的人杂采经传，以附会诗文的；与明丰坊之伪作《子贡诗传》以己意释诗是一样的。《诗序》的释诗，是没有一首可通的，他的美刺，又是自相矛盾的。但他的影响却极大，所以我们听了要把《诗序》从层层叠叠的瓦碟堆里取出来，作一番新的研究。第一必要的，便是去推倒《毛诗序》。"这些话可算这篇论文的主旨，文中还列有《诗序》误解诗意的表，读者可去翻阅便知。此外还有赫德森的名著《研究文学的方法》，为研究文学者所应该读的；这篇论文是由赫氏的《文学研究导言》里译出的，原书浅明而详尽，为研究文学之良

---

① 副标题为整理者加。

好入门书，此文即该书之首章，对于文学之根本的理论及各种研究法，都说得有，未读森氏原书者，此文实有一读的价值。又有整理国故与新文学运动、关于文学原理的重要书籍介绍、海外文坛消息等。译丛中的一篇《失去的晚间》，也是一篇优美的作品，译笔亦精雅。

▲《心潮》玫瑰社编辑　民智书局发行

"愿这些文人的心血，染在那微笑的玫瑰上，来安慰枯燥的人生。"这是宣言中的话。内容分（甲）小说、（乙）诗歌、（丙）戏剧、（丁）杂录。

原载（上海）《文学旬刊》，1923年第64期。署名：路

通信:答 W.T 先生[1]

W.T 先生:

你提出的问题的确重要,也是我们将来要讨论的。第二、三问题还想出一专号讨论。至于"译法问题",我以为应专重语气,因为尝试欧化中国文的时候,不特一般阅读感受不便,即译者苦心之余,也并不曾得什么好结果,其故在直译实有许多困难,要与原文符合,文句不免生涩,欲译文流畅,又不免背于原文,真是两难,所以集同志时时讨论译法,我也极赞成。但有注意之点:第一,译名词是不可专靠词典的。译普通句的有可靠的,有不可靠的。以目前论,国内实在没有一部可靠的字典。我看现在一般中学生,都喜欢用某书馆的《袖珍英汉辞林》,差不多人人都有,殊不知这本字典真是害人不浅,几乎无一篇没有错字,而且译名有许多照抄日本人的,譬如日本文的"注文"(预约或定做之意),这册字典里也照样抄来。试随取一百来(字)看:如二九六页 Cutt-r bar 竟误为 Cutter head,二八一页 Cromona 是一

---

[1] 副标题为整理者加。

种提琴，制于意大利 Cremona 地方的，而该字典中竟误为意大利人 Cremona 制的。像这样的大错不知有多少，而此书至今已再版至十三次之多，竟无一人肯费点功夫指出其误，真使人惊讶了。这是不可专靠字典的一个例。第二层应该注意的，就是不能过于机械的，换言之，就是呆板，因为我们一定要规定某句非如此译不可，另换一个地方非如此不可，仍然是不好。这个问题，我很希望先生即时从事，将来的翻译界必得许多便宜。

六逸　敬复

原载（上海）《文学旬刊》，1923 年第 65 期。署名：六逸

杂谭：汉诗英译[①]

  近见日文杂志《明星》中，有竹友藻风氏杂记数则，谓"汉诗英译"，在英美文坛颇流行。稍旧者有 Ezra Pound 译李白（Lipo）之诗，次有 Madel 女士、Arthur Waley 等译著。最近有题名 *Fir-Flower Tablets* 之诗集，由 Constable 出版，并注明 Poems Translated from the Chinese by Florence Ayscough English Versions by Amy Lowell。据竹友氏所引上书中陶渊明《归田园居》五首中第一首："暧暧远人村，依依墟里烟，狗吠深巷中"三句，译诗作：

  The village is hazy,
  And mist sucks over the moor,
  A dog barks in the sunken road
  that runs through the village...

[①] 副标题为整理者加。

原译第一、二句尚没有大疵，惟将"狗吠深巷中"译如上诗第三句，殊可发笑。假若我们不曾知道它是译文，而把原译第三句译为中文时，则与"狗吠深巷中"之意，相差必很远。原译没有将"深巷中"三字的意义弄清楚，或许是不知中文形容词的用法，所以将一极活泼有生气的"深巷中"三字，译得呆板冗沓如此，这也许是中文语气难为西方人士领悟之故。因此我们译西诗时，这一层也大可注意。原诗的神韵是十分要紧的，若过于呆板拘泥，反与原意不合。西人译中国诗之不尽恰当，也如我们译西文诗一般。

原载（上海）《文学旬刊》，1923年第66期。署名：路易

杂谭：文学概论教本[1]

在东西文学书籍中，欲想得一完全的文学概论教本，颇不容易。论文学原理之书用英文写者，如毛尔顿氏的《文学之近代研究》，则篇幅甚多，只能供参考之用，当作教本很不妥当。如黑德森氏之《文学研究导言》、亨特之《文学原理及问题》，比毛尔顿之书虽为合用，但终非教本体裁。惟美国加省大学文学教授格莱与米昔干大学修辞学教授司各特合著《文学批评的方法与实质》一书，兼有美学与比较文学之研究。内容首述批评原理，次及批评史、艺术原理、文学原理等，编次系用讲义式，每节末附法、德、英文参考书极多。如第一章讲批评原理，先提定义，以次及用法、学说、种类等，皆提纲挈领，包赅简约。我以为学校中文学概论一门，如用英文本，可采用此书。此外则美人文齐斯德所著之《文学批评原理》，亦可作教本用，但也赶不上此书。本来文学概论一门，只在授人以文学之统一的研究的知识，原意并不在各国文学知识，因此很感困难。日本松浦一氏在东京帝国大

---

[1] 副标题为整理者加。

学讲文学概论，以其讲义成《文学之本质》《生命之文学》二书。前书的序说中有几句话说得很好，大意是："此讲义在将文学的究极的意味，及文学齐送人间的使命是如此的示读者，就我所相信的说一说。"又说："无论自然的事物、人间的事物，带了人间的色彩后，便为实生活所影响，便穿上了几重人间的衣服，而事物的真相，反致茫然。……现'文学之本质'一题之下，即将缠绕于文学的一切因袭，人间的利害以及各国特有的国民性等皆剥剔之，想把赤裸裸的文学，就其原相，表示出来。"这便是统一的研究法。不过松浦一氏的研究，过于偏侧，甚至于研究到文学灵数、文学涅槃等，此等过于精奥之言恐难普遍，我不大赞同。可是他的统一的研究之点，颇足为教授文学概论的标准。又概论文学的实近于不可能，故在西籍中无此名称，此名仅为日人所用。就日本目前论，研究文学的人不可谓少，但是"文学概论"的书通共不出三四种，且极不完全。至于国内，现在一本也没有，而研究文学，这种基本知识又极切要，所以希望有人能编一本较好的书。

原载（上海）《文学旬刊》，1923年第66期。署名：路易

战争与文学

将战争当作美术之母的原故,就是因为有大幅的战争书、雄大的军事诗、壮烈的战争小说、战争戏曲等,但由实际上说,战争不足为美术之母的时候颇多。关于古今大战,与其说可以企图各种绘画雕刻及其他文艺品之制作,毋宁说因为兵灾之故,建筑物、美术工艺品都被破坏,文籍图画等都一扫而空,较近于事实。在艺术品之保存上,有大阻害的便是火灾了。即令是大火灾,将被害者与战争比较起来,还要轻些。当兵马之境,能玩赏、可玩赏之物,能尊敬、当尊敬之物,有这样余裕的,实不能不求诸非常之人。虽然,倘此类东西为敌国之物,则破坏、掠夺、毁损及其他等事,又公然行之。因此,图画文籍之烧毁,不知到什么程度了。

要之,战争失诸过剩,则失却一切应需之物。试思吾人之先觉,(无论任何人种)苟非献身努力,洒尽心血,便不能传于后世的物件,一旦轻易地化为乌有,湮灭无形,似此不云不合理,就可云不合理?阅者幸勿以此为褊狭的爱好文艺者之僻言而斥之。我们仅举此一事，便可证明战争非美术之母，乃是阻害战争的妖巫。倘若我们说因为战争，才有战争画的大杰作，才有战争诗人的热烈的呼声，才有战争小说的伟观；以为因为战争的影响，才有文艺美术品，便归功于战争，未免过早。至少，战争决不是美术之母。倘若说它是母，也不过是继母。不过如德国童话里的，一个弄魔术的继母而已。

不要说战争是根基于人性的！不要说战争为人类的本能，因为有它，便可以进步，可以向上，在一国可以增高国民的团结心，在一民族可以明彻民族的意识；使国人明了本国，不受外国文物之惑，可以明白地看出列强的态度啊！不要说因为战争，可以增进人智，可以启发明之途，可以使技术工艺品渐渐精巧啊！须知这些都是捣乱者的遁辞。究竟战争根基人性与否？合理或背理？在稍知社交的学者，或说背人性，或说否，或说人类的本能，或以为不然，其实战争之合理背理，虽不能即断，而最可恶、可憎、可惧的，就在损失人命一点，就在杀人，夺取生命这一点。这点当然是违背人道的。仔细思量，损失数万人的生命，不外是大浪费者，自然的恶作剧而已，不外是对于人类生产力的复辟之一种而已。有人又说：人类过剩之时，流疫起，兵戈兴，来淘汰一下。依这样非人的考察，便以为战争或和平为自然之事，他们不曾加入一点儿感情。通过民族的一分子、国民的一分子的眼孔，都照这样看去，战争这东西，也未必不可以冷然看过呀！

今后的世界还要重新开始许多世界，或是某国与某国，某民族与某民族，有大打一仗的那一天，自然不免。因此，考察战争，实为不可避之事，亦使人在世界人类的将来，有为不可免的运命之感。假令齐集如何的梦想家,建造如何的乌托邦,便说战争是已经属于过去,恐非容易,纵令人类因此进步发达;但是在过去的文学作品里所表现的战争的那种时代,似乎还不曾来。人类没有争斗,没有轧轹,只是理想,而不是实际的事,虽为天使,也要争斗,何况是人间呢?所以我以为战争与文学,今后的问题范围愈是广大,其影响也很大。所谓战争文学,不单是赞美战争、记述战场的。这可由以近代战争为题的文艺作品,可以显然看出的倾向。可是今后的战争,怎样地影响文学?今后的文学,又怎样给战争以感化?还是未知的问题,尚不易断定。然近代文艺,已影响到社会问题、罪人心理、监狱组织,更进而影响及兵营生活了,也许不仅影响战争而已。飞行机已经成为戏曲小说的题材,曾为斯铿、段阿迪俄等文学家描写过的。将来的空中战争,或许要当为新文艺的作品而表现呢?

司吐活夫人的小说,为解放黑奴的动机,屠格涅夫的小说,为开放农奴的导火线,文艺影响所及,岂容漠视?又如法兰西大革命的远因,也不能不举各文人与思想家。历来足称文艺杰作的,无不为发泄义愤之作。檀德然,米尔顿亦然,试翻阅《神曲》,试读《失乐园》,有不承认他的作品里存在一种含义愤、起懦夫的东西的人吗?要之,古今的文学作品,能影响战争,或防御外寇,或酿内乱,或在各种意味,惹起变动,决不是无理的啊!

依义愤而起的,不能不说是义兵。义兵所向,是无敌的。如亚美利亚以解放黑奴为目标而起的南北战争,的确是为人道而兴的兵,是可永久纪念的。古来许多的宗教军,曾为信仰而战,虽然为信仰战争,但是他们仅争褊狭的宗教门阀,甚至于挟有私情私利,只可以看做非人道的战争。最可卑的,就是为私利的战争,为野心的战争。将极大的苦痛与不幸齐送人类的,便是战争。不重公德、漠视人道的,也是战争。被这样战争虐待的国民,他们到什么地方去诉冤呢?当普法战争时,普、俄、西军的横暴可憎,我们可不向别处去求,只消读过莫泊三的以战争为题材的二三短篇小说,便可以想见了。

不可战的时候而战,与可战的时候而不战,也不能说是可以褒奖的态度。遭国难时自己防御,为助弱扶邻战争,乃是真勇所命令的,即是真勇的命令。似这样英雄的行为,也胚胎于许多文学作品之中。各国国民,自其先民的古典,以及各代的文学艺术,都一一受教的原故,大者使自己知道先人的努力与全人类的归趋,小者足以领悟本国的民族性与祖国的光辉,不外是如此。我们试追求战争与文艺的关系,实不在少数。

战争史上的大人物如约翰达克、拿破仑等,由各国作家的解释与创意,将他们生存在绘画、诗歌、戏曲及小说里,且使其本来的光耀,表现成千古不磨之姿,纵令稍稍暴露他们的所谓真相,并加非难,可是他们伟大的地方,仍然丝毫不变。所以如约翰达克,如拿破仑,各国都不少,景慕者与同情者,因此把种种著述公世,以纪念这些大人物。虽然,这些已经是过去的事了。在今后的战争文学中,要想见这样的大人物,是不可能的了。正如近代文学所显示的一样:今后的文学,乃是考究战争是什么东西的,而不问将军是什么人物了。所以今后的战争文学,虽是取材战争,也许不如从前一样,把一位大人物作为唯一的主人翁了。即是抓着更伟大的东西,来代替拿破仑、约翰达克等人物了。而所谓主人翁,也就是"战争"这东西了。

这种战争文学里,当为主人翁活动的,不外是将战争的悲惨,鲜明地印象读者的头脑。换言之,在以前有主人翁的战争文学,是以拿破仑本人为主题的,此外如战场的景致,尤其如细微的描写、贴景诸点,差不多为作者忽视,今后所以代替这种主人翁的,便是将一切和这类主人翁有同样权威与重量的,接触读者。所以从前轻易看过的一负伤兵、一俘虏、一兵卒的死骸、一死马的横卧,都活写于目前,极引起注意的了。读者观战争的光景,在没有成为雄伟壮烈以前,不能不注眼在极惨鼻的景况。所以今后的战争文学,不是鼓舞的文学,乃是镇静的文学,这又是显明的事实。虽然依人种各别,不能概括言之,但由非战论的见地观察,多半以为这是自然的趋向。其实战争是极惨的。

原载(上海)《文学旬刊》,1923年第67期。署名:路易 译

文学艺术大纲

(The Outline of Literature and Art)

我们以前知道有威尔斯的一部《历史大纲》，汤姆孙的一部《科学大纲》出版，便想到"文学大纲"也有一天要出世的，果然不差，《文学（艺术）大纲》已经在伦敦出版了。出版的书局，也同《历史大纲》《科学大纲》是一家，就是英伦的佐治纽利斯公司。

这部巨作也如《历史大纲》一般，分为二十四次出版。运到上海来的，在这几天内只到第三册。

此书的编辑者是英国有名的诗人、戏剧家约翰·特林瓦透与威廉·阿彭爵士。

每册的内容分为两部分，前半为"文学"，后半为"艺术"。文学的部分，首述"世界的古籍"，就是从人类还不能写字的时候的文学说起，第二章说大诗人"荷马"，第三章述"圣经的故事"。（第三章以下，因书还没有到，故不能提及）关于文学部分，是约翰·特林瓦透编的。艺术的部分，首述"近代绘画的产生"，第二章述"油画的发明"，第三章述"文艺复兴期的惊异"，这部分是威廉·阿彭爵士编的。

此书将由费鸿年、郑振铎、沈雁冰、胡愈之、谢六逸诸人着手译述,甚愿同志加入共同工作。

因记者还不曾读完原书,对于内容不能作详细的介绍,当另文论之。

原载(上海)《文学旬刊》,1923年第71期。署名:路

批评家"卡莱尔"

(Thomas Carlyle)

▲《英雄与英雄崇拜》的著者
▲传记的、历史的批评态度

（一）

现在我们要谈"卡莱尔"的原故，就是因为他的批评的态度是努力求真实、排斥空漠的幻想之物。他生的时代正当由罗曼主义到证实主义的过渡期，便揭出了鲜明的旗帜，实在是难能可贵，所以我们对于这位伟人的文艺批评家，应该十分地佩服。他的一部《英雄崇拜》与批评的论文，其中所包含的议论，也不是别的批评家赶得上的。在毫无批评空气的我国，我们特先介绍这位批评家。

（二）

卡氏以1795年，生于苏格兰南部的达蒙弗利司州阿南特耳地方的耶格尔非梯村，他的父亲是一个严厉褊狭的石匠，母氏美而富于情,弟兄一共四人,家庭里极朴素。1809年他进爱丁堡大学,初学人文科,到第二年,修数学、论理学等主要科目,第四年加学物理学,1813年的夏间卒业,他也不要什么学士的称号。他对于学校的讲义并不感兴趣,只是喜欢在图书馆里自由阅书。我们要知道他读书的态度,可看他在《衣裳哲学》第二卷第三章所说的话:"千百个基督教的青年中,有百分之一热心向学的学生,和这些青年接触,可以感染到热诚与醇化……我由没有秩序的书库中,探出那管书员似乎也不曾晓得的书来读,我的文学生涯的基础,便是这般做成的。我依自己的力量,自由阅读一切有文化的国语……"这就是他当时读书的态度。

他在大学的时候很热心研究数学,他说几何学乃最高尚的学问,卒业后曾在阿拉大学充数学助教。当时的生活极苦,当了五年的教师,只储蓄得九十磅,他想倘若照这样当教师下去,一定非饿死不可,遂于1818年归爱丁堡,为家庭教师,一面从事化学、地理的翻译,以补助生活费。由1818年到1822年,他为生活的不安所胁迫,害胃病,精神痛苦,这时是他的黑暗时代。1822年春,替人当家庭教师,年获二百磅,生活始稍稍宽裕。1819年以读维尔纳的矿物学为目的,学德语,便惹动了他读徐勒、哥德的作品,此时他才决心做文学家。他从1823年起作《徐勒评传》,连载于《伦敦公报》,次又批评哥德的《浮士德》,投稿于《新爱丁堡评论》,1824年翻译哥德的《维尔赫姆迈斯达》,以获一百八十磅的稿费,得入于伦敦文学家的队里。但是当时文学家对于他并不表示好感,并且痛骂《维尔赫姆迈斯达》一书,因此悒悒不乐。1825年3月返归苏格兰,从事著述。1827年6月著《琼保罗尼特尔》,1827年10月著《德国文学》,1828年1月著《维勒尔的生涯与著作》,1828年4月著《哥德的赫仑》等评论。又翻译戴克、尼达耳等的小说,题其名曰"德国稗史"出版。自1828年4月起六个年间,隐于英国最荒凉的地方,从事他的大作《衣裳哲学》,一面读书思想,以为后日的准备。

(三)

卡氏集中于文艺批评的时代,为1823年到1830年。他在文艺批评史上的功绩,乃是揭明新批评的目的,将文学批评置于人间性的基础上,彻底地实行传列的、历史的批评态度。他的主要著作,有以下各种:

1. 《徐勒评传》(Life of Schiller) 1823—1824
2. 《威尔赫姆迈斯达》1824
3. 《德国稗史》(German Romance) 1827
4. 《琼保罗尼特尔》1827
5. 《德国文研究》1827
6. 《"维勒尔"的生活与著作》1828
7. 《彭斯》(Burns) 1828
8. 《洛维尼斯》(Novalis) 1829
9. 《弗禄特耳》(Voltairl) 1829
10. 《时代思潮之征候》1829

11.《衣裳哲学》(*Sartor Resartus*) 1830

12.《时代之特性》1831

13.《法国革命》1837

14.《卡特主义》(*Chartism*) 1840

15.《英雄与英雄崇拜》1841

16.《过去与现在》1843

17.《黑人问题》1849

18.《最近的小册子》1850

19.《弗尼特里克二世史》1858—1865

(四)

大凡批评家不出三种态度：就是传记的、历史的、比较研究的三者。卡氏的态度是传记的及历史的。他主张一个诗人的创作应该统一，诗人青年时代的创作与晚年的创作其间虽有变化，但其变化可视为必然的展开，而且创作与作者的思想及内部生活，也应该是同一的。所以他注重传记，他说："人间以人间为唯一有兴趣之物。"他以作者的精神生活，乃是他生来的倾向与环境影响所构成的。换言之，诗的有机的统一，便是诗人的精神生活之本质，我们要知道创作的全体，才能知道诗人的心，知道诗人的心，才可以擒住诗的本质。看生活或诗，心或艺术为一元的这种传记的态度，用来研究那些有真挚的性格，有理性的透明心，以全生涯献于文学的诗人、艺术家，比较易于成功，倘若以这种态度去研究纯客观的作者，及有复杂心的，富于轻笑性作家,则颇感困难。譬如研究莎士比亚,若仍用此种态度,则不易捉住他的思想的本质。在这一点,卡氏也感觉传记法的不可能。其次卡氏的批评方法是历史的态度。他因为要了解一个作家的性格,须透入其内的生活之中,去学他自己的思想方法。以诗人自己的思想方法为基础,而了解诗人的作品后,则关于其时的社会的、政治的、国家的环境与时代思潮,也能了解。卡氏极注重环境,但是他不如苔痕或其他法国批评家一样,以为环境支配生活。他不主由环境以说明生活,他曾说:"人造境遇,由精神的物质的说来,是真理的一方面。但是这种真理还有别一方面,即是人生活劳作于某种境遇之下,必然地由境遇附以条件,且受影响,所以境遇造人,也同为真理的一方面。关于说自己的事,有相信'人造境遇'的必要,但在批评他人之时,则'境遇造人',则有不绝于心的必要。"关于英雄造时势或时势造英雄的问题,他也相信前说。他以个人为基础,以研究时代的特性。他以为世界的历史,就是在人间世里完成的历史,根底上在世上活动的伟人的历史。世界的历史,就是伟人的历史。(详见《英雄与英雄崇拜》第一章)因此他以个性为中心,极看轻个性,而于研究外国文学的时候,尤以研究其国民性为必要。他在他翻译的《德国小说》的序文里,以及《德国文学研究》中,均反复言说理解国民性之重要。《历史论》中,又申言历史为一切学问的基础,为结合过去与未来之物。因此将历史的方法去研究文学,他以为要全体地了解一国民的文学,非承认其国民之精神开展的自叙传不可。而且对于其国民的感情,及他们对于人生、自然、宇宙的见解,也应该知道,所以国民的文学历史，便也是政治的、经济的、科学的，及宗教的、历史的真髓。

总之，卡氏的批评方法，是由作者的个性、环境、生活下手，至于研究一国文学的时候，则以明了其国民的特性为务。他先观察时代的精神倾向，便可以知道某时代展布的隐伏的动力，而将一国民的最高理想，写为连续的展开，这便是文学史的本质。所以卡氏在檀丁的《神曲》中，体现出中世纪时代，研究歌德的精神的发达，便不异于研究当时德国的发达，又研究《彭斯》，即可以看出苏格兰的国民性。这便是历史批评法的妙处。

本文参考书：

《英雄与英雄崇拜序言》(Edmund George)①，土居光知《文学序说》。

原载(上海)《文学旬刊》，1923年第71期。署名：六逸

---

①此序作者为 J. C. Adams。

杂感:人说现在没有批评家

人说现在没有批评家,这话我也相信。惟其没有,于是有人自命是当代的批评家,专于"吹毛求疵""盛气凌人",将批评家应具有道德,不惜一扫而空。读者不信,试看最近的某种刊物,其中有一位自命现代批评家的,像那由黑松林里跳出来的李逵一般,手持板斧乱砍,他的那种态度,我们还不能承认他有在文坛发言的资格。还得请他去修养几年,把气质变化之后,再来说话。批评家的第一个条件,就是"破除偏见、平心静气"八个大字,试问自己先存了有意挑剔的成见,还有余裕去仔细领略别人的著作吗?他批评得当与不当,这还是第二层,第一层是要做批评家,先要具备做批评家的条件,批评的态度不对,便失却了批评家唯一首要的条件,即不配在文坛上发言。同时我奉告被他挑剔的人,老守着一句话,就是:"不可与言而与之言,失言。"

原载(上海)《文学旬刊》,1923年第75期。署名:何宏图

谈戏剧

戏剧本来是群众艺术和综合艺术,群众的反面是个人,如像小说便是个人艺术。综合艺术是说戏剧这东西包含有建筑、音乐、诗、绘画、舞蹈,等等原素,倘若一篇剧曲缺乏应有的几种要素,大都是不可以上演的,只好供给个人在书斋里看看,这种剧本名叫"书斋剧本"。它的价值在现在还不易估定,却也不能说是很坏。不过这种剧本始终得不着剧曲的三种要素,就是:剧场、俳优、观众。因为如此,我们叫它做剧曲不叫,只好怀疑了。

剧本既不是为个人的,当然与民众发生关系。法国罗曼·罗兰曾说近代的不可思议,就是艺术家发现了民众。这所谓艺术家,自然包含戏剧家在内。又追究戏剧的起源,胎息自古希腊民众祭祀 Bacchus 及 Dionysus(酒神)之仪式。按,酒神又为农业繁殖之神,亦为享乐之神,当祭祀的时候,乡村的男女,手持着一种象征生殖器的物件,跳跃喧嗔,并组成合唱团,以赞美酒神之德。合唱团领袖与余人交语,是为俳优对话之始。后来分悲喜剧,渐进为古典剧、浪漫剧、近代剧，皆以直接供献于群众之前为目的，近代剧则多为民众而作。由此看来，剧作家、演剧者对于观众，岂可不充分地负责吗？而现在中国一部分演剧的人，往往借民众的鉴赏程度为遁辞，既未注力于创作适宜的剧本；对于扮演剧中人物，也未尽能事，或竟将西欧的现成的脚本取来代用，这种情形，足以减少看众的兴趣，而使他们失望。我们极希望同志讨论一个问题，就是编剧本与演剧者，要怎样才能诱导看众，能够观览更富于文艺趣味的剧曲。

有人说看戏是"生命的潊浴"，这句话并不是人人可以明了的。我们在"人生"这条路上，决不是平阳坦道，路上不知有许多藤葛，使我们的意志不能发展，但若进了剧场，领略真正的戏剧，我们仿佛进了另一天地。我们的生命，可以暂时在那里伸展一下。只可惜足以当得"生命的潊浴"的剧本及演者，实不易多求，在中国简直没有。有时我们迫不得已到戏院里去坐一坐，听所谓名角的什么"腔""味"，也不过只把他当作一种变调的音乐听听，和舞台上的动作发生不起什么关系，倘若要叫我们的生命到《济公活佛》《贵妃醉酒》里去潊浴，简直无异于要我们的命。在上海这个地方，我不敢说没有一个人为"生命之潊浴"的，而大多数却以"看戏"为日课，居二者之中的还有一种人，如克尔巴特尼克在《社会学原理》中所说："在某一定时间之内，从事同一种类劳动的人，最感娱乐的变化之必要。补足他的，游戏（Play）比休息更有效。因为要恢复精神的肉体的均衡，心身的别的活动，不可不兴奋。"根据这种原因到剧场里去的也不少。此外还有许多因为别的原故进剧场的人，恕我不能尽知。总之，由前举三种看来,民众之于戏剧,虽比不上每日的三餐,要为一种的精神的需求,无可疑义。现在从事于演剧界的人呵!只要你们能把真正的戏剧拿了出来,真能扮演,便是你们的责任。你们不要借口民众的智识不及,而搭起"少安勿躁"的架子,只要你们肯研究肯干,演出由浅入深的剧曲来,他们也是很欢迎的。你们须知这几年的中国的国民性和 H_2O 一样,你拿方的东西盛它,就是方的;你拿圆的东西去盛它,就是圆的。请你们不要在画花脸打斤斗的队里厮混,不要说什么实生活的关系呵!高尔该过的是流氓式的生活,杰克·伦敦的生活是漂流的水手,但是他们仍旧一样地创作。看戏的群众虽然盲目,我想觉悟的演剧家未必是如此。

8 月 31 日 作

原载(上海)《文学》(原《文学旬刊》),1923 年第 83 期。署名:路易

杂谈：这次仿佛是 Gaia 神的愤怒

这次仿佛是 Gaia 神的愤怒，特意在东海中的三岛上的一角泄忿似的，把坐在摇篮里的三百年来的日本文化，簸动得十分厉害。摇篮里的人自然是垂泪，在旁边的人也不觉随着悲哀了。

车马喧嚣的都市，顷刻间弥漫着火焰、叫号声、爆烈声、倒塌声。日本桥下的浮尸、吉原游廊中女郎的残骸、被服厂里多数劳动者的升天、人民的逃窜，这实是"旁卑末日"的重演呵！当平静无事的时候，偶然有几次夜深时回到宿舍去，荫路两旁的常青树，像执戈武士般地排列着，在秋风里摇荡，街角朱楼的窗上透出来的光欣欣地闪耀。此时便想到其中有人，有笑语声，更有我们所不曾知道的一切喜悦。但是一转念间，便想到有人必有悲哀，有笑声必有詈骂与仇恨；有我们所不曾知道的喜悦，乃有我们所不曾知道的痛苦。大千世界，虽然形形色色，但是经过这一次的灾害，便把人间的一切，使它如春日下的积雪一般，消除得干净，无喜悦、悲哀，都化为一个均齐的情调。生与爱之力，反将从此增长。

武者小路实笃在本月的《新潮》上说：

已往的事不可追。我们自己所能做的事，就是从此以后互相冷静，为善、志远，并且竭力互助，先寻出自己生存之道，倘有余力，便帮助相近的人的生存。

至少，这一次的事，一方面，想起来是使人绝望的或瞬间的。在他方面，或者有人强烈地感触一切的努力都是至愚。又或有人益趋享乐，或强感宗教的要求，更有人要赞美革命也不可知。又或有人益信人力，或以为不曾发挥自己的力量也难说。又或有人更相信生命，内部的感觉生之力。

他又论今后的日本文学说：

但我想文学将要求"阳气"的东西吧。从此以后，文学是富兴趣的，或是要求调子高的东西吧。读与不读都没有同样刺激的，将被废除吧。和自己的生命没有交涉的，无兴趣的，应该没有人去读他吧。"暇人阶级"是渐渐没有的了。各人自食其力的事，当然是想到的。在或种意味，因为是"人间"，不劳动便没有食的事，又当然要想到的了。

这回的事，决不减少文艺的价值。由于从前各人的精神要求增加，使自己的心与他人的心接触的文艺，更是实爱。而且安慰生的岑寂，倍增生的喜悦，便生命之力渐渐发扬。

楼高千尺的"三越吴服店"变成了颓垣,不能够刺激我们,他存在的效果只能使富豪的士女多添加装饰的用具。贩卖欧美书籍的"丸善"之毁灭,我们倒觉得可惜,在日本的影响当然不小。

此后的日本文艺,照武者小路君的话看去,或有一番变化,我们等着瞧吧。

原载(上海)《文学》(原《文学旬刊》),1923年第94期。署名:路译

童谣二首

破烂的玩偶
Johnson 作　谢六逸 译

克特！我的乖乖,挨我坐下来,我有一个短故事给你听。

　　门背后,

　　那床上,

　　今朝我寻了一个破烂的小孩。

　　买来的时候是新的,

　　生得真好看,

　　穿大衣,

　　戴帽子,

　　有裙儿,

　　又有鞋。

但是,看呀!

她成了这个样儿了:

她的衣服旧了,

又恶浊又破烂,

唉!看去怪可怜。

真奇怪,

是哪个把她弄成这样的,

克特!我的!不是你吗?

瞧不见的风

C. G. Rossetti 作 谢六逸 译

一阵风,

谁瞧见,

不是我,

不是你,

树枝头儿向下弯,

风吹过面前。

原载(上海)《文学》(原《文学旬刊》),1923 年第 100 期。署名:谢六逸 译

杂感：儿童文学[1]

> 六斤刚吃完一大碗饭，拿了空碗，伸手去嚷着要添，七斤嫂正没好气，便用筷子在伊的双丫角中间，直扎下去，大喝道："谁要你来多嘴！你这偷汉的小寡妇！"
>
> 扑的一声，六斤手里的空碗落在地上了，恰巧又碰着一块砖角，立刻破成一个很大的缺口。七斤直跳起来，捡起破碗，合上了检查一回，也喝道："入娘的！"一巴掌打倒了六斤。六斤躺着哭……

这是鲁迅先生在《风波》（见《呐喊》八六页）一篇里描写的一段，这可算我国中下等社会的妇人处治儿童的"典型"，所以我特别引用在这里。七斤嫂这么一来，仿佛对于八一嫂已经是大大的胜利了，六斤倒也莫名其妙，无辜受了几下。又一次我的朋友W君告诉我，他说他的一位亲戚养了六七个孩子，孩子们穿着新上身的衣服，在花园

---

[1] 副标题为整理者加。

里的泥地乱爬,学狗打架,结果弄得满身满脸是泥。他们的母亲坐在旁边,并不上前去禁止,只是放开声音叫道:"起来吧!起来吧!不得了呵!咳!等你爹回来搥你呀!"这又是处治孩子的一种典型了。

待遇好一点的,自然是要数那些反穿皮马褂,肥白得像圣诞节的时候陈设在玻璃橱里的玩偶一样的"哥儿"们了。这样的小朋友们虽不常挨打,不常被他们的"令堂"拿来出气,但是走过天井都恐怕风吹着,十岁读书还嫌太早,这样,由表面上看去,虽然可以说是好一点,但在无形中所受的摧残,也就不弱于前述的两种了。

儿童就是天使,倘使我们的爱人被他人所爱,心中立刻觉得是一种侮辱,而且难于容忍。可是自己的儿童为别人爱抚,我们在其时必十分喜悦,反以为是可以矜持的事。我们既然爱儿童,所以儿童的精神方面的需要,是千万不可漠视的,况且儿童之需要文艺,并不弱于成年者,这层已是过去的话,我们可以不必再提了。现在国内关于儿童文学的出版物,也有增加之势,但是仔细拣阅他们的内容,所登载的作品,仍然是没有把儿童看成一个"真正的人"。他们的作品的结果,不过只想儿童多识几个字,并不曾把真正的文学作品,真正的滋养品给与儿童,我们心中时时疑惑:这也算是儿童文学吗?

原载(上海)《文学》(原《文学旬刊》),1924年第104期。署名:六逸

杂谭：很妙的《短篇小说之研究》

一[①]

本月初，拜读包乐眉的一篇《短篇小说之研究》，可算得最近的一篇妙文。其妙处已有栋文君的杂感暂把他表扬了。但是我还嫌栋文君没有说得完全，所以我来补足。

原文的导言里说："到了十八世纪，英国有所谓写实主义（Realism）的小说家出现，如李克生、约翰生和古德司密斯等，都以实在描写为主。"他所举的这几位小说家，约翰生是作诗和编字典的，古德司密斯所作的《威克斐牧师传》虽然是描写实在的事，但不是后来的Realism。不知作此文者，何所据而云然。作者又接着说："但是他们所占势力不大，到了末叶，写实派的领土，被十九世纪浪漫主义小说家如司歌特和古柏等占去，于是从前的写实派为之一挫。"这是什么话？这时候已有写实派的"领土"吗？又接着看下来："从带点人道

[①] 后文已散佚，故仅存标题一。

主义的作品中,可见写实主义,已有反动力的表现。"好个"反动力"！这简直无异于说,浪漫派之前,写实主义已经大张旗帜了。由此看来,英国的文学史似乎有劳敌国作家替他们修订的必要了！妙极妙极！下面还有好的:"美国讲起来,可算是短篇小说之最盛的地方。"我今天才领教了！走到四川路周聚康的西书店里,一进门就看见满桌的什么 Story-teller 呀,Short-Story Magazine 呀,出版地多半是纽约,于是恍然大悟,才知道包君所研究的短篇小说,就是这一类的东西了！包君说得好:"所以近代的短篇小说,几成为美国独有的特产品。"包君！汤麦生·哈谛的胡子,被你气得直立起来了。包君更为短篇小说下了一条定义:"一种情节简单和描写人物的文章,加上了升阶法与需要的实在主义,就叫做短篇小说。"这"描写人物的文章"与"需要的实在主义"不知作如何解释,可惜没有当面请教的机会,这条定义的力量,至少可以和许多文学批评家抗衡了！

包君的这篇妙文,登载了几天,照这样逐句地研究,很要破费一点工夫,白费精神,实在不值,只得就此中止。向来听着有人讥讽爱好文艺的人说"研究文学不必用脑筋,作白话诗不花本钱",包君包君！其谓之何！

（未完）

原载(上海)《文学》(原《文学旬刊》),1924 年第 117 期。署名:毅

杂感：日本文学家的恋爱狂

昨夜看了一会书，便觉疲倦，就打开一份日本的大报《大朝日新闻》来看，内中有一条记载，很惹起我的注意，题目是"恋爱四角关系的武者小路氏归村"。三角关系倒也时常听说，四角却是少见。于是便用心看本文，大意说"日向新村的武者小路实笃氏与房子夫人同伴，并偕氏之大□恋人安子，与二人间所生的女儿幸子，于归村途上，船泊别府，作成四角关系新纪录的人些相率上陆。武者小路为中心，房子夫人与安子君，争抱可爱的孩儿。出迎的人，看见他们这样的和睦，很是惊愕。夫人与安子均甚了解。夫人因教育基始，则居宫崎地方。永远保持四角关系的武者小路氏，对于房子夫人和 A 氏的事件，则亦决心的放置之云云"。

日本文坛中，武者小路氏较为国人所知，他的著书也有几册汉译了。最近他又著了一原册自叙传的小说，名叫《某男》，赤裸裸地自叙他的"罗曼司"。由上面的记事看来，这位个人主义的作家，又开始他的恋爱的个人主义了！

日人本来是富于感情的民族,尤其对于异性的恋爱,十分热烈,加以明媚的景色,美丽而委婉的文字,更足以助兴。所以最近的日本文学家,十之六以恋爱为题材,如菊池宽之痛斥"恋爱可憎"之人,真是少见。他们的生活,也寄寓在恋爱之中,如有岛武郎之死、武者小路氏之四角关系,都是这样。使我们不得不佩服这岛国民的浪漫。

据日本的友人说,近来文学家的妻子,看见伊们的男子的友情中,都染着这样的流行病,颇以为忧,只好随时"戒严"。

我又翻过新闻的另一版来看,见《编辑余谈》中又有几行小字,说:"近来动物园里的动物都发狂了!正是下面燃烧的时节!"倘若将这两句话略加修饰,倒是一首很好的"和歌"呢!

月来的东都,正当樱花浪漫、士女如云的节季,饮酒高歌的、对花纵哭的,不知几许,回忆起来,倒令人无端的怅然了。

原载(上海)《文学》(原《文学旬刊》),1924年第118期。署名:毅

杂感:妙文一瞥

昨天在纸篓里发现一张《智识》,载有一篇贺慕管君的《论文学无新旧之异》,文中有一段评《小说月报》,颇引起我的注目,略阅一遍,觉得全系妙文,不能不揭出与大家共赏。

顾自近年以还,偶尔涉猎,辄觉吾情商塞,吾气窒息,吾头岑岑,吾视瞑瞑,而吾之为人,从此昏昏而沉沉,呵欠链环,涕泪泉涌,吾诚不自知其何故而至于斯也。

……吾友有患不安眠症者,愚以为略读新文学便可,何哉?愚经百回试验,敢保证其确有催眠之魔力也。惟旅行家……(以下太不通,不再引了。)

风闻曹君是一位提倡国故的大家,不料所作文言,竟有许多不通的字句。(如下文的"尔时凡百可恕,只此短人志气,妨彼交通,万无可道耳"。)以这样的人物来提倡所谓国故,国故的价值不知被他弄掉了多少。上文中最可笑的,是"呵欠链环,涕泪泉涌","呵欠"可以如链环,"涕"可以如泉涌,岂曹君的自体组织异于常人吗？这种怪状,据曹君自说是看了《小说月报》,看了《新文学》所致的。那么《智识》上面所载"当归子"译的菊池宽的"□",曹君读了,不是要屎尿齐流吗？又听说曹君留学日本若干年,若再看得懂菊池宽的原文,曹君的生命,岂不发生问题吗？

我们替曹君打算,所有的一切文学,都应该是"提神"的补品,然后曹君就不"呵欠","涕"也不至于泉涌了。

我们很希望曹君之形容自己是过分,不然,真如我们家乡的一句俗谚:"厕所里瞌睡,距死(谐音)不远了。"

我并不是一味偏袒类似《小说月报》的出版物,实在是因为曹君的态度过于卑劣,由不得我不说两句。

真能做整理国故的人,对于目前借国故招牌,而陷害无数青年的"滥竽者",并不加以教诫,倒是不可思议的事！

原载(上海)《文学》(原《文学旬刊》),1924 年第 126 期。署名:宏图

十日谭

世界著名杰作,如《天方夜谭》一书,所具普遍性与永久性,固然是历劫不磨的。但除此书外,还有意大利文学[家]布喜乔(Giovanni Boccaccio)所著《十日谭》(*Decameron*, or *Ten Days Entertainment*),在世界文学史上,也与《天方夜谭》具有同样的价值。

此书起稿于1348年,1358年完成,费了十载的精力。当1348年时,达司加尼亚诸市瘟疫流行。布氏乃想像弗洛伦斯城中,有女子七人与男子三人,因为避疫逃至郊外的一个花园里。他们每日在园中谭故事,以消遣时日。在十天以内,每人每日各述一个故事,所以《十日谭》包含有长短故事共百篇。百篇中大半是述恋爱的,每篇都各具特殊的形式,富于清新的趣味,刻绘当时的世态、人情、风俗,并且能使人类的想像受了刺激。此作成于"恋爱征服一切"的箴言之下,所以他能描画一切恋爱的动机与结局。所有人类的情感、谐谑、悲哀与残酷,都融混在这百篇的"罗曼司"里,使我们阅此书时,继续地睁着惊异的眼光。

此书影响后起文学家的力量也极大。德国勒幸的《贤人拉旦》的情节,即是受了百篇中"三个指环"的暗示。《薄荷的花钵》一篇,诗人济兹曾以诗的形式重述。此外更有许多戏剧的材料。

这样伟大的作品,令我们感着有完全选译(世界各国都有译本)的必要,但目前实在没有如此的闲暇。但如却而司·兰勃氏兄妹之重述莎氏乐府的工作,却使我们感佩,我极希望有人能够这样做。至于领略此书的美妙,至少要看英译本。英译中最好的是李格氏所译的,有嘉龙氏的绘画,但是价钱太贵,要四十七元左右。此外有洛勒吉版,亦有李格氏所译,附有西蒙司氏作的原著者的传记,价钱还公道,但终于没有买着。有一种是圣马丁的版本,新近才到手。

书中有一篇名叫《教师的爱》,充满着讥讽与谐谑,其梗概如下。

非梭耳山上,从前是一个大都市,现在已成废墟。繁盛的时候,人民崇奉僧正,寺院很多。有寡妇名露加尔达,和她的两个兄弟,住在一所寺院的近旁。

露加尔达每日到礼拜堂,向来没有间断。牧师看见她的美貌,便朝夕想念。他借了一个机会,向露加尔达申诉,希望她也能够和自己同样的热烈。

牧师虽老,而心地则幼稚。他的高慢的性格与心术之不良,在地方得不着什么好评,你道露加尔达肯爱他吗?自然是憎恶他,比憎恶什么东西还要厉害。她听了牧师的话,答道:"你肯爱我这样的人,我自然是很欢喜的,但是存在你我之间的爱,却不可含有不名誉与卑劣。你现在是服役僧职,而我是寡妇,这其间不能不谨慎,我怎能受你的爱呢?"

这位牧师虽然受了一次挫折,他还有余勇。在教会里遇着露加尔达,他老是用言语或书信强迫她。她不堪其扰,不能不想最后的方法——就是把这件事的情形告诉她的兄弟,他们就想好了一条妙计。露加尔达立刻到寺里访牧师去了。

牧师见她来了,亲自出迎,露加尔达说道:"我为你的恳勤与情爱所克服了,现在我舍弃以前的决心,愿听你的自由。"牧师听了,自是雀跃数百,便要求相会的时期。露加尔达说:"随便什么时候都可以,反正我是没有丈夫的,只是地方很难。"牧师很惊异的问:"你不是有家吗?"她答道:"我有两个兄弟,这是你所知的。我们家里颇小,你来时千万别出声,因为我的兄弟就在我卧房的隔壁。"并且再三叮嘱他守秘密,牧师听说,连声称是。露加尔达返家后,就去雇了一个极丑陋的妇人,叫她坐在黑暗的房里。她和她的兄弟去会僧正,将僧正请到家里喝酒,并请看"余兴"。到家后,他们拿了火炬,请僧正看余兴。这所谓"余兴",乃是寺里的牧师和丑妇睡在床上。至于牧师看见僧正,是如何的羞耻,这是意中事。结局受了四十日的拘禁,以后便无颜来市上了。

此外还有《鹰》《帝王的爱》诸篇，都是很好的。粗粗看去，总觉得有点俗鄙，而且作者因此也曾受人的非难，但对于他的艺术，却没有什么损害。说至此，关于布加乔氏个人的身世及其余的著作，还得有所补明。

　　布氏生于 1313 年，没于 1375 年。他的父亲是意大利弗洛伦斯的富商，他是一个私生子，生地未明，或说在巴黎，或说在弗洛伦斯，但是他的母亲确是一个巴黎的寡妇。他七岁时便能作诗，幼时父命学商，因性质不投被黜。后曾研究宗教。1373 年，在弗洛伦斯，讲演檀特的《神曲》。他的处女作是 *Filocolo*，其次为 *Ameto*，乃有名的恋爱诗。散文小说有 *Fiammetta* 等□□。

　　有闲暇时想在百篇中挑选几篇译出，供爱好文艺者的鉴赏。

8 月 27 日

原载(上海)《文学》(原《文学旬刊》)，1924 年第 137 期。署名：六逸

不响的笛子
（小品）

[日本]水谷胜　作

一

我幽闭在"孤独之家"的里面，吹弄那不响的笛子。

"孤独之家"的门，无论哪扇都是闭着的，屋里是薄暗的。

那薄暗的影子，是从户外进来的，也许是黄昏的影子。

但我在那薄暗的影里，看见光明的幻相。

影子虽温柔地吻我的额，我虽然感谢它的优柔的垂顾，可是我却被光明的幻相所牵引。

只要吹响了这笛子，薄暗的影子便忽然离开，觉得光明的幻相，充满了这间屋子。

可惜无论怎样地吹弄，这笛子只是不响。

回想起来，这是我少年时候的烦恼。虽然不能吹得精巧，但无论什么时候，笛子总是响的。

二

笛子响了,在我大大地吃了一惊。初觉我自己的笛子的音,真是很好的音色。

我不能尽在"孤独之家"里幽闭着了。

我推开门,走出户外。

三

但是我的笛子,还不是那样好的音,我即时就理解了。

春天早晨花园里开的花,在春天晚上的花园里饮泣了。

在少年之日不响的笛子,现在放在我的唇边响起来了。

但是仅仅响了也不觉得喜悦的现在的我,想起少年时候曾为笛子不响而烦恼。如果在那时,岂不喜悦吗?那种烦恼,也便不成烦恼,岂非春天早晨花园里开着的花吗?

虽然烦恼着,我也不景慕吗?光明的幻相,不牵引着我的心吗?

现在响着的笛音,也许是从前突破幻相的锐利的银刃呀!

四

我想起少年的日子,就到了绝异的心的领土了。

我不能仅因为笛子响了,就喜悦了。

只要这笛子响了,便如何的幸福:作这样想的少年时候的心,巧妙地破碎了。

我不能不向这笛子求更好的音色。

我不能不由指间寻出更好的音色。

这样希望,又要预备做别的梦了!——我这般想。

五

蔷薇花因为自己放出的熏人的香气,便先将他自己醉倒,这是为蔷薇可喜的事。

如果我在我的梦里痴醉,同样地,也不可不为我自己喜悦了。

我愿我的梦,有蔷薇的那样的香气。

六

我的笛子又成不响的笛子了。不,不是不响,是不欲响罢了。

我吹响了,耳里听着苦恼的音色,忍耐不住。

然而世间许多的好人,却那样的幸福地吹弄笛子。我不吹响我自己的,世间许多人所吹的笛音,我觉得很高声的,听着。

那些人们吹响笛子,是在梦中。做出矜夸的颜色,吹气鼓着两腮。

但却不碍事。我不欲吹响,我景慕着最好的音色,清扫我的笛子。

原载(上海)《文学》(原名《文学旬刊》),1924年第147期。署名:逸 译

杂谭：诗与散文的区别

诗与散文的区别，并不专在形式上区别，有人说诗是排列得很整齐的、有音调的，是偏于表现自己的；或说诗是愿叹的，而散文则为解释的，是可分段落的。其实这些不过只说到形式而已。我们要认真区别诗与散文，只消注意内容，便可以立时区别出来。譬如说：

（一）终日

（二）由朝至夕

（三）由朝雾之幕展开到蟋蟀鸣时——

三句话，同是表现一个意思，也都含有解释的意味，但我们可以断言（一）（二）不是诗的，而（三）便是诗的。为什么呢？因为第三句更能引起我们的情绪，第一、第二两句，不能不说是简洁，不过因为简洁之故，便不能引起阅者的情感，它的功用，只能使他人明了它的原意，而不能使人进一步去留恋它，不能如爱人之互恋，是单调的，不是复杂的。第三句字数较多，能先引起阅者想像到朝夕的景色，引起一种不可言传的情绪，于是一个干燥无味的"终日"一语，便能表现得更活泼可爱,同时阅者自然是欢迎这复杂有味的第三句说话了。

懂得这点意思,又可以区别诗与散文诗,又可以将作诗的方法,应用到作散文。诗诚然是有音节的,但散文又何不可用音节,以使所表现的意思更跳动,惹人注目呢?如《东方杂志》前号所载筑山先生人兴的《物》一文,《小说月报》三号载朱自清先生的《毁灭》(本就是散文诗)等,他们都得了用作诗法去作散文的诀窍。所以表现出来的是有音节的,是如像泉水里迸出的水珠儿一般。不是呆板的散文,不是讲义式的散文呵!

近来散见杂志报章的论文,都缺乏一种散文的美,往往不能维系阅者的统觉,我觉得是一种欠缺。说到这点,又令我想到日本人写信去了。通常人写信只消三言两语便可以了事的,而在日人写来,必尽曲折委婉的能事。大概提笔一封信,他们用的语言,总是在可能的范围内,增进美感,而使阅的人轻快异常,(尤其是男女交际的信件)却又不觉得哪一句是废话。

我们表现一种意思,固然有时非用讲义式的外形不可,但我奉劝作论文的人,在非用讲义式不能的时候,可以多注意美感方面,换言之,作散文要使散文是诗的(此与散文诗有别),使阅者能感到美。试读爱伦玻、爱玛生、嘉莱儿的散文,都莫不如此。明乎此,然后散文乃可贵。

原载(上海)《文学》(原《文学旬刊》),1925年第157期。署名:六逸

结婚之夜

(Noite de núpcias)

[葡萄牙]谭达斯　原著

妮妮小姐的婚日。闺女的绣阁中,英国式,用葵绿色的绢和白色器具装饰。

妮妮正穿新嫁娘衣服,对镜戴那唯一的装饰品——珍珠的耳环。年方十八,令人爱的女郎,活泼而带男性、桃色的、细磁般的皮肤,端正的、小的鼻子,金发,小孩气,容貌美丽。

她的母亲坐在屋隅的长椅上,一面戴手衣,泣后的发红的眼睛,恍惚地看她女儿的举动。

母亲:"妮妮!"

妮妮:"嗳咿。"

母:"母女二人来谈谈吧!"

妮:"是!"

母:"赴教会之前,有几句话要你正正经经地听着。"

妮:"马车不是来了吗?妈妈!"

母:"还有半点钟,来得及的。"

妮:"妈妈的这珍珠,我戴上合宜吗?"

母:"果然好看!"

妮:"我戴上这个,就像妈妈。"

互抱接吻,妮妮走到母旁,坐在长椅上。沉默……

母:"妮妮!"

妮:"什么?妈妈!"

母:"我想将从前阿婆对我说过的话,再向你重说一遍。在我结婚那天说的……"

妮:"不是十八年前的事吗?"

母:"十九年前的事……"

妮:"妈妈还记得那些吗?"

母:"母亲说的话是决不会忘记的,你有了女孩子,你一定也会想到的。"

妮:"我是不养什么孩子的。"

母:"不养吗?"

妮:"是的。"

母:"为什么呢?"

妮:"我和安东尼这样说过,什么孩子之类,我是不想的。"

母:"这事,不是随我们自由的。如果菩萨记念着你,你就会养孩子的。"

妮:"菩萨忘记了我,便好了。"

母:"养孩子是妻子的义务,我结婚正为这桩事,并且你结婚也为的是这桩。"

妮:"为这样的事结婚的吗?"

母:"自然的。"

妮:"我是第一遭听说的。"

母:"所以我要说给你听。你到昨天止,虽是孩子;从明天起,你就是人家的妻子了。"

妮:"那么今天是什么呢? 妈妈。"

母:"是新嫁娘呀!"

妮:"妻子和新嫁娘有什么不同呢?"

母(有难色):"说不同也没有怎样的不同。"

妮:"阿婆不曾将此事教你吗?"

母:"没有教,那是处女不知道的事。"

妮:"那么,妈妈知道的吗?"

母:"你也快要知道了。你的丈夫要把一生所不能忘记的一种秘密,在你的耳旁嗫着,那时你就知道了。"

妮:"不行呀! 他除了说笑话之外,是不说什么的。"

母:"使我们幸福的,就是那笑话哪。(拿她女儿的手)附耳过来!"

妮:"妈妈! 已经晚了。"

母:"我好好地告诉你,我嘱咐你,对于丈夫,无论何时都要服从的。尤其是今天,不能不顺从些。"

妮:"为什么特别是今天不能不顺从呢?"

母:"是结婚的头一天。"

妮:"难道他没有服从我的义务吗?"

母:"有这样的事吗?"

妮:"权利是平等的。命令是在我这方面,妈妈不是知道的吗?"

母:"但是他是受过教育的,非常温柔的,真是你的好对手呀!"

妮:"非常温和吗? 不是这样吧!"

母:"为什么呢?"

妮:"为什么? 他不是这样的。"

母:"这是不成理由的。"

妮:"总之,要带我到可厌的屋里去了。"

母:"你不爱那耶斯特尔海岸的屋子吗?"

妮:"是的。"

母:"是不是因为离开妈妈的家太远了?"

妮:"不是。这是不成理由的。"

母:"那么为什么呢?"

妮:"我想要两间寝室,不料他说只要一间。"

母:"你喜欢的房间不当太阳光吗?"

妮:"不当太阳的是他的房间。"

母:"那对于患神经痛的是不相宜的。"

妮:"三十左右的人患神经痛? 神经痛的人是不好结婚的。"

母:"我和你的父亲也只有一间寝室。"

妮:"可是一间屋里,不是有两架床吗? 就是父亲,也喜欢 Double

bed。"

母:"那是我们的家风,家风是不能不重的。懂得吗?"

妮:"我从来没有和男子睡觉过,是妈妈知道的。"

母:"你真难了。和你说话,你指东话西的。妮妮!他不是你的丈夫吗?"

妮:"唉!我仍是不自由呢!"

母:"不要说这样的淘气话,你不是人家的妻子吗?"

妮:"我醒的时候是他的妻子,睡的时候就不是他的妻子。已经这样地决定了。安东尼也知道的。"

母:"你说了这样的话吗?"

妮:"是的。"

母:"他怎样说的?"

妮:"他说我将有改变意见的时候。"

母:"我也想不能不如此。"

妮:"妈妈为何发笑?"

母:"你还真是小孩子呢!"

妮:"我是什么都不打紧的。此后想做的事,已经决定好了。"

母:"决定了?是什么事?"

妮:"这是秘密。"

母:"你对我可以守秘密吗?"

妮:"阿婆在十九年前向妈妈说的是什么事?"

母:"你想要知道吗?"

妮:"我想知道。"

母:"阿婆说我们一生的幸福,全在结婚的头一夜决定。"

妮(思索):"那么妈妈为了一生的幸福,在结婚最初的一夜,做了什么事呢?"

母:"依了阿婆教我的话。"

父(现于房门外):"呀!快点哪!马车在门口等着哪!"

母:"去吧!"

次日,朝十一时,耶斯特尔海岸的家。妮妮夫人走至庭园。愉快的蔷薇色的脸,满足的体态,摘花。她的母亲恰好走来,二人相抱。

母:"妮妮!"

妮:"是妈妈吗?"

母:"昨夜怎么样了?"

妮:"真是好的。我想有许多不知道的事情都会知道了。结局什么事也没有。"

母:"睡得好吗?"

妮:"是的,睡觉睡着了。"

母:"睡后的心地不觉得有什么变异吗?"

妮:"睡后的心地真是不同。恰如妈妈所说,Double bed 睡得真舒适呢!"

母:"???"

妮:"腕也伸直,足也伸开。"

母:"你的丈夫呢?"

妮:"他也不来搅我。"

母:"究竟他睡在哪里? 你的丈夫?"

妮:"睡在床上。"

原载(上海)《文学周报》(原《文学》),1925年第171期。署名:路易　重译

《万叶集》

日本古代的诗歌中,寻不出荷马的《伊利哀》、但丁的《神曲》那般伟大的产物,所有的不过抒情的短歌。《万叶集》便是古代歌集中的杰作,与《古事纪》同为奈良朝的古典。从舒明天皇(公元1253—1301)到光仁天皇(公元1369—1442)的歌,都搜罗在此集内。歌数约四千五百首。作者包罗皇帝、皇后、农夫、渔夫、大臣、将军、兵卒、衙役、艺妓,各阶级的人,足以代表当时民族的性情,是许多自然的、原始的、纯朴的歌句。若我们要求民众的、普遍的诗歌,便不能不数到《万叶集》了。

集中的歌可以分作:杂歌、四季杂歌、四季相闻、相闻(即广义的恋歌,不只咏男女的爱情,又咏父子、兄弟、朋友的离情等)、譬喻歌、挽歌(哀另死者之歌)、旋头歌、反歌(即反覆歌咏之意,附在长歌的后面,将长歌之意再咏一遍,或因长歌之意有未竟,又歌咏之)。短歌在集中最多,与反歌合计约四千百七十三首,诗形为三十一字。集中的歌人有六百三十一人,中有女子七十一人。最有名的是柿本人磨、山部赤人、山上忆良、大伴家持、大伴旅人、笠金村等。女流以额田王、誉谢女王、石川郎女、大伴阪上郎女为著名。现将柿本人磨与山部赤人二人的歌各译十首。

一、柿本人磨歌十首

秋山的红叶繁茂，欲觅迷途的妻，但不识山径。

去年看过的秋夜的月，依旧照着，同眺的妻，渐渐的远了。

上二首丧妻后作

天边的香具山，今日晚霞暧霼，春，将来了。（春杂歌）

住家在梅花开着的冈边，不断的听着莺的歌声。（好快活呀·咏鸟）

相思着过了今朝，有霞笼照的明日的春日，怎样过呢！（春相闻·寄霞）

莫问立在那里的是谁呀！是九月露沾湿了的待着君的我。（秋相闻）

这样的深夜休要归去呀！道旁的小竹上铺着霜的夜。（冬相闻·寄霜）

秋风生凉了，不并骑到郊外去吗？看荻的花。（秋杂歌·

咏花)

今朝破晓时郭公鸟的鸣声,你听着了吗?或是在朝寝?

二、山部赤人歌十首

和歌浦中潮满时,砂洲已不见了,白鹤朝芦边鸣着飞去。(反歌)

夜渐深了,长着楸树[注1]的清净的河原,千鸟[注2]频啼。

[注1]楸树生在荒山溪流旁或野火烧过的土上。与杂草同,为自生的落叶乔木,干高五六尺,或达二丈。叶对生,形似桐叶。嫩叶与叶柄均带美丽的红色。

[注2]音 Chidori,水禽名。

三吉野的象山间的林梢,无数小鸟的啁啾。江心的波,岸边的波,都静寂了。去打鱼吧,藤江浦的渔船嚷着呢!(反歌)

到春日的野外摘紫云英的我,恋着野外,竟夜忘归了。想送给友人看的梅花,积了白雪,花也难于分辨了。从明日起去摘嫩叶,预定的野外,昨天落了雪,今天也落雪。

在武津浦荡着的小舟呀!背着粟岛,可羡的小舟呀!同笼罩飞鸟川上的雾一样,慕念旧都之情,没有一个时候忘记。(登神岳)

到田儿浦去一看，粉白的雪，降落在富士山的顶上。
（反歌）

——这些短歌都是极单纯的，有儿童一般的纯粹和自由。《万叶集》的作者，非如平安朝以后的歌人，把歌当作高级的游戏，所歌皆出于迫不得已的冲动，骤看似乎欠丰丽；但在三十一字的短句中，蕴蓄着对于自然、人情、恋爱的感思，也就很不容易了。

《万叶集》读作 Manyoshiu，此题名古来有二说：一说是万世之意，将叶字释作世字；一说是万句言词之意。原集编纂者，据僧契冲说，为大伴家持（—1445），家持从幼时便将见闻的今昔的歌笔记下来，成为此集，又混入自己所作的歌。此外诸说不一，当以契冲之说为近。

《万叶集》译为外国文字者，有亚司登氏在所著《日本文学史》（Aston: *Japanese Literature*）中所译的十余首（见原书二三页至四九页）、张伯伦氏 *Classical Poetry of the Japanese*。德译有弗洛伦斯氏的 *Gedichte der Japanischen Literatur p. 75—155 dichter grusse aus dun orten*。日本关于《万叶集》的文献多至百数十种，难于枚举。译者所藏为——

僧契冲　著《万叶集代匠记》（早稻田大学出版部版）

贺茂真渊　著《万叶集考与其他》（弘文馆出版，收在贺茂真渊全集中）

次田润　著《万叶集新讲》（成美堂版）

土岐善磨　编《作者别万叶集》（阿尔司版）

上四种以土岐善磨氏一书为佳,其书将各歌人之歌分编,不似他书之杂乱,又系白文,无主观的注释。有欲购阅《万叶集》者,谨为介绍此书。5月26日记。

原载(上海)《文学周报》(原《文学》),1925年第176期。署名:谢六逸

盛夏漫笔

最近看了一册有趣的书，就是日本千叶龟雄著的《仇讨五十种》，其中包含五十篇"仇讨"（Katakiuchi，意即复仇）的故事。因此引起我对于复仇的一点意见。复仇并不是美德，但却是人性中应有的。在现在，报复个人私仇的事，渐渐听不着了，因为已号称"文明"了。然而我国人民的公敌，倒是每年增加的。关于复仇的思想，许多人斥为蛮性、偏狭。或如培根之说："复仇如生于正义之野的杂草，若支蔓于人心，法律应努力拔除其根，因为最初的犯罪，只是犯了法律而止，若报复那'犯罪'，完全是漠视法律的威权。"在我国则《曲礼》《檀弓》中已有显明的训示，是赞成报复的。我亦以为复仇之念，是出于要求正义的满足。倘一个人或一个民族无故地受人侵害，连这样一点复仇的勇气也没有，只有哀哀地自称"我是一个弱者"，只有容忍与退让——那是十二分的可耻。我敢断然地说：无论公愤或私仇，在被侵害者方面，应该决然去复仇，并可采取任何手段。私斗固然是不好的，但此种原始性却也可宝贵。因为可以引申他去对待公敌。赵瓯北著《廿二史劄记》卷五有《东汉尚名节》一段,他在末尾这样说:"……然举世以此相尚,故国家缓急之际,尚有可恃,以揢拄倾危,昔人以气节之盛为世运之衰,而不知并气节而无之,其衰乃更甚也。"现在的国人,有许多是"并气节而无之"的,颇能以身事仇。我们并不希望豫让、聂政、侯嬴之徒出世,如果有了也是好的,因为他们的行为始终是男性的,是雄的。现在不知什么是"气节"的人很多,尤其是上海、北京等地的人,每天打算如何储财,如何能快乐地"享余年",此外的事都可置之不问,这是显然的事实。在此种情形之下,我们虽不欲说复仇等类的思想是难得的,也有所不能了。

莎翁剧《哈孟勒特》第四幕四场,当哈孟勒特遇见了挪威军队之后,他想起他的杀父的仇人,他道:

> How all occasions do inform against me,
> And spur my dull revenge! What is a man,
> If his chief good, and market of his time,
> Be but to sleep and feed? —A beast, no more.

自然,一个人除开吃饭睡觉等要事,并不专在寻仇报复。若有仇而假作不知,或以"大国民之风"而置之度外,这是什么原故呢! 比如鸦片战争不是仇吗? 若没有五卅事件这一针,我们仍可不经济绝交吗? 何况这一针之下,许多商人与舆论界的败类,反借此多得一次媚仇的机会,谁是仇敌,早已"按下不提"了。这一点复仇的思想,许多人看去是不"文明"的,然法兰西人还要把亚尔沙士、劳伦两州夺了回来,至于已经奉送了的香港,则早已承认其为"大英地界"了!

各国的文学作品中,表现复仇事件的很多。最古的有希腊悲剧 *Elektra*(莎弗克尔斯作)。剧中 Elektra 着了丧服登场,歌道:

> 覆盖神圣光明的土地的大气呀! 在暗夜终时,你曾几次听着我的悲哀的歌。与我染血的胸的波动? 我的可恨的屋里的可咒的床,因它,我在永夜,怎样哀叹我那不幸的父亲,你知道吗?……我见了星的灿烂与白昼的光明,不能止住泪与酸辛的叹息,我如丧子的莺鸟,立在父的房门外,我以大众能闻的悲叹而泣,不能自止。……地狱的赫尔麦斯哟,可贵的诅咒哟;你们——诸神的高贵的女儿;因罪而死的;目击夺去寝床的耶尼纽斯哟,来呀! 来救我! 来报复那杀我们父亲的人呀!

莎翁的《哈孟勒特》是一篇悲壮的复仇剧。法国梅里麦的 *Colowba*,描写 Corsica 人的复仇精神,是很著名的。日本文学则复仇谭最多,这是日本文学对世界文学的唯一的特色。如《曾我物语》《八犬传》《儿雷也物语》,都是复仇的故事。他如报君仇的赤穗四十七义士的故事在戏剧中也占重要的位置——忠臣藏(*Ohiusirgurn*)一剧,就是外人也知道的。近代文学家也常以"仇讨"事件为题材,如菊池宽的《复仇的话》《到恩仇的彼方》,很有感动人的力量。

他们有这些悲壮的作品,自然是各国精神的特产。在向无此种精神的国家,自然无法逼他生产,若我们能就自己的兴趣,去欣赏一番,也颇有味。临了我还是喜欢莎翁的那两行——

To hide the slain! —O, from this time forth,
my thought be bloody, or be nothing worth!

8月4日,1925年

原载(上海)《文学周报》(原《文学》),1925年第187期。署名:谢六逸

猥　谈

一

日本的开辟神话里的"拟人",比较希腊、印度的更近于人性,我们只看《古事记》第一卷所载,神的产生由于兄妹交媾,便可明白了。在叙二神交媾时,还有很天真地问启:"……以我的多余处,刺塞你的未合处,怎样？……于是相遇而行房事。"这样赤裸裸的记载,若在中古前期的教士看来,一定有亵渎神圣的罪过。而《古事记》却因有这样天真的、原始的记载,在世界的神话中,占了优越的位置,我国的《搜神记》真是"瞠乎其后"了。和辻哲郎在《日本古代文化》里《古事记之艺术的价值》一篇内,讲《古事记》为世界无类的古典,真非夸大之言。现在好了,北京的《语丝》上已有岂明先生的汉译,可惜只见到两小节的译文。倘使原书的全译单行本一旦行世,则介绍者的功绩一定在《陀螺》一类的书以上,这不是我的偏见吧。岂明先生的译文,译到我引在前面的地方,译"刺塞"作"填塞",我查植松安本居宣长注释的原文,应是"刺塞"。这一个字的"推敲",本来不关重要,然"填"字虽"雅",而"刺"字却很能"达"了。

二

《打牙牌》与《乡云歌》有同等的价值,我常常如是想。而且《乡云歌》在艺术上,不见得做得比《打牙牌》一类的歌好。江南士女的颓废的色彩,偶然在一二曲的小调里可以看出。吾乡在万山中,山中的农民,无论男女,除了老年,无有一个不是活泼矫健。他们男女配合的秩序,是先唱歌谣。每逢春色满郊,在苍翠的山坳里,便听到他们一男一女的对唱,歌声在暖风里悠扬地摇曳。听唱真是令人心神欲醉。在山野中,虽是不认识的男女,只要女所唱的歌,男的都能和答,唱来唱去(一边在工作),使女的"心悦诚服"了,便又结了一次缘。倘使女唱得男子穷于回答,或答来不投合,便不会相好的。这样的竞赛歌谣而至于欢好,就是希腊阿令比克竞技时那些老头儿的悲剧的比赛,也要逊一筹了。他们的歌称为山歌,是顾颉刚先生搜集不到的(?),除非自己去听。离乡多年,好的歌已经记不得了,现只记着一首很俗的而且是调笑的,因为题目既标着"猥谈",就随便地写在下面吧。歌曰:"远远望妹穿身蓝[注1],胯下夹一个泡菜罐[注2];青菜白菜塞不满,一条黄瓜塞满罐。"

[注1]穿一身蓝衣服。
[注2]用盐水渍的菜蔬。

劳动节写于安乐园的茶桌上。

原载《文学周报》(原《文学》),1926年第224期。署名:谢六逸

杂感：小计划[1]

往日看见国内的杂志里常有什么大上海计划的文章，不知何日可以实现。我倒有一小计划在此，想来不难实行的。

住在上海的人最认为不便的，莫如住宅问题了。平常的人都被装进这鸽笼似的房屋里。1926年的夏季，热到百度以上，深夜仍不退凉。据说热这一次，已被上天收去了无数的"罪人"，其中难免有许多是受冤枉的，他们罪不致死。

一长列的房屋，每间只隔着泥草或木板编成的壁，前后相距不远又连接着屋宇，最初创始这种式样的工程师，真应该"绝子灭孙"。所谓"巷"虽也有比较洁静的，大多数都是苍蝇、灰尘、垃圾的世界，春天不见一根草，冬日不见一匹树叶。还有江北草棚里的小孩，常来"巷"里跳舞；满身疮疥，立在吃食担的左右。我们不至于像贺川丰彦那样傻气，一夜在贫民窟里捉四五十匹"南京虫"，效他牺牲双眼为了救济贫民的原故。我们决不会那样的傻气，负有社会卫生的人员自然更

---

[1] 副书名为整理时加。

说不到了。我相信有这样一天——臭恶的小孩的气味已经送到你们姨太太的香阁里,姨太太于是大怒,罚你们跑数小时,苍蝇也已布满了你们的厅堂;江北草棚一直搭到你们的庭园里,那时你们总会想法了吧!狗官们!

我生在都市,我觉得都市于我有不少的便宜。有时要舒散胸襟,则立刻又想去寻田园的乐趣。在乡里住得久了,却又想往城里跑。因此我以为都市与田园都各有它的优点。每日在都市作工的人所居住的家宅,最好是在离开都市六七里的郊外。就上海说,最好是在这三条铁路的两旁,但须离开铁路一二里,走路约一二十分钟可以走到车站的地方,由那里到上海,乘火车也不出二十分钟以上。在那样静寂的郊外,我们造好若干美国式的平屋(bungalow),但要每家分离,住宅四围须有树木。每晨乘了火车到上海作工,夜间仍然乘车回去。住在这样的郊外,可以调剂常住都市的厌倦和久别田野的景慕。至于将住宅移到作工地方的邻近,在一方面以为来往便当,却脱不掉日常生活的板滞。

因为物质生活的进步,时有"文化住宅"的提倡。这在我们上海人还谈不到我。这点移住宅到郊外去的小计划,不知何时才可以得到大地主和资本家的青睐,大约须等到我的孙子出世之时吧!

原载(上海)《文学周报》(原《文学》),1928年第251—275期。署名:宏徒、东柳

关于文学大纲

振铎的《文学大纲》一书,在本月初已出齐了全部。最近得了翻阅此书的机会,所以顺便写下一点感想。

综合的文学史是一种极不容易编的书,只要看先进各国的出版界,此类的著作寥寥无几,便可以证明。日本的文艺界较中国先走了数十年,到现在还寻不出一部某某编著的世界文学史,足见这是一种不容易的事业。

振铎费了四年的工夫,编成此书,他的毅力与勤劳,实在使懒于提笔的人自惭。就这部书的"量"说,读者对于振铎的努力,都不能不惊异。

往昔的中国文艺界,全为传统势力所束缚,除开从事于经世文章的文人外,其余的人,如作诗作曲的,都被"权威者"所摈斥。不料到了今世,一般"脱胎换骨"了的权威者仍旧保有莫大的势力。即是除了"创作"以外,一切的文艺上的工作,都被"权威者"斥为不足齿。所以振铎的《文学大纲》出版以后,在报纸上,已见着了几次的恶评。甚至于有人说《文学大纲》的编纂方法,与帝国主义的文化侵略有关。

这样的批评文字，真可算我国所特有的了。

可是《文学大纲》的缺点与错误也很多，这是无可讳的。引起缺点的原因，就在于此书所涉的范围太大，卷帙过繁；作者下笔时也没有仔细审慎。随便举一例，比如中古传说里的圣杯故事(Holy Grail)，作者把 Grail 译音而不译义，这都是作者因匆忙而起的疵误。此外更以手民的错误，遂使此书不大令人满意。可是在一片荒土的中国文艺界(除开创作)，为应急起见，此书却可以供暂时的翻检。在我个人，确是这样想。至于今世的天才智士，以及文艺上的 Authority，当然是不屑一顾的，但也只好各行其是。

能提笔写《文学大纲》的人，不只振铎一个。可惜有的人没有振铎那样有恒肯写，有的是自命不凡，只知指责他人而不知自责，却又想当中国文艺界的权威者，因此不惜用一点含有权谋术数的批评，借以压倒他人。结果出版界里仍只有振铎的一部《文学大纲》，眼看着他抽版税。

振铎在原书第四卷的《跋》里说，"关于日本文学的一部分，几乎全为谢君的手笔"，这一点我须加一点声明，以明责任。当振铎编到日本文学的地方，除了借去我的讲义外，自然他也参考了别的书籍（如阿斯登的《日本文学》），振铎来问我要讲义稿时，我是十二分的不愿。其原因是，介绍日本文学的"权威者"很多，振铎不耻下问，到了我的名下，我真觉得惶愧。其次，我在某校的油印讲义，没有完全的一份，不愿意把破残不完的砖瓦，去供他建造殿堂之用。振铎将讲义稿拿去以后，有的经他改作；有的并未校看，便直接交与排字人。最近我由振铎赠送的一部内，发现有几处的脱落与误排。最重要的一处，是在第四卷六四七页讲到了自然派的地方，书上说："……诸人均加入自然派,后藤宙外等则非难他们,自夏目漱石的《我们是猫》《三四郎》《门》等作出后,自然派的运动,可算达到顶点。"此段的原文是:"……后藤宙外等。则非难他们,自夏目漱石的《我们是猫》《三四郎》《门》等作出后,反自然派的运动,可算达到顶点。"书上在《三四郎》的"郎"字下脱一"逗点"①,在自然派三字上脱一"反"字,以致出了毛病,成为"笑谈"。幸亏上句有"后藤宙外等。非难他们"一句,并不是有心冤枉排字工人。夏目漱石的作品曾经国人介绍,即不参考别的书籍,也该知他是一个反自然派的余裕派,这并不是什么天才或权威者的新发现。此外第二卷四七八页又脱了一个重要的表(说明连歌的),这些都是很大的错误。

《文学大纲》已经打好了纸版,原书的错误,不见得会在二版三版中改正的,这是书店老板不肯多费本钱的原故。我想必将这样地错了下去,直到振铎实践他在《跋》里说的"都在将来改动"时为止。可是振铎已经声明了"几乎出于谢君手笔",虽然我不敢自保不错,可是说夏目漱石是自然派的错,我倒自信不会有。如果振铎的《跋》里没有"几乎"一字,则我已被"权威者"明正典刑了。我很盼望振铎早些将原书改动,好叫我卸去背上的"石碑"!

1927 年 9 月

原载(上海)《文学周报》(原《文学》),1928 年第 276—300 期。署名:谢六逸

---

①底本郎字下并无"逗点"。

一九二八的日本文学界

出版界的近况——出版界与著作家——大众文学的兴盛——无产阶级文学的胜利——批评界的活动——著作家发表作品的地盘——本年度新作的代表作品——本年度旧作家的代表作品——本年度的戏剧文学——本年度在各大剧场表演的代表作——筑地小剧场的过去与现在——名优左团次游俄——名优羽左卫门回国——坪内逍遥博士演剧博物馆的完成——《莎士比亚全集》译文的完成——本年度文学界的损失

1928年,在最近日本文学的历史上,是可以注目的一年。

第一要举出的,是从去年(1927)开始的大规模的出版物,完全征服了出版界。这事好像直接与文学无关;但在今年的文坛上所起的各种现象,全是从这个事实产生的,或是和这事实有关系。这种事实所及的第一影响,就是杂志的经营困难。杂志在出版物里,向来是大量地生产的，而定价的便宜，就是其特征。可是"一圆本"的预约出版物发行以后，近一千页的书，只要一元就可以买得。因此之故，杂志仅仅靠定价便宜，就不能够把读者维系住了。在"一圆本"的高压之前，有几种在明治、大正文学史上有光辉的历史的杂志——如《太阳》《新小说》《早稻田文学》等，都先后废刊或者休刊了。还有向来当作发表文学作品的机关，有相当势力的杂志，如《女性》《苦乐》等，也不幸夭折了。这些事实的直接的结果，自然就是文艺作品的发表机关的减少。

因为这种现象，在著作家之间，就起了迅急的淘汰。淘汰的结果，最奇怪的，是旧作家遽然地没落，在文坛上销声匿迹。这虽是旧作家的创造力的涸竭，又是读者对于旧作家无所需求；但是直接的原因，是在于旧作家因为受了大量出版的恩惠，抽了多额的版税，一时得了生活的安定，目前已没有为经济而无理地创作的必要了。

其次，大量出版的决定的胜利，就是出版者完全宰治了作家或一般的著述家。试举一例，就是最近有两家书店都刊行《经济学全集》，执笔的学者，为了各人所属的书店而起了广告战。这两种出版物的作者都是日本第一派的经济学者，他们的学识与人格，全是日本人士所信赖的。试看这样的人物，会受了出版资本的轻易的操纵，就可以想见出版资本的势力是怎样的强大了。

由这相同的事实，使得出版者与著述家的关系，较之以前，更为紧张，这是应该注意的。在最近文艺家协会的聚会席上，对于某大杂志社要求第一派的某作家把小说的原稿改作，在协会里起了问题。

由这事实，可以知道因出版资本的集中而生的支配力，在著作家之间，渐次尖锐地对立起来了。

1928年的第二样显著的事实，就是大众文学（广义的）的决定的胜利。除了从前年起继续刊行的《现代大众文学全集》之外，到了今年，又有《世界大众文学全集》《长篇小说全集》《讲谈全集》等，此三种预约出版物，都收了相当的成功。最近平凡社又刊行《平凡》杂志，博文馆刊行《朝日》杂志，把纯文学杂志的没落和它比较起来，在数量上，已显示增加的倾向。只是在发行的部数上，不免受"一圆本"的打击。因此大众文学作家与纯文艺作品的作家之没落，正成一个反比例。不特大众作家发迹起来；又因为生产者之缺乏，从前作纯文艺作品的大小作家，都如被磁石所吸的铁屑一样，做起大众文学的作品来了。现在作家为衣食起见，都有作大众文学作品的必要了。

大众文学昌盛的原因，就是因为它有普遍性。向来的文学是闭锢在狭小的壳里的，取材的范围甚窄狭，大众文学之受读者欢迎，乃是必然的。

1928年的第三样显著的事实，就是无产阶级文学在文坛上完全获得了市民权。对于无产阶级文学，一向反复说着的不了解的批评，已经绝迹了。在旧作家之中，不仅陆续出了对于无产阶级文学同情的作家与批评家，有志于文学的青年的大部分都显然具有"普罗列塔利亚"的倾向。这事的原因颇复杂。消极的原因之一，就是因为旧作家的没落萎缩，文坛上有了空席。其次因为文坛人士对于社会的认识已高，听着"普罗列塔利亚"就头痛的倾向已经没有了。还有无产阶级文学运动到了今年已前进一步,向着建设的方向进行;又如时代之能支持"普罗列塔利亚"运动,也是主因。

1928年的第四样显著的事实,就是批评的活泼生动。在批评方面,旧的批评家几于完全没落了。新的批评家,是从无产阶级文学的阵营或其邻近地带出来的。这批评界并非文坛一般的问题,只是在无产阶级的文学的内部活泼地议论着的。关于"文学的大众化"这问题,曾有中野重治与藏原惟人两氏的论战,在最近的批评界,是可以注意的。同时马克斯主义者的艺术或文学的理论也兴盛地被翻译介绍。如鲁那卡尔斯基、柯斡、普勒哈洛夫、路麦尔登的著作,都有了译文。

自从《太阳》与《女性》二志停刊后,作家发表作品的地盘,只有下列的四种商业性质的杂志——即《中央公论》《改造》《新潮》《文艺春秋》。此外《战旗》与《文艺战线》,则为"普罗列塔利亚"文学运动的杂志。如《三田文学》《不同调》《大调和》三种,则为站在 Guild 的传统上的修业杂志;如《文章俱乐部》《创作月刊》《创作时代》,则为一般的修业杂志。如《周刊朝日》《Sunday 每日》则为半娱乐性质的刊物,时时出特别号,刊载创作。这一年的各作家的作品,都发表在这些刊物上。现将小说作家分为新旧两个集团,列举他们的代表作,借窥这一年的创作状况。

新作家和他们发表的作品,可以归纳如次。

中条百合子《红的货车》(《改造》)

横光利一《浴室与银行》(《改造》)

叶山嘉树《船犬"该隐"》(《改造》)

平林太依子《殴打》(《改造》)

片冈铁兵《活的玩偶》(《东京朝日新闻》)

黑岛传治《泛滥》(《改造》)

龙胆寺雄《Apart的女子们与我》(《改造》)

犬养健《南京六月祭》(《文艺春秋》)

十一谷义三郎《唐人"阿吉"》(《中央公论》)

桥本英吉《发端》(《文艺春秋》)

嘉村矶多《业苦》(《不同调》)

立野信之《豪雨》(《战旗》)

细田民树《某炮手之死》(《文艺战线》)

中野重治《初春的风》(《战旗》)

木村庄三郎《Building上的Don Quixote》(《三田文学》)

久野丰彦《用肥皂涂男子的女子的故事》(《新潮》)

村山知义《父与女》(《战旗》)

林房雄《密探》(《战旗》)

今东光《柩船》(《新潮》)

中河与一《昔时的绘》(《新潮》)

川端康成《死者的书》(《文艺春秋》)

佐佐木茂索《鱼之心》(《改造》)

小岛政二郎《乌夜巷》(《太阳》)

宇野千代《晚唱》(《中央公论》)

尾崎士朗《荏原郡马込村》(《新潮》)

浅原六郎《某自杀级阶者》(《新潮》)

下村千秋《浮浪儿》(《中央公论》)

关口次郎《妻的指环》(《文艺春秋》)

小松太郎《洛特》(《三田文学》)

冈田三郎《文子》(《不同调》)

间宫茂辅《扳上》(《不同调》)

旧作家中有许多暂时停了笔，入了休息时代。如岛崎藤村、永井荷风、田山花袋、中村星湖、森田草平、小川未明（专作童话）、久米正雄、上司小剑、仓田百三、有岛生马、谷崎精二、宇野浩二、江口涣、南部修太郎、石滨金作、池谷信三郎、铃木彦次郎等人，有的是创作力衰微，有的是正在计划大著作。下列各家的作品，可以视为旧作家方面的收获。

谷崎润一郎《万字》(长篇)(《改造》)

山本有三《波》(长篇)(《朝日新闻》)

德田秋声《芭蕉与齿朵》(《中央公论》)

久保田万太郎《春泥》(《大阪朝日新闻》)

佐藤春夫《老青年》(《改造》)

里见弴《海上》(《改造》)

正宗白鸟《人情》(《中央公论》)

藤森成吉《贫穷的兵士》(《文艺春秋》)

江马修《黑人的兄弟》(《战旗》)

就1928年的小说界看来,那些旧浪漫主义、自然主义,视为自然主义末派的人情主义、人道主义、个人主义的现实主义,视为新浪漫派的新感觉主义等等的作品,已经走到了极限。代替这些兴起的,就是"普罗列塔利亚"的Realism,视为新的Realism的新感觉派、新自然主义等,总之,就是较为彻底的Realistic的倾向,已渐呈现出生气。

现在再讲1928年的戏剧文学的状况。

这一年的剧界的一大现象,是改作剧本(即脚色物)的横行。就是把著名的小说改作,或将"讲谈"改作,将剧本表演或将西洋的作品翻案。

1. 将小说改作剧本的,有——

永井荷风 作:《偶田川》的改作(本乡座 上演)

夏目漱石 作:《我辈是猫》的改作(同上)

里见弴 作:《今年竹》的改作(松竹新剧团)

中里介山 作:《大菩萨岭》的改作(帝国剧场)

杉村楚人冠 作:《可厌的人们》的改作(泽田正二郎 一座)

2. 将"讲谈"改作剧本的,有——

《鼠小僧次郎吉》

《累渊》

《祐天吉松》

《水户黄门》

《三兄弟讨敌》

《江岛屋复仇故事》

3.将西洋东西翻案的,有——

《马丹 X》

《我的爸爸》(以上电影)

《恋爱的百面相》(德国格俄尔克·该撒 原作)

《两个俄尼费尔》(人名)(同上)

在杂志上发表的戏曲,较之三四年前,减少了不少。这一年在大剧场上演的新作,有下列各种。

《从鬼岛来的人》(中村吉藏 作,泽田正二郎 一座 上演)

《金玉均》(小山内薰 作,本乡座 演)

《邻家的花》(岸田国士 作,帝国剧场 演)

《莫索尼里》(小山内薰 作,明治座 演)

《原敬首相》(大关格郎 作,伊井蓉峰 一座 演)

《坂本龙马》(真山青果 作,泽田正二郎 一座 演)

《洛比勒少将》(北村喜八 作,歌舞伎座 演)

《维新前后时》(吉田弦二郎 作,歌舞伎座 演)

《信州义民余》(永田衡吉 作,歌舞伎座 演)

《什么东西使她这样呢》(藤森成吉 作,本乡座 演)

《西乡与大久保》(山本有三 作,本乡座 演)

下列各种戏曲中有《信州义民录》与《什么东西使她这样呢》二篇,前者是社会主义的戏曲,后者是站立在马克斯主义的观点而写成的社会剧,这样的作品,也能在纯粹商业性质的大剧场表演,是很可注目的一件事实。

其次，本年度剧界的争论，也是很可注意的。这争论就是关于剧曲以"卓越人物"为材料的争辩。如小山内薰、前田河广一郎、坪内士行都用意大利的魔王莫索尼里做题材；中村吉藏曾以大隈重信、原敬等人做题材。于是有批评家新居格氏在《读卖新闻》的文艺栏上发表文章，他对于这些用"卓越人物"做主人公的戏曲力加摒斥，(但上列诸作，并不一定是赞美英雄的)他提倡以民众的主题，提倡描写民众的戏剧。先后有中村吉藏、坪内士行加入争论，颇为热闹。

在演剧运动方面，仍以小山内薰氏主持的筑地小剧场，最能发挥光彩，是日本新剧运动的重镇。筑地小剧场已于是年改筑。他们的事业，可以分作两个段落，一是在改筑以前的，一是在改建以后的。在改筑以前，他们的工作，只是继续四年以来的工作，借表演翻译剧本以获得西洋剧的剧场里的机械作用与技术。所以在以前是从事于东西文化的媒介的工作。是年初所演的翻译剧本，有《玩偶之家庭》是为易卜生百年纪念的纪念表演，又演新俄的短剧《委任状》、德国该撒的《两个俄尼费尔》。又在帝国剧场表演过易卜生的《皮尔肯特》、莎士比亚的《中夏夜之梦》；前者是纪念易卜生，后者是为纪念坪内逍遥博士的莎氏剧全译完成而演的。创作剧的表演，有藤森成吉的《相恋记》、前田河广一郎的《被造成的男子》等作。改筑后的工作，一变从来的方针。他们以过去所得的技术与专门的知识为基础，努力于新国剧的建设。改筑后的第一表演，就是小山内薰自己改作的《国性爷合战》(原为近松门左卫门的《净瑠璃》，小山内薰改作后曾在《文艺春秋》上发表)。11月演久保田万太郎氏的《大寺学校》，与里见弴氏的《拜托》(Tanomu),12月表演北村寿夫的《鲥马哲学》,与上田文子的《晚春骚夜》。筑地小剧场的前途如何,未可逆料,惟因他们的刺激,出了不少的优秀的戏曲作家,为日本新剧运动计,它的存在,有莫大的意义。

此外在1928年的戏剧界还有三件要事,就是——

1. 左团次游俄;

2. 羽左卫门回国;

3. 坪内逍遥博士的演剧博物馆的完成。

左团次与羽左卫门都是日本歌舞伎的名角。左团次到新俄去表演日本的歌舞伎,得与新俄的新兴剧界接解,必受了不少的影响。他回国后的转变如何,颇为一般人所注目。羽左卫门回国后,将改革日本固有的剧场组织,如缩短表演时间等,(日本的歌舞伎的表演,在八时间以上)都已计划妥善,决定在是年11月在歌舞伎座实行。

坪内博士的演剧博物馆的完成,在是年的10月下旬。坪内氏是年正值七十岁诞辰,他是日本文学界的元勋,培植的人材不少。他历年来翻译英国莎士比亚的戏曲,认为毕生的事业。今年已将莎氏著作全部译完,向由早稻田大学出版部刊行。日本人士纪念他的功勋,特集各界酬资,助坪内氏在早稻田大学内建设演剧博物馆,各国人士及本大学毕业生都有寄赠。(多为关于演剧的资料)馆内搜藏古今中外各时代关于演剧材料的全部,(书籍、衣服、道具等搜罗极富)此外对于演剧有关系的风俗、建筑、调度等的材料、绘画、文献等,应有尽有,实为东方演剧界的一大宝库。

1928年的日本文学界的轮廓,略具于此。外如葛西善藏(小说家)、片上伸(评论家)、若山牧水(诗人)三氏的逝世,实为本年日本文学界的大损失。

附记

本文根据下列文献——

1.《新潮》杂志十二月号

2.《文章俱乐部》十二月号

3.《读卖新闻》文艺栏

1928 年 12 月 15 日稿

原载(上海)《文学周报》(原《文学》),1929 年第 8 卷第 1—14 期。署名:谢六逸

东邻消息

一

马克斯《资本论》的翻译者,日本社会主义评论界的英杰高晶素之氏,于12月23日午后3时10分,逝于本宅。氏自11月起即患胃溃疡,卧病不能起床,最近腹膜炎并发,势甚沉重,亲友百般施救,卒无效。高晶氏生于明治十九年(1886),卒业前桥中学后,学于西京同志社大学神学部,未几,退学。此时即从事社会运动。曾入狱,明治四十四年入界利彦氏创立的卖文社工作,直至大正七年。其后与倡国家社会主义的界利彦、山川均等分道,着手马克斯《资本论》的翻译,前后费时十年。译作甚多,重要者有《社会问题辞典》《资本论解说》《社会进化思想讲话》《唯物史观之改造》《社会学思想之人生的价值》《财产之进化》《马克斯主义批判》《古代社会》《社会学入门》等,外有随笔数种。

二

日本新剧运动健将，筑地小剧场的建设者，戏曲作家小山内薰氏，忽于12月25日午后7时因急病逝世。是日下午，因上田文子〔上田万年博士（女）〕所作《晚春骚动》上演于筑地小剧场之故，特在偕乐园开慰劳会，小山内氏在出席时，突然起了心脏麻痹，陷于危笃，召附近医师诊视，已无术回天。定于28日午后2时举行"剧场葬"。遗骸安置于剧场的舞台中央，吊者甚众。氏为广岛市人，生于明治十四年七月。东京帝国大学英文学科卒业后，与名优市川左团次发起自由剧场。大正元年游学欧洲。归国后，便努力于德奥及欧洲各国新兴剧曲的介绍。日本震灾后，与土方与志等建设筑地小剧场，对于日本新剧界，作划时代的大贡献，论者拟为日本的莱因哈特。最近曾为苏俄招游，待为国宾。氏作剧曲多种，今年（1928）曾作《国性爷合战》上演于筑地小剧场。氏也作小说，有小说集《窗蝶笛鹭大川端》《江岛生岛》等。所译欧美各国剧甚多，不遑枚举。

对于以上二人的逝世，吾人谨表惋悼之意。

原载(上海)《文学周报》(原《文学》)，1929年第8卷第1—4期。署名：宏徒

日本文艺家协会对于各杂志社提出最低稿费的要求

"日本文艺家协会"是日本文艺界唯一的公会,该会为保护协会会员的著作权计,前曾向各剧场提出作品表演费的要求。前月(11月,1928年)又向有关系的各杂志社提出最低额稿费的要求,已得多数杂志社的同意,结果甚为圆满。

近几年来,日本成名的作家,其收入之丰,颇为惊人。一个作家成名不久,就买地皮造房子,或者拿了几万元去游欧洲。不用说这都是受的资本主义的恩惠。

日本作家的报酬向以原稿纸一枚为单位。原稿纸一枚,计二十行,每行二十字,双折为两幅,写满一张纸,不过四百字。但空行与外国字也计算在内,并无除空行的办法。如菊池宽、里见弴等成名作家,传闻有时杂志社给他们的报酬是原稿纸一枚酬百元。下面所载的,是文艺家协会对杂志社提出的最低稿费要求,即以四百字一张的原稿纸为计算的单位。文学的价格分创作与杂文两种。

	（杂志名）	（创作）（圆）	（杂文）（圆）
讲谈社 （该社出版九种杂志）	帝王（King）	10	7
	少年俱乐部	7	5
	富士	6	4
	讲谈俱乐部	6	4
	妇人俱乐部	6	4
	少女俱乐部	6	4
	幼年俱乐部	6	4
	现代	5	3
	雄辩	5	3
博文馆	文艺俱乐部	3	2
	朝日	4	2.5
	新青年	3	2
	讲谈杂志	3	2
	谭海	3	2
	少年世界	2.5	1.5
	少女世界	2.5	1.5
妇女界社	妇女界	7	4
	爱儿之友	2.5	1.5
宝文馆	若草	2.5	1.5
	令女界	2.5	1.5
主妇之友社	主妇之友	8	5
东京社	妇人画报	3	2
	少女画报	3	2

续表

	（杂志名）	（创作）（圆）	（杂文）（圆）
实业之日本社	妇人世界	6	4
	日本少年	4	2.5
	少女之友	4	2.5
妇人之友社	妇人之友	3	2
中央公论计	中央公论	4	3
	妇人公论	4	3
改造社	改造	4	3
新潮社	新潮	3	2
	文章俱乐部	3	2
文艺春秋社	文艺春秋	3	1.5
平凡社	平凡	5	3
朝日新闻社发行	周刊朝日	3	2
日日新闻社发行	Sunday 每日	3	2

上列数目字是最低限度的要求，通俗杂志社对于成名作家的报酬，常是二三十元一枚，最高额则无限制。此种要求，只是为保障投稿者和无名著作家起见罢了。

原载(上海)《文学周报》(原《文学》)，1929年第8卷第1—4期。署名：宏徒

断片：著作界的吸血鬼

中国大部分的民众都困苦呻吟于重重压迫之下，这是显然的事实。穷苦的小工有工头剥削他们的枯瘠的肉与血，薄饷的兵士有官长中饱他们的食粮，颠连无告的女子有虔婆把她们贩卖，总之，中国的社会无论何时都笼罩着黑沉沉的烟雾。

显明的榨取与剥削是大家知道的，不料近一年以来，忽然有一种"新兴"的榨取者出现，他们为恶的程度，比贩卖人口更可怕，比地狱里的 Satan 更狞恶。事实是这样的——

一个学生来告诉我，说在"法租界"那边有一位"名人"（至少也被人目为志士的），组织了一个什么会，会里的分子是懂得外国语言的学生（有的是白昼在课堂上听讲了一篇外国语的文章或小说，到了晚上便算是懂得的，这一种更为会里特别欢迎）。这些学生在名义上是入会研究，实际上就等于把身子卖给鸨母一样。（请恕我用这样不敬的比喻呀！因为我实在没有言语可以形容这种榨取者的万恶了！）入会的学生全是家境不充裕的，一入了会，榨取者就拿书来叫他们翻译,平均的酬报是每千字奉送七八角钱。被榨取的人白昼没有空闲,常是熬着夜替他做苦工,到了稿子译好,(或是一巨册的书,或是一篇论文)交到榨取者的手里,他便写上自己的名字,算是他的工作,再把稿子卖给几家大书店。因为他是一位所谓"有名"的人,次则也有熟人可托,稿子售出,他至少可以得到三块钱一千字的稿费,于是他虽睡在床上不动,也可以白白地赚一笔钱。据说一时不能售脱的稿子,便把它储藏起来。因为他还有别的收入,这种利息是要慢慢地赚的,所以他的抽斗里还有"存货"呢。

大约现在是"读书人过剩""著作者过剩"的时代吧。这些提着笔的小苦力们的弱点,是被吸血鬼看得极准确的。将来总有更进步的一天,会有人把这些苦工们募集起来,开一个文字工场,从事于"大量生产"的。做总经理、协理、董事的人好借此发财,而吾华的文化也得以促进,我预祝吸血鬼们的前途无量。

原载(上海)《文学周报》(原《文学》),1929年第8卷第9—13期。署名:毅纯

苏俄的教育人民委员长阿拉德里·鲁纳却尔斯基

鲁纳却尔斯基是文学作家吗？也许有人要反问的。他现在正做苏俄教育人民委员长呢。他是文学作家吗？教育人民委员长是等于教育部总长，我们只听见教育部总长打学生的屁股、禁止男女同校、奖励读经，哪里会有教育总长来干文艺呢？然而千真万确，鲁纳却尔斯基是一个文艺作家。

鲁纳却尔斯基是剧作家，也是伟大的批评家，著作很多，对于普罗列塔利亚文化颇有贡献。《苏俄辞典·人名篇》记载着："从在基夫中学读书时，就加入革命的小团体。1897年入莫斯科社会民主党，被捕，先被逐到凯尔卡，后被逐至维洛古打。"有人说，他的父亲是波兰人，母亲是俄人，生于基夫，家中很穷。又有人说，他以1876年生于波尔打瓦附近，家里是大地主，学费一点也不困难。总之，他的身世，现在还不明白。

在他所著的《关于革命》里，知道他从幼年时代起就是一个"宗教与专制政治的热心反对论者"。《苏俄辞典·人名篇》说："1904

年他亡命外国,从事于日内瓦的多数派,机关报纸《弗伯利约特》《普罗列塔利亚》等的编辑。在1910到1912年的反动时代,他属于弗伯利约特团,专心于劳动教育,在加普尼岛与波洛利罗劳动学校教书,大战后成为Internationalist。三月革命后返国,十一月革命后被推为教育人民委员长,直到现在。"

以上是他的革命事业经过的大略,现在说他的作品。他于1906年在狱中写了一篇处女戏曲,名叫《皇帝的理发匠》;1910年著《浮士德与都市》《饿里浮·克龙维尔》《贤者瓦希尼莎》,又作宗教剧《天国的伊凡》;最近的著作有《解放了的唐克孝》《德意志宰相与锁匠》《熊的结婚》《放火犯人》。此外又有《浮玛·加拔勒尔拉》一作,则未完成。

评论有《艺术与革命》(中收五篇文字)、《证实美学的基础》、《关于马克斯主义文艺批评任务》、《一迟钝者的平和论》、《名誉论》、《生活的反响》、《剧场构成史》、《剧场再论》、《莫斯科的演剧战线》与近著《欧洲文学史》等。

原载(上海)《文学周报》(原《文学》),1929年第8卷第14—18期。署名:谢六逸

断片：陈恭禄君的《日本全史》

从前看过黄公度氏的《日本国志》后，一向没有机会看见国人所著的日本国历史。近见陈恭禄君的《日本全史》，如获至宝。陈君参考了不少的西人所著的日本历史，在"历史系主任贝德士教授指导"之下，编撰此书，诚切要之工作也。

陈君的原书叙述过于枝节，有许多重要地方又略而不详，我以为是一个缺点。你看原书第四页物产一项下，记着这些东西——

> 朝鲜境内家畜，推鸿犬、豕、马、牛、驴为盛，其南部所产者，尤负盛名。山中多虎，力大而猛，人民之居近山者，常为所噬；亦间有猎之以为生者。虎皮丰厚，价值昂贵，肉可以为食，骨可以为药。

据此看来，陈君的《日本全史》，不特尽了史书的职责，抑又兼备"商业地理"的妙用，但在不敢吃老虎肉与不喝"虎骨酒"的人，对于陈君文笔的周到,恐将不胜"可惜之至"了。

原载(上海)《文学周报》(原《文学》),1929年第8卷第351—375期。
署名:毅纯

《游仙窟》解题

[日]山田孝雄　作

《游仙窟》是成于唐初的一部小说,传为张文成的著作。

张文成是则天武后时人,名叫鷟,文成是他的字。生前,文名在本邦很高。看《唐书》记着"新罗日本使至,必出金宝购其文",就可以想像了。他的著作有《朝野佥载》《龙筋凤髓判》等。此书(指《游仙窟》)应该在本国(指中国)传存的,但并未听说流传,未知何故。或者在本国已佚失,仅传于日本吧。

本书早已见于"日本国见在书目录",正如传入日本的《唐书》所说的,是日本遣唐使携回的。可是在大宝时充当遣唐使少录(官名——译者)的山上忆良,在他的《沈疴自哀文》里说——

《游仙窟》曰,九泉下人,一钱不直。

据此看来,或者是山上忆良一行人带回来的也未可知。上语是节录本书第二十七页所见的文字。在忆良的文中,也引用得有孔子的话、佛经的话,《抱朴子》《帛公略说》等书,可想见当时已把此书和经、子为伍,是不足怪的。

本书似为"奈良朝"时代的文人所爱读,除上述之外,《万叶集》卷四有大伴家持赠坂上大嬢的歌十五首,其中有四首以此书中所述为根据,这是自契冲以来的学者所承认的。第一首有句曰——

觉 Kite 搔 Ki 探 Redomo 手 Nimo 触 Reneba
(惊觉搅之,忽然空手。)

第十五首有句曰——

吾胸截 Ni 烧 Ku 如 Si
(未曾饮炭,腹热如烧,不忆吞刀,肠穿似割。)

这些句子,都是以本书的文学作蓝本而写成的。如要探求此外间接受本书影响的歌,为数必多。

本书入"平安朝"后,更为广布。源顺奉了勤子内亲王的旨令,撰《和名类聚钞》,即以本书的训为典据,引用之处凡十有四条。用为他的著作的典据的,在汉籍则有《尔雅》《说文》《唐韵》《玉篇》《诗经》《礼记》《史记》《汉书》《白虎通》《山海经》等;在日本的书籍,则有《日本书纪》《万叶集又式》等。可见那时已把此书和这些书籍为伍,被人重视。又本书的文句,又为《和汉朗咏集》等所引用,或被用为

"谣物"。又在《唐物语》里,也以本书作材料,作为一场的"说话"。

由此看来,本书虽为一篇短的小说,但在探求日本文学源流之一的古典的人,必须备于座右。其次,在日本国语学上,也是可以宝贵的,为古来学者所重视。如《和名类聚钞》则以本书的训为其出典,本书的训,有不少古语的流传。试举一二为例,如在《万叶集》里,"大夫"一语,训为 Masurawo,这在古来的学者间有不少的议论。在本书内,用"大夫"的字面之处有二。庆安版本,均训为 Masurawo,因此遂决定《万叶集》的训义是不错的。又本书内"未必"读为 Ustutaeni…Sezu,借此又可以推知《万叶集》里 Ustutae 一语的意义了。又"挪入火"一语,读为"火 Nikufuru",借此也可以知道今语之古了。又"鬓欺蝉鬓非鬓"里的"欺 Ki",为《军记物语》里常用的字。庆安版本注云:"欺,凌轻也。"借此又足以想见背着日本国语本来的意义而这样使用的由来。由这种见地来论本书训义,可以得到许多的解说。又如本书训读时所用的假名字体,在日本文字史上,也是富有价值的资料,这已成为学界的定论,兹不复赘。

《游仙窟》流传日本的版本,据吾人所见的,有古钞本二种、版本二种。古钞本之一,就是本书;一为名古屋真福寺所传,北朝文和二年九月二十四日,名叫贤智的僧人所写的一卷本。版本的一种,有文保三年四月文章生英房的序文,为庆安五年出版的"美浓纸式"六十五纸的一册本,此本有注释。版本的其他一种,是有"元禄三年"的序文的《游仙窟钞》,为"小形半纸本",分为五卷。此种的卷头有假名的注释,本文是从庆安版本照样取来的。序文里也曾声明。此外《经籍仿古志》载着与庆安版本同种的旧钞本有两部,著者(即山田氏)尚不知存于何处。

真福寺本,曾为狩谷掖斋用为《和名类聚钞》的考证,颇著名。但它的抄写,尚在本书(本书为醍醐本——译者)十年之后。故醍醐本可说是现存版本中最古的了。

此本为醍醐寺所藏,阅本书的跋,知为康永三年所抄写。原本为正安二年之物,阅跋亦可知。本书的抄写,后于刊本序文的年代文保三年约三十年,但原本则约在其前二十年。在这一点,所以是现在流传的最古的本子了。

此本为一卷轴,用白楮纸,联以涂墨色之轴。纸宽九寸七分,继长五丈四尺八寸四分。纸数凡三十四张,第一纸长一尺五寸四分,第二纸以下长一尺六寸三分,最后一纸,直至轴所,长一尺三寸八分,以下则卷于轴上。

文字是用墨写的,有天地线及纵线的墨界。界高七寸七分乃至八分。第一纸十七行余,第二纸以下一纸为十八行,最后一纸为十五行余,其中末尾八行无字。

封面用淡茶色,里面贴有金箔的纸,系有纽,似皆为后来所加者。全部均衬以纸。第一张头上有表题,曰——

　　　游仙窟 全 一卷
　　　康永三年十月十六日摸之
　　　法印权大僧都宗算

其衬贴用之纸,下端有横的"旧记等名目"的文字反映着,因用旧纸的反面,横着衬贴上去故也。

汉字旁的"假名点"均用朱书,其他声点、返点、合点则用墨记。行间及栏上的批也用墨。

用纸衬贴时,为虫所蛀之处,纸片的位置已非原形,略见文字之形而已。例如此复制本第六页第七行(第三纸)最后的"夜"字的中央部分、第八页第八行(第五纸)"寻常"的"常"字上部中央的部分、又第十页第五行(第五纸)"难求"的"难"字的中央部分等是。

醍醐寺本误字不少,特依庆安版本,略为更正。

(译者注:安田氏原文,此处有校刊记,兹从略)

醍醐寺本虽有不少的错误,但庆安版本的误处由此本得以更正者也不少。计算最显著者,实有二十五条。兹不遑枚举。(下略)

大正十五年十二月六日

译后记

《游仙窟》在我国久已失传,惟在日本文学上,发生了影响。现振锋君向日本古典保存会求得山田孝雄氏的翻印本,因得见上文,特译出,以觇古代中日两国文学的交涉。

1928.12.20

原载(上海)《文学周报》(原《文学》),1929年第8卷第1—4期。署名:谢六逸　译

两种国文教科书

每个大学招考新生时,无不感到投考学生国文程度的低落(包括发表思想和阅读能力,等等),这是一般的现象。考其原因,不外中学时代国文教师的不良和国文教本的不当。为学生着想,在中学生时代没有打好国文的根底,实在失却一个最可宝贵的机会。在大学里虽然也可以学习国文,但是教学的方法根本上和中学校的不同。就是说中学生所受的国文训练和大学生所受的国文训练应该有差别。举例来说,向中学生讲解一篇《赤壁赋》和对大学生讲解一篇《赤壁赋》,教师所用的方法是完全不同的。就学生方面讲,还是以完全听受这两种不同的讲授方法为好。

现在每家书局都出版一两种国文教科书,因为是"教科书",所以销路大,销路大则可以多获利润,何况"国文"又占教科书中的首席呢?国文教科书是任何人都可以编的,同时任何人也不会把它编好。所以国文教科书的种类虽多,对于"教""学"两方面的人仍然没有什么益处。例如选材杂乱,就是目前国文教科书的最大病根。编辑者的桌上放着许多旧籍新刊,或是别家的国文教科书,手执利剪一把,在一二小时内,不难编成一部国文教科书。我揣想有一部分的国文教科书是用这种方法编成的。其次选材雷同,也是一个病根。旧的文章大家都会选,你选了一篇《桃花源记》,我同样也选一篇。新的作品除了现代的几位作家而外,没有什么可选的。近年来我国作家的生产力似乎不大好,编辑先生们只好把那几篇作品选来选去。又如文章的编排没有一定的计划,前后的联络并不注意,也是最大的弊病。

国文教科书是中学生学习国文的工具,工具好、教法好,学生才能获益。现在各书局出版的国文教科书我都看过,令我满意的很少。在许多国文教本里面,我以为徐蔚南氏所编的《创造国文读本》(世界书局版,初中用,已出四册)和傅东华、陈望道两氏所编的《国文》(商务印书馆版,初中基本教科书之一,已出三册)要算最适宜的书。现在略把这两种教本的优点介绍一下,以供中学国文教师或研究"国文教育"的人作为参考。

《(初中)创造国文读本》的卷首,编者有一篇关于《(初中)创造国文读本》的文章,足以说明编者的方针和方法,引用如下:

一、我国中学国文教科书,自来只是《古文观止》一类的变相,在国文教育的意义上,实无多大价值可言。十年前,国语文学运动勃起,又以教育制度的改革,国文教科书的编辑,才起变化:第一,国文教科书分为初中、高中二部;第二,国文教科书的名称,一变而为国语教科书;第三,所教选材,多白话作品,即素被轻视的小说戏曲亦被选用了。国文教科书之为国语教科书,变化虽大,然除推广国语运动的一点功效而外,关于国文教育的目标以及学生的心理和程度均因未遑顾及,贡献殊少。迨至国民革命成功,初中国文教科书乃又踏前一步:第一,已知国语教科书名称之不当,而恢复国文教科书之名称;第二,教材之排列,已知就学生的心理与程度,而由记叙文而说明文而议论文,不复似先前初中国语教科书开始即选议论文或名人演讲了。但考察国民革命成功后所出之初中国文教科书,我们觉得教材的选择,还不免因袭旧书;至于如何使初中国文教科书达到国文教育的目标,以及如何使初中国文教科书具有活泼泼的生命,以求教员之爱教,学生之爱诵,而收国文教育之实效者,更加没有一点注意。以致我国初中学生直至如今不仅还得不到一部爱诵的国文教科书,并且因为不满于现有的国文教科书,甚至对于国文课程也觉得乏味起来了!

二、民国十八年教育部刘大白先生等所订的《初级中学国文暂行课程标准》公布后,初中国文教育始具正确鲜明的范围。标准中所定的三个目标,即:

1. 养成运用语体文及语言充畅地叙说事理及表达情意的技能;

2. 养成了解平易的文言文书报的能力;

3. 养成阅读书报的习惯和欣赏文艺的兴趣。

这三个目标尤为世人公认为十分具体、十分精确的。《标准》中教材选用的标准，教材排列的程序，对于国文教科书的编辑也都能给以切实的南针。我们设能依据《标准》教材大纲而编辑，固然可以编成为一部进步的国文教科书了。但依《标准》教材大纲编的教科书，却并不就是能够达到《标准》中所定的目标的好工具。要使教科书达到目标，真能成为国文教育的好工具，那么我们在编辑时，除开依据教材大纲外，同时不可不把那三个目标，改成为三个问题来彻底研究一下：

1. 如何能养成运用语体文及语言充畅地叙说事理及表达情意的技能呢？

2. 如何能养成了解平易的文言文书报的能力呢？

3. 如何能养成阅读书报的习惯和欣赏文艺的兴趣呢？

如果初中国文教科书能把这三个问题来解决，当然也就达到国文课程的目标了。

三、三个目标所改成的三个问题中，第一、第二两个问题比较还易于解决。因为第一个问题的核心，是在使学生会得作文；第二个问题的核心，只在养成了解平易的文言文的能力。我们编辑时，就这两个问题的核心，用力下去，就可告相当的解决。只有第三个问题最为难。专载社会秽闻的朝报，不用训练，学生看得津津有味；见鬼见神的小说，不用诱导,学生百读不厌。如果要说对于正正当当报告世界政治、经济、科学等新闻的报纸,养成阅读的习惯,那就为难了。要对于要仔细深味的文艺作品,养成欣赏的兴趣,那就更为难了。因为愈是高级的书报,愈是严肃,愈是不肯迁就人,那就是愈难养成阅读的习惯;愈是优良的文艺,愈是高洁,愈是澹远,那就是愈难养成欣赏的兴趣。这第三个问题,因之盘旋我们脑际最久,甚至发生无从解决之感。近者,对于这三个问题的解决,都已找出相当的具体的途径来了。我们就想应用这新辟的途径来试编一部初中国文教科书,命名为初级中学《创造国文读本》,编辑方法,略如下述:

1.本书教材的选用和教材的排列悉依部定标准;

2.本书为养成运用语体文及充畅地叙说事理及表情达意的技能起见,每册中选辑议论作文法的文章约五六篇,而此种文章的本身,仍须不失为精读教材的,错综排列书中,乃得收作文法和范文两者真正混合之效,而免绝然两物硬凑一起之弊;

3.所选教材,篇篇都是积极的、建设的、适合国情的,文艺作品则尤注重于深入浅出而又耐人寻味者;

4.本书为养成阅读书报的习惯和欣赏文艺的趣味起见,除选文外,复插入多数字画照片。或为作者之小像,或为作者之签名墨迹,或为与文中有关系之艺术作品,务使本书具有跃如的生命。不仅成为教师当教、学生当读之书,且复成为教员爱教、学生爱读之书；

5. 选文注解，一般都注在每篇之末，翻阅并不便利，却有损美观。本书将各篇注解，汇集一处，统列书末，但各课注解仍各各分开，翻阅之便利当不让于注解于各篇之末者，而支离灭裂之弊，却已可免；

6. 书名"创造国文读本"，并非自敢夸大，只是因为本书的编辑方法，在中国国文教科书中，还是第一个尝试，用"创造"两个字来和一般初中国文分个区别罢了。

编者曾和我谈起选文的苦心。他说：

选文极难。例如讽刺的幽默的文章，小孩子读不懂，而且也不适宜，所以鲁迅氏的佳作，人家都选，我却没有选。读本选文不过给学生做一文章的根本，而中国文章的体裁种类又那么多，常常棘手。人家新方法，文选之后加以文法，好则好矣，奈硬凑何！且中心混乱了，究以文法为中心呢，还以读文为中心呢？法国的文法读本，上即大字定义，下边就选文章做练习。我的，将文法修辞放在注释里，自三册起。

文章排列亦一问题。常常排列，不是因为深浅关系，便因季节关系，还有文章的长短、文言或白话、诗或文等使人弄得手足无措。我的办法是想把第一课至第末课弄到一气贯串。例如第四册,先是子对母,次父对子,再次女对父而及战事。至此换一中心,由战争出发。议论的文章是作为承上起下的转换机关,可惜一二册没法办到一贯。

因为每册书都是放假后开学用的,学生在假期中过的是家庭生活,所以每册开始选家庭的材料,然后才选社会的以及其他。

看上面引用的文章和编者自述的意见,可知这部教科书的编选是很有计划的——尤其是材料的选择和次序的编排,颇用了一些工夫。在我看来,原书的最大优点是在于内容富有变化,处处能够引起学生和教科书亲近。编者要达到这个目的,他在每课里,插入和文字有关系的照相或图画,甚至于作者的墨迹和照相也苦心地搜求得来,或插入本文,或用为补白。教科书里面的文字常被学生认作干燥无味的东西,这样一来,学生的兴味增加不少;教师也极便利,可以用图证文,吸引学生的注意力、观察力、想像力,实为一举而数利备的办法。在选材方面,如第一册里的《男子汉》的一言,《七月初九日清风阁望钊儿》(诗)、《爬山》、《金山夜戏》(张岱作)、《北京的茶食》(周作人作)、《文章底原素与作文的态度》(陈望道作)、《工作》(李石岑作)诸篇,都为别的国文教科书所未采用的,这一点也值得称许。把注释和作者的传略,放在每册的卷末,这比较放在每课正文的后面好些,因为对于教师有益也。

第二种是傅、陈两氏所编的《初中国文》,原书共六册,现只出到

第三册。这一部书的特长,有下述诸点:

1. 选材

现在流行的教科书,在选材方面不免偏重,或者侧重美文,或者侧重应用。侧重美文,便忽略日常生活所需的文字;侧重应用,学生又缺少欣赏文学的机会。原书对于应用和欣赏两方面都能顾及,不特此也。如报纸的评论、长篇通信、书简公文、科学文字,等等,向为他本所不取,原书则斟酌列入,这不能不说是一大特色。

2. 编次

书中同一性质的文章,编者将它列为一组,以便比较。例如第一册的第一篇为《国文的将来》,学生学习之后,可以明白文言文与白话文孰占优胜。接着又选了《读书的四到》,这可视为一组。目的在使学生有一个明确的观念。第三、第四篇同为《洪水故事》,前者选自《圣经》白话译本,后者选自文言译本,学生读后自能比较白话文言的异同,又能和第一篇《国文的将来》互相映证。像这样的编列,是颇苦心的。

3. 注释

一般国文教本的注释,只消借重一部《辞源》,便可翻开抄录,能够翻检《经籍纂诂》,已经不容易了。原书不仅于难字、典故、地名、人名加以详注,即文字浅易而于学生的了解上不得不有一番详细解说的,也加以注解。这一点非别的教本所能企及。

4. 说明

每篇文字的后面,均有注释和说明。"说明"在编者自认为"新的尝试"，其目的是暗示教员以教授的方法，同时指示学生以诵习或欣赏的方法。本来中学生学习国文的目的，不应只在文句的解释上做功夫，还得养成解剖文章的习惯，让学生获得一些欣赏文章的路径。可是编者的"说明"却不可把教员在讲堂上的话都代他说尽，如是则教员将不乐于采用。本书的说明，仅做到"提示"即止，教员反觉便利不少。

5. 文法与修辞

每篇文章后面的文法与修辞，都是从文中自然引出的。如有不足，再引用旁例。文法和修辞的解说，虽然分散在各篇之后，合起来前后自成一部系统的文法和一部系统的修辞学。

总括起来，中学生在三年之内，读完这一部教本，一方面既能体会各种文字的形式与内容，一方面又得了"文学概论""作文论""修辞学"的常识。

现在流行的国文教本，我以为上述的两部是最适宜的，因此在匆忙中写出这点"读后感"，介绍给未来的国文教师。

原载(上海)《文学旬刊》，1933年第1期，1933年第2—3期。署名：谢六逸

泰西轶闻：亚洛温克里

奥军长驱入瑞士腹地，瑞军百战不能逐之出。敌军声言必蹂躏其市镇，并掳农民之谷畜而致瑞民于奴隶始止。瑞民知之，咸自惴惴，思苟非为国力争，则身家莫保。于是携箭负弓、执镰荷锄者，相率自山谷间来。时敌军方整队沿大道而行，军皆武装。瑞民相聚窥之，仅见如林之矛与光明之甲盾而已。以瑞士衰弱之民，而能敌此强壮之军耶？其酋曰："余等必破其队，事乃有济；俟彼大队纵连，击之颇非易易。"乃下令发矢。惜仅中敌军之盾，相与投石掷棍者，亦未中。中辍，而敌军队伍卒未乱其毫发，沿途前进，戈矛林立，视之如豕背之鬃。以视彼瑞民之顽石、木棍、弓箭之属，判若霄壤矣。其酋复言："余等既不能破其队，此后更无时机以战，亦惟坐视国亡已耳。"时一人名亚洛温克里者，趋而言曰："此山之侧即吾美满之家庭，斯时吾妻及子方引领以冀吾返也。虽然，今日余誓舍此身以报国，彼等弗能再见吾面矣。友乎，各尽尔职，吾国其能自由乎。"言已，趣行，复返首而呼曰："众友随余，俟余乱其队时，其各尽尔力而战。"斯时彼手中一无所有，直冲敌军矛盾密处，大呼让路，卒横亘队中。时敌军万矛交加，群集刺之，队乃大乱。瑞民乘机而入，奋勇直前。民惟知有可爱之主国，而忘其身，夺敌矛而攻之，卒获大胜。是役也，他乡人民均未闻知，而瑞士竟赖此以救，谓非亚洛温克里之功耶？

亚洛温克里，一农民耳，乃知牺牲身命以救国。方今中国外患频仍，莫由抵御，阅此篇而亦有观感者乎？余日望之矣。译者附志。

原载《学生杂志》1917年第4卷第5期。署名：贵阳省立模范中学校学生谢光桑

诗与韵律

舜典曰："诗言志。"《毛诗》序曰："诗者志之所之也。在心为志，发言为诗，情动于中，而形于言。"就这二者的意义推绎出来，诗就是我们胸中之所志，而借音律的帮助，表现于外面的，中国人对于诗的解释，大概是如此。在西洋则不然，英语的"Poetry"和法语的"Poesie"，皆出源于拉丁语的"Poeta"，这字含有"Maker"（创造者）的意味，所以亚里士多德说诗人是发明的、想像的、创造的，后来彭·约翰孙与却仆曼等人，皆从亚氏之说，力主"创意"与"律格"为诗之特色，到了诗人歌德、南达等出，遂将诗看为艺术品，重视形式方面。英人渥士华司、美人惠特曼等诗家，则力斥重视形式（音律）之弊，以为诗之本质，全在情绪与想像（内容）。近人司德曼在所著《诗之性质》里曾说："诗是成为律语的想像语言，以表现创意、趣味、思想、情热，人间灵性的观察者。"近代法国诗人浮海伦（Emile Verhaeren）[①]说："诗人所志，惟有一途：即除开作教训诗之外，全是将热情、情绪与思

[①] 浮海伦（Emile Verhaeren）为比利时诗人。

想等,注入于吾人自由选择的形式之中,以表现自己,至于形式方面,与其依据一般所承认的法则,或固定的诗形,不如应自己的心境,而有所发现。……所以诗人直接的目的在表现自己,间接的目的在达到美。"综括以上诸说,无论主张重形式,主张重内容,都脱不了情绪二字,足见诗是主情的文学了。日本诗人生田春月在《新诗作法》里说得好:"诗是最率直、最单纯、最直接表示我们感情之物,诗是最原始的艺术之形式,所以诗的起源,在一切艺术中是最古的,西洋有说诗是和'亚当''夏娃'同时产出的,这话很不错,最初的人间,就是最初的诗人。"又说:"诗是人间的感情达于高潮时的声音,即是感激之声、感动之声,无论是喜是悲,我们的心决不能平静的,总得有一种形式表现出来。"他又把诗人比小鸟说:"小鸟为什么要歌呢?因为小鸟想歌出所以便歌出,小鸟之歌,不过是它自己依从它的本能的命令而已;又因为要歌出,这才是小鸟的快乐之故。诗人就是小鸟,是人中的小鸟。"由于这些话,更可以帮助我们对于诗的解释了。

(附注:生田氏原书,经我译其一部分,载于《学灯》,读者可以参证。)

诗的形式,无东西洋之别,古时都是有音律的,在早时且把这一点作为诗与散文的区别。不过音律的种类,因为言语的差异,各国未必相同,中国则重平仄及押韵,例如(○代平声,●代仄声):

远上寒山石迳斜白云深处有人家停车坐爱枫林晚霜叶
●●○○●●○●○○●●●○○○○●●●○○●●

红于二月花(七绝)

○○●●

去国三巴远登楼万里春伤心江上客不是故乡人(五绝)

●●○○●○○●●○○○●●●●○○

西洋诗里和中国的平仄法相当的为抑扬法,例如:

Hŏnōr ănd shāme frŏm nō cōnditiŏn rīse.

Hōnŏr's bŭt ăn ēmpty būbblĕ.

(ˇ表抑声,－表扬声)

抑扬声之分类,因缀音不同,分为二种。

二缀音为一步者有四种。

1. 抑扬格(Iambus)ˇ－,(例)The rul-ling passion Con-quers rea-son still.

2. 扬抑格(Trochee) －ˇ,In her lonely silken mur-mur.

3. 扬扬格(Spondee) －－,Dark night.

4. 抑抑格(Pyrrhic) －－,Hap-pily.

以三缀音为一步者有八种。

1. 抑抑扬格(Anapest)ˇˇ－,I have read in an old and a mar-vellous tale.

2. 扬抑抑格(Dactyl) －ˇˇ,Jupiter,great and om-ni-potent.

3. 抑扬抑格(Amphibrach)ᵛ－ᵛ,Redundant.

4. 扬抑扬格(Amphimacer)－ᵛ－,Winding-Sheet.

5. 抑扬扬格(Bacchius)ᵛ－－,The dark night.

6. 扬扬抑格(Antibacchins)－－ᵛ,Eye-Servant.

7. 扬扬扬格(Molossus)－－－,Long dark Night.

8. 抑抑抑格(Tribrach)ᵛᵛᵛ,Insuperable.

以上虽有十二格之多,但常用者只有以下六格。

1. 抑扬格 de－cay'

2. 扬抑格 Morn'－ing

3. 抑抑扬格 To the fame'

4. 扬抑抑格 Ten'－der－ly

5. 抑扬抑格 Tre－men'－dous

6. 抑抑格 Sea－weed

若一行诗中,有五个抑扬(Iambic),则名抑扬五步格(Five foot iambic),以次类推。

英诗中从前有押韵头者,如——

  The fair breeze blew,The white foam flew,

  The furrow followed free;

  We were the first that ever burst

  Into that silent sea.

但现已废去不用,押尾韵者,如——

Yet some maintain that to this day
She is a living child;
That you may see sweet Lucy Gray
Upon the lonesome wild.

西洋诗有二句一韵,或三句一韵,多不拘泥。中国诗除律绝有一定外,古诗则从"解"而转韵,或一韵到底的也多,例如太白的《怀张子房》——

子房未虎啸,破产不为家;沧海得壮士,椎秦博浪沙;(一解)
报韩虽不成,天地皆震动;潜匿游下邳,岂曰非智勇。(二解)
我来圯桥上,怀古钦英风;唯见碧水流,曾无黄石公;叹息此人去,萧条徐泗空。(三解)

第一解中,每隔二句押麻韵;第二解四句中,隔二句押董肿相通之仄韵;第三解六句中,每隔三句押东韵,如此的押韵法,足见中国诗的变化,是为最繁的了。

做西洋诗是没有《诗韵合璧》一类的书可查的。押尾韵时只看母音同一与否,纵不同一,至少要相似,又与母音相同的子音,也要同一才行。中国诗里押韵不嫌同音,只嫌同语,这是因为中国字是一语一音,同音语是不能避去的,西洋诗也近于是,譬如"Child"与"wild"叶韵,每字"–ild"的子母音都是相谐的,这可算是完全的押韵法。又如"Join"与"divine"对押的时候,句尾的母音虽不一致,却仿佛相近,所以也可押的;但若将"aught"与"fault"相押,则为错误,因为母音虽同,而子音则异,是不成韵的,至于不嫌同音之语,亦与吾国相似,如"night"与"knight"之类是。

此外与音韵有关者,是为造句法。造句法大体分为步(feet)、读(pause)、句(verse)、偶(couplet)、解(stanza)五段。依抑扬法,抑扬或扬抑为一步,例如 When ｜ thěy ｜ ride ｜ in ｜ State ｜ Whēn 扬 Thěy 抑,此扬抑二音即为一步;次 ride 扬 in 抑,又为一步;State 则一音一步。因此步又别为几类:由一缀音成者为单音步(monosyllabic foot),二缀音成者为二音步(disyllabic),三缀音成者为三者步(trisyllabic),四音步以上则少用,普通以二音步、三音步为常格,单音步在中国为罕见,惟于杂言体中间或有之,例如《咏酒》曰:

酒,酒,酌来,饮取,君莫诉,时难久,偏乐少年,能娱老叟,对月不可无,看花必须有,于髡一醉一石,刘伶解醒五斗,临行强战三五场,酪酊更能相忆否?

此诗起首二句即单音步,而且是一步一句格,二音步则为第三句第四句,以及通例的五七言诗前半句。三音步为此诗的第五句第六句及五七言诗后半句都是。

"读"是便于读诗的分法,有使音团成为旋律的调和的功用,例如一行中有十个音的,便可以点读为四音与六音,一行有十二音的,可以点读为两组六音,兹举例如下:

The cruel, ravenous, hounds ‖ and bloody hunters sneer,
This noblest beast of chase, ‖ that vainly doth but fear,
Some banke or quick-set finds; ‖ to which his hanch opposed,
He turns upon his foes, ‖ that soon have him enclosed.

是皆为十二音折半句点读为六音者。又如——

The quality of mercy ‖ is not strained, ‖
It droppeth ‖ as the gentle rain from heaven
Upon the place beneath, ‖ It is twice blessed; ‖

是为第一行分为七音与三音,第二行分三音后,其次与第三行相续分为六音与四音。又如——

Two principles ‖ in human nature reign;

Self-love to urge ‖ and reason to restrain;

则将十音句分为四六音。以上皆为大读法,又有小读法,是为大读中所分之小读,更以前例分小读,例如:

Two principles ‖ in human nature | reign;
Self-love | to urge ‖ and reason | to restrain;

上句中双线表大读,单线表小读。

"句"是由若干"步"相集而成的,英诗一行即为一句,故"句"亦名"行"(Line)。西诗法一句必由同一格之步而成,如为扬抑格,则全句皆用扬抑格之步,规律亦严。句由步分为以下各种:

一句一步者曰一步句(Monometer),一句二步者曰二步句(Dimeter),三步句(Trimeter)、四步句(Texameter)、五步句(Pentameter)、六步句(Hexameter)、七步句(Heptameter)、八步句(Octometer),以次递推。

"偶"即音韵相叶之句,英诗二句三句叶韵,即为一偶。中国诗如:"遗却珊珊鞭,白马骄不行,章台折杨柳,春日路旁情。"按"白马骄不行"与"春日路旁情",即为二句之偶。又如:"北风吹白云,万里渡河汾,心绪逢摇落,秋声不可闻。"之起、承、结,是为三句之偶。

"解"为二句以上集成者,是为一篇诗中的最大段落,西诗亦多四句一解,但不一定,皆视诗人为转移。中国诗中有转韵者(见前),有一韵到底者,例如杜甫的《玉华宫》,则为四句一解,四解一篇而成。西诗的解,不及中国诗的显著。日本之和歌,则为一句一解。

韵律之话,略尽于此,但"诗"纯为感情所产,必不能久为律格所拘,以束缚个性。于是法国诗人保罗·维尔冷(Paul Verlaine)、玛拉尔麦等人,遂反拘束之桎梏,主倡自由诗派(veis-libristes)。

自由诗全不论律格,如法国波特勒尔的《小散文诗集》,俄国杜格涅夫的《散文诗》,美国的爱伦·坡、惠特曼等,都是这派的前驱。他们大体上对于自由诗的主张有以下数点:

1. 用日常及正确的语言,摒斥装饰的语言;

2. 为表现新情绪而创造新韵律,不取旧的韵律,旧韵律不过是旧情绪的反响;

3. 选择题目绝对自由;

4. 表现影象(image);

5. 不作朦胧漠然的诗,而作坚固明了的诗;

6. 期于紧缩。

在他们以前的大诗人都没有这样大胆,因为他们,"诗"在文学上的地位才有今日的这般尊荣。兹引自由诗一首于次:

    A butterfly,

    Black and scarlet,

    Spotted with white,

    Fans its wings,

Over a privet flower.

A thousand crims on fox gloves,
Tall bloody pikes.
Stand motionless in the gravel quarry,
The wind runs over them.
A rose film over a pale sky,
Fantastically cut by dark chimneys;
Across an old city garden.

人的感情常新,所以表现也常新。近来更有未来派诗人出现,比较自由诗更是进步,他们曾宣言说:"近时科学上的各种发明,使人间的感受性非常发达,遂不能不以新感情代旧感情了。新感情必需新表现的形式。新感情以速度、噪音、猛烈以及应用科学为归,新表现势亦紧迫;亦以高声、残忍、无线电信的、信号招式的、物质的东西为切适。"于是他们作起仅仅用单字堆成的诗来了,有时只见着几个数目字,或是排成三角立方等形,或蜿形如蚯蚓,要是从前讲惯了律格的诗人见了,正不知要如何发怒呢!

原载《学生》,1922年第9卷第9号。署名:六逸

人生与文学

The proper study of mankind, is man. (Pope)

To exist is to change, to change is to mature, and to mature is to go on creating oneself endlessly. (Bergson)

凡百学问都是和人生有关系的,似乎应该为一般人所承认的了;然不免时常听着人口里唧咕,仿佛在那里说有些人当这世事纷扰的时候,放着正经事不做,镇日地弄什么小说、戏剧、诗歌,把缙绅先生所看不起的雕虫小技,拿来做得津津有味,而且在咱们中国,科学这般不发达,实业又那般的幼稚,还不赶紧干一点实用的东西,使别人得点实利?不见那研究科学的,他们坐在试验室里,弄出了许多合用的东西出来;研究农业商业的,也有实在的效果;研究文学的人,终日沉思默想,终究是画在纸上的东西,虽则有可以表演出来的,但不过叫人笑一霎哭一霎就算完事,真是"无裨实际",这是何苦呀!也有人替研究文学的人辩解,说他们终久是有用的,当我们茶余酒后,要的是消遣品,这些东西也可以开开心呀!——这两种人对于文学的误会是我们时常听见的。他们的最大弊病就是不懂得人生与文学有什么关系,不懂得人生为什么要求文学,文学曾怎样影响于人生。他们只知道与衣食住有利害关系的东西是最好的,而自己则如昆虫一般,营其生理作用,由生产以至死亡而已。对于人生二字的完全意义,实是不得其解,质言之,他们只知有生理作用,而不知有人的生活,因此对于使人生创造发展的文学,妄加评断。其次的,也将文学看为可有可无的,不过是一种娱乐品。他们对于"逾墙搂处子"一类的作品,"饾饤獭祭"一派的文字,便趋之若鹜,倘若含意较深,或用语浅明,就连消遣二字也说不到了。综言之,便是不明人生与文学的关系。因不揣冒昧,将平日读书所得,参以己意,由文学的本质及倾向上,将人生与文学的接触点,说出来和大家商榷一下。

我们劈头遇着的一个大问题,就是人生是什么,这个问题实是不易解答。问人生(Life)是什么与问人(Man)是什么? 其解答的困难是一样。从来的许多哲学家、文学家,总没有截然的一条定义,有的说人是有思想的动物,[注1]有的说人是不知足的动物,[注2]此外不胜枚举。对于"人"字的答案的困难已经如此,至于"人生"二字的答案也是这样,全凭着各人的主观去解释它。一部哲学史差不多有一半是这个问题的解答,自此以后,我怕星月没了的一天,这问题依旧是没有一定的解答啊!

"人生"二字的解答既然困难,只好在困难之中想出一个相当的解释。其实"人生"二字的意义虽然广漠,但我以为最重要的是这一个"生"字,何以呢? 因为造成人生的内容的,除了"生"以外没有什么。"生"便是"生着",要我们"生着",我们才有存在的意味,而我们的内外的一切要求,都全靠这"生着"为根本。"生"是一种不可思议之力,使一切有存在可能的,便是它;造出我们的可得意识的一切现象的,也是它。不过这种力量的具体的解释,我以为是不可能的事。因为一个人决不能够暂时和"生"分离开,我们的一切存在全浸透在生的里面,所以不能够客观地考察"生"是什么东西。日本有岛武郎曾有一个譬喻,他说:"人没有入于其真空之中,决不知道空气是何物。但若离开空气而入于真空,那么人已经死了。"[注3]他的说法虽然微欠恰当,可是除此之外没有更好的譬喻。人与空气的关系有时还可以用种种的方法去知道他,而生之力则在空气以上,因为"人生"完全由"生"之力而成的,不能下客观的观察,所以比空气还要难得明了些。话虽如此说,我们也可以找出一条路去探求它,就是我们由"生"的行动的经验,可以知道一点"生"对于"人"的关系。换言之,"生"的本质虽不可解,而生之力于人的动向是如何,却可以体验得的。

凡人在世中均保有各自的存在,无有不欲持续各自的世界之冲动,这是一切人的内在的要求。又我们对于自己的存在,不仅仅欲持续而已,还要使它扩充,使它强固,即是延长我们的内在的要求,这种要求应该要死的时候才失掉的。生的时候,这要求成为强力,不断地活动着。这要求便是"生之力"所致的。

生物学家叫这力量为"本能"。由进化的原理说:是深而且广的活动于生物全体的力量,可以看为推进无机物成有机物,有机物成单纯生物,单纯生物成复杂生物,复杂生物成人间之巨大的力量。由心理的进化方面说：是引导无意识的活动到有意识的活动，由有意识的活动到反省的活动，由反省的活动到道德的活动之巨大的力量，这些都是生的动向。所以生的动向是由单纯到复杂、由外面的到内面的，由粗糙到精致、由无自觉到有自觉、由无表现到有表现地引导一切存在的。换言之，就是使一切存在由不完全走到完全的路上去。"生"就是使一切存在为可能，绵延完成的。人生便是在这生之流中流着的一部分，最重要的一部分。因此"生"是表现我们自身的，表现就是创造。上帝所创造的亚当与夏娃，[注4] 无非是上帝自身的表现，所以除表现无创造，除创造也无表现。文学便是表现与创造，不是上帝的表现与创造，是人生的表现与创造。在这一点，我们就可以谈到人生为什么要求文学了。

凡是人都有表现自己的本能。外面的生存条件如饮食起居等，只要我们仔细一想，无一不是表现我们自己的。推广至于所作的事业、举止，也全是自己的表现。二十四小时之中，无一刻不是我们自己的表现，人生便是表现的步骤。不过表现是有程度上的差异的，又因为我们要表现自己，必须相当的媒介物，经过我们的取舍之后，才能表现自己。这媒介物之中，便有我们的面影存着。在物质方面，用一杯食物，也是我们的表现。推广说来，做一件事业更是我们的表现，发声长叫是表现，做诗更是纯粹的表现。这些都是我们内部的要求，因为我们要满足这要求，我们才饮食、做事、长叫，才作诗。人生不过是艺术的活动而已。

这样看来，一般人的生活的本来面目，都是艺术的，无论谁人都有表现自己的要求。只是彻底的表现是不容易的,有些人因为感情的迟钝,或有人虽欲表现,而自己的培养不足,都做不到,有这两个原因,所以除艺术家而外,都不是纯粹表现的生活;然而艺术的共鸣,我想无论谁人都该有的。在广义上,无论其人的性质如何,社会的境遇如何,程度虽差,总是一个艺术家。这话乍看去,似乎过分,其实只要是在自己的生活中创造前进的,都是艺术的意味。人类由原始时代发展到现在的文化时代,都是全靠这创造之力,这种力成为原动力在我们的内部活动的时候,于是我们的生活才生出种种的式样,生活的式样有缺时,也能使它革新转化,变成新生活。

人生的动向既是由内向外,便是一种的发展。具体一点说,我们为自己的活动,为自己的兴趣,为自己的感情,为自己的人格,为自我而得地位、工作、自由,以至调和的扩张,才可以说是"生着",才可以说是发展。倘若人生为外界所闭塞,或是因袭的、传统的,没有奋斗力的,则简直是无存在,这样的人生当然是没有创造与表现的。为什么呢?因为他们的思想与感情是隐蔽着的,他们还受着"生存竞争"的旧思想的荼毒,做了面包的奴隶,不过如昆虫般蠕蠕然而动、营营然而食罢了。自己的思想感情尚且不能表现,何论及创造新的思想感情——人生呢?到了这步田地,是不能够应内心的世界,在外围创出世界来的,只是消极地求免贫穷、免饥饿,求满足乞丐般的欲望以求怜于他人而已,[注5]这样一来,自己的工作也不是自己的表现,思想感情更说不到表现了。

文学是什么?便是人的思想感情的表现,[注6]又是创造新思想感情的。人生的表现与创造，就是文学的表现与创造。而且凡是表现与创造，决不能出于实用的或嬉戏的态度的，倘若这样，便失掉了文艺的意味，怎见得呢？譬如人的叫声，当然是表现感情的东西，然我们发声，有时是为保存自己、繁殖种族的，有的为求友，有的为求偶，在最早的原始生活，叫声的目的不过是如此，到了后来，就渐渐不同。换言之，就是不仅仅是为实用的动机所发出的，如感痛苦时不知不觉所发出的叫声，觉得喜悦时不知不觉的叫声，都没有实用的要求在背面。而且出之于有意无意之间，照这样无实用的意义，感着自己内部的痛苦而表现出来的，才是文艺的表现，是人生的表现，不是昆虫的表现。只消说出这一点，已够把唧咕说文学不实用的人办得倒了。

由此以观，人生要求文学之切，自不待烦言而解。以下再由西洋文艺表现的倾向上，说明人生与文学的接触点。

人生的时期不外过去、现在、未来三者，因此历来文学家作品里表现的倾向，也不出这三个时代。当人生感着绝望的时候（即患病或受挫折的时候），便想到目前的生活是很虚弱的，遂把荣华富丽的情形在脑筋里左思右想，而这样的情形是不易办到的。恰好处于这种时代的人，其意志力又因失望而变薄弱，要把荣华富丽的生活在目前筑造起来，是不容易的事。于是他们想出了一条妙策，可以不用意志力而能得的，就是模仿过去，把过去的华美搬到目前，欧洲1304年到1500年左右的生活，便是如此。此时文学家所表现的人生，全是过去的，苟非希腊罗马的武士的勇武，非妄诞不经的传说，是不能满足当时人们的欲望的，这便是古典派的文学。[注7]他们所描写的是华丽之梦,不是现实,他们的人生观是回顾的、羡叹的、情感的。其时的作品使个人屈服于标准及法则,忠实于型范,非过去的华美衣服不穿,因此表现自己的活力便减少了,而表现的对象又仅仅是过去,所以他们只觉得过去是最优越的。

到了18世纪末叶,正当欧洲国民勃兴的时候,人的感情更加发达,既不回顾过去的生活,也不注目现代,只是凭着他们奔放的热情梦想未来,想把自己的生活引到别的世界里去。其次,这时的人都是生活于国家主义之下,中央集权的组织方盛,一国里除了王公贵族、僧侣武士外,没有民众的事,影响所及,遂以稀有的东西为贵。于是罗曼派的文学[注8]遂产出,以荒唐冒险为尚,期待未来的生活。此时的人生,可用狂热激昂、憬慕不安二语表之,人生观亦流于热情的、空想的、传奇的、破坏的。

至19世纪的科学精神大倡,空想的人生观摒斥无余,一变而为机械的、唯物的,谓物质支配一切,人生与万有的关系,更加明了。在以前的注目过去与未来者,至此纯以现在为归。自然派[注9]文学之主旨,全在此处。其中虽派别不同,其以客观的态度观察及描写事物,则为各家一致,当时的人所以不能不注视现在,亦有理由,就是物质生活增高,凡人均受压迫,实无梦想未来与羡慕过去之余裕,所以文学的倾向,亦趋于描写自然,不再铺张粉饰,惟以表现或批评现在之人生为务。如法国的莫泊三,俄国的屠格涅夫等皆主人生的艺术(Art for Life's Sake),至此人生与文学的关系,更是明澈了。

综上以观,具见文学与人生无时或离,而想把内外的人生表现出来,亦非文艺不能的。所以无论复杂或单纯的人生,没有不缩影于文学家作品中的,平常人所不能得到的思想与感情,亦在作品中可以求得,是文学乃人生的本来的需要,而使人生向上发展的东西。其次文学作品虽非挟目的同来,然感染所及,尤无微不至,固不仅为改造思想而已。

然则今后的人生应如何?虽人人不必尽同,但文艺化的生活当为首要。就是我们不应该为物质所支配,所有工作,勿为恐怖而工作,当为爱而工作;勿因奴隶般的强迫而工作,当工作于以自己的手制造的真生活兴味之中,即是将人间的生活看为一个艺术,这种生活才真是人生的表现。此后我们的创造,亦当注意于美,美乃人间性质及活动的产物,为内部调和的表现。试看春景煦和、日光杲然,绿枝野花,生机勃郁,草地上啁啾的小鸟,小溪里潺潺的清流,浴于大气之中,这是何等欢喜的美、自由的美呀!倘若无希望、无兴趣、无爱,终日为物质营营不辍,以至于心身皆疲,则人生的真意义果在什么地方呢?

[注1]John Dewey:*How We Think*. chpt.1.

[注2]G. B. Robson:*The Way to Personality*. p.1.

[注3]有岛武郎:《讲演集》十四页。

[注4]Adam and Eve 见《旧约·创世纪》。

[注5]详见 Moulton:*The Study of Modern Literature*. p.364 以下。

[注6]详见 Edward Carpenter:*Angel's Wings*. Chpt.0。

[注7]详见《小说月报》十一年一号《西洋小说发达史》。

[注8]同书三号。

[注9]同书五六号。

原载《学艺》,1922年第4卷第3期。署名:谢六逸

西洋文艺思潮之变迁

一、古典主义与浪漫主义

西洋文艺思潮的变迁,以有机的关系,为一贯的连续。最近二世纪间文艺思潮的演进,可以期分如次:(1)18世纪,为古典主义(Classicism)时代;(2)19世纪前半,为浪漫主义(Romanticism或译罗曼主义)时代;(3)自19世纪的中叶起,为自然主义时代(Naturalism);(4)由19世纪末叶到最近,为新主观主义或新浪漫派(Neo-Romanticism)时代。这四个时代,(2)为(1)的反动,(3)为(2)的反动,(4)为(3)的反动,让我们先从古典主义说起。

十七八世纪的欧洲文艺,以法国为中心,根基希腊、拉丁的古文学风格,造成了一种模型,这个时期,总称为古典主义。此时一般人的生活,都是极因袭的。在道德、政治、宗教上,也仅以过去的、已成的标准法则为正当,至于个人,则应极力服从其威权,换言之,他们的生活不过是守着以前的型范罢了。在艺术上,也忠实地守着从前的型范,即是守着希腊、拉丁的型范。希腊、拉丁的艺术,以统一、均齐、明晰、规律等事为重,爱整齐的形式,即是智巧的。艺术的制作,以雕凿智巧为可贵;并且将统一、均齐、明晰、规律等智巧的条件,寄托于事物的表面上(形式上),所以又是形式的。其次,古典主义的艺术,是在现实、平易的事物中,探求形式的美,就是现实的。总括以上各意,智巧的、形式的、现实的三者,就是古典主义的特征。这派艺术虽是整齐的,但以他们运用冷静的智巧,便损了感情;因为形式,害了内容,不犯固有的法则与标准,惟事模仿,个性的表现是很弱的,没有活泼泼之力,更没有热情了。

这种景况,不单是当时的艺术是如此,当时人人的生活状态,也是如此。由于文艺复兴运动(Renaissance,或译新生时代,阅者可参考西洋史)唤醒的自觉,与自由研究、自由信仰的精神,刚由基督教的束缚解放了,同时又被古典所囚。但是,曾经一次自觉的人们,便不能永远地安于这种境地。那些自古传下来的、束缚人的标准法则,戕贼自己个性的事,是为醒觉过来的人所难受的。于是乎他们呐喊:舍标准!弃法则!打破一切因袭,由屈窘的束缚将我们解放!"返于自然(Return to Nature)"呀!这种呐喊声中的第一个,就是法国大思想家卢骚(J. J. Rousseau),他是浪漫主义的始祖。那萌芽于文艺复兴运动,渐次发达的自由、平等、博爱等思想,有卢骚的呼声,如晨鸡在漫漫长夜高啼一般,文艺上遂起了革新的运动。

浪漫主义是什么呢?从前的古典文艺是囿于因袭与型范的,浪漫文艺则以自由为贵,破除型范;古典派专事模仿,浪漫派则重独创;

古典派徒事智巧与形式之末,浪漫派则注意人间自然的情绪,以内容为主;古典派以现实为材料,浪漫派则恣意空想,取材于超现实。

看下列的表,更易明了:

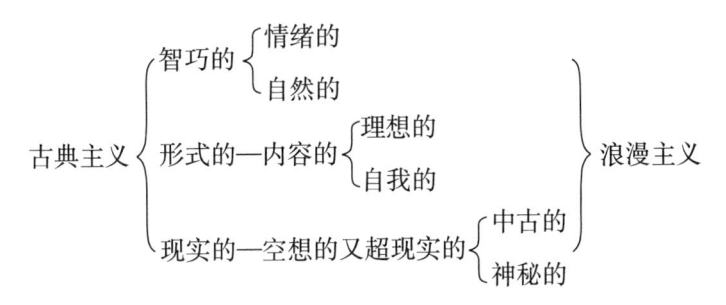

$$\text{古典主义} \begin{cases} \text{智巧的} \begin{cases} \text{情绪的} \\ \text{自然的} \end{cases} \\ \text{形式的—内容的} \begin{cases} \text{理想的} \\ \text{自我的} \end{cases} \\ \text{现实的—空想的又超现实的} \begin{cases} \text{中古的} \\ \text{神秘的} \end{cases} \end{cases} \text{浪漫主义}$$

第一,古典主义如前面说的,是以智识为重,在制作上,也以智巧的条件为重,他们的艺术如大理石的像一般,虽美而整齐,但是冰冷的。浪漫主义的艺术,则摒斥冷的智识,让热烈奔放的情绪活动,又排除狭小的人工,以还于本来的自然。所以这情绪的、自然的二点,便是浪漫派的第一特性。其次,古典派偏重形式,损害内容;浪漫派则重内容。内容是什么呢?一面是理想,一面是自我。所以这内容的一点,是浪漫派的第二特性。(以前的古典派专事模仿,没却作者的个性,所以浪漫派要主张自我,将自己的理想,毫无忌惮地歌出,文学之尊重个性,自此为始,我们应该记着。)复次,浪漫派对于古典派的现实起反动,成为空想的或超现实的,又因久厌古典派的无味的现实,遂倾向空想。因为在从前,自我性不能自由地表现,发挥自己的感情也不可得,想像的自由也被削夺,到了浪漫派的艺术,才得自由;才能将心里所思的想像,尽量发挥出来。其时很缺乏科学的精神,因此浪漫派的想像是空想,仿佛天马行空一般。所以他们描写的,无论时代,无论场所,都是超越现实的。描写的时代既是超越现实,就仅有那过去的、暗淡的、引诱人们的想像的中古,方能相当场所超越现实。也只有人间以外的神秘界相当一些,于是乎空想的、超现实的、浪漫派的特性,更引起中古的、神秘的两个特性了。以上所举的情绪的、自然的、理想的、自我的、[中古的、]神秘的六个特性之中,只要具备二三样,又或完全具备的艺术,就可称为浪漫派的艺术。(按这六个特性,是互相关连着表现出来的,只表现一种的时候是极少的。)

二、由浪漫主义到自然主义

浪漫主义是立于古典主义与自然主义中间当作渡桥的,因此浪漫主义之中,潜伏着许多自然主义的要素。浪漫主义是内容的,反于古典主义的形式的,已经在前面说过。所谓内容的一语,便是打破形式,这是浪漫主义与自然主义相通之点。这两派都把内容看得比形式重些,但是同一的注重内容却有相异的地方,此点颇足注意。(至于如何的相异后详)又浪漫主义是自然的,(这要素同时又造成自然主义的根底)抛弃人间一切的技巧,轻视文明、归于自然。作这种呼声的第一人卢骚,就是浪漫主义的先驱。(同时又可说是自然主义的先驱)这"自然的"一语之内容,在浪漫派与自然派虽各不相同,但于舍弃人工的作伪,以就现实的自然之点,意味则略相同。不过浪漫主义是讴歌固有的情绪,自然主义是描写固有的自然,二者的区别,便是在此。(自然一语可以作两个意味解释:一是指原有的一切状态,一指天然或自然等自然物。)又讴歌或描写山川草木的自然,在这两种主义上,也各现出特性,古典派是不一顾自然的,这两派的艺术则极以自然为重,因此,二者有共通的性质。又自然的一语,在别一方面,可以看为平民的。古典派是贵族的;浪漫派的艺术,则为平民化的艺术,漠视权威,有使个性自由的要求。没有权威,便撤去了阶级,撤去阶级,即为平等,平等就是平民,这平民——浪漫的思想,表现于政治上的,乃颠覆那法兰西贵族政治的革命运动;这同样的革命运动,在文艺上出现,便颠覆了古典的贵族文艺。所谓贵族的,就是人工的;所谓自然的,就是平民的意思。如以上所述内容的,自然的、平民的各点,在浪漫主义与自然主义都是相通的。所以自然主义,一面可以看为浪漫主义的反动,却又可以看为浪漫主义的延续。至于引导自然主义的,不外是科学的精神之勃兴。科学的精神!你是这新旧文艺的分水岭呀!

跨于18世纪后期至19世纪前半的欧洲各国艺术,因为浪漫主义的运动风靡一世,在德国有所谓"狂飙运动"(Sturm and Drang = Storm and Stress),贵推(Goethe)、西喇(Schiller)、克拉司特(Kleist)、海痕(Heine)等勃起,英国有渥尔斯华司(Wordsworth)、哥尾其(Coleridge)、济兹(Keats)、司各特(Scott)、拜仑(Byron)等人,俄国有普希金(Pushkin)、娄芒夺夫(Lermontov),法兰西有劫特卜尼南(Chateaubriand)、拉玛丁(Lamartine)等出现,至许俄(Hugo)、哥梯(戈蒂埃,Gautier)出,则浪漫派之隆盛,达于极点。如前面所说:打破形式、平民化二点,虽为浪漫派、自然派所共通,但二者有极反对的倾向。第一,浪漫派是极端主观的文学。排斥理智与形式,一任热情所经,恣意空想。其所描所歌的题目,是绝然的、空想的珍奇怪异,意在激动人的想像与感情。一面是"对于美的憬慕",一面为"惊异的复活",英吉利的批评家百达(Pater)说:"浪漫的精神要素,为好奇之念与爱美。"这是极当的判断。所以这派艺术是热情的、空想的、怪诞的,甚至于是朦胧的、神秘的,又离现实很远,因此,又起了反动。自那19世纪中顷勃兴的科学精神,已经动摇一代的人心,耽于热情以及幻游空想,是这精神所不许的。于是由空想返于实际,重直接经验,舍弃华美的诗的世界,以就目前的丑的现实界。在哲学上,此时唯心论灭,唯物论兴;宗教方面,废了信仰,趋于怀疑;在文学上,便是由自然主义的运动表现出来。强弩之末的浪漫派艺术消灭,人心舍去憬慕之念,胸中为现实感压迫,这便是科学勃兴的结果。

三、浪漫主义与自然主义的比较

自然的、平民的二者,为浪漫主义文学与自然主义文学的共通点,此外二者的性质就各不相同了,试比较如次:

1. 由空想到现实

浪漫的时代,憬慕华美高深的理想(简直是空想),忘却现实;自然主义则以现实为重,斥美为幻影,忠实于真实。

2. 由热情到理智

浪漫派极是热情的,受科学精神影响的自然派则重理智。在古典主义虽也重理智,但他们所重的,是为要想恰合标准法则的理智,如匠人之拘于绳墨,自然派的理智则重知觉与感觉,是探讨物的真象的活动理智。即前者以整形为务,后者努力明彻真象。虽同为一样的理智,其间是很有差异的。

3. 由主观到客观

前述由热情到理智,便是由主观到客观,浪漫主义的艺术在讴歌,自然主义的艺术在观察。前者由作者脑中,任意制造事实,创造华美;后者极忠实地观察事象,以发现真实。换言之,前者以作者的主观为本位,后者以对于作者的事象——客观为本位。因前者的主观的表现,遂显露作者的个性;后者因为客观,个性常是隐伏着的。

4. 由精神到物质

自然主义的发生,就是物质主义对于理想主义胜利的结果。由主观的到客观的,就是由精神的到物质的。又,浪漫主义艺术将一切事象看为精神的、灵的,自然主义则看为物质的、机械的。

5. 由技巧到无技巧

前面说过,浪漫主义是创造美,自然主义是发现真实。前者所求在美,后者所求在真。至于方法,前为创造,后为发现。既称创造,便要技巧,因为要做出许多东西,遂用细工。所谓发现,仅以谦逊的态度,观察原有的事物,不要技巧,而且对于不可犯的自然,是不许弄技巧的。所以自然主义的特色,无技巧也是其一。

6. 由艺术独立到人生艺术〔由为艺术的艺术(Art for art's sake)到为人生的艺术(Art for life's sake)〕

自然派艺术,离开空想,返于实现,由幻梦华美的空想世界,返于悲恼、丑恶充满的现实世界。换言之,就是与人生接触。日本的自然主义隆盛的时候,常用"接触"一语,这句话为自然派文学的唯一资格。浪漫派的艺术,不管人生是怎样,只图制造艺术的天地,离开世间,立于超然的地位。是"为艺术"的艺术,艺术仅存在于艺术的本身,是尊严不可犯的,是有艺术至上主义的倾向。自然主义是与人生接触的艺术、"为人生"的艺术。近代物质文明增繁,生存竞争激烈。现实的苦恼,虽在梦里也不去怀的,一时一刻,都不能超越人生,以遨游于现实外的天地,同时艺术方面,也不能住于超世间的境域,而与目前生存问题,生密接的关系了。

7. 由游戏到真实严肃

这种倾向,由前项所说,可以推想。无论哪一国,当自然派文学隆盛的时候,时常用着"非余裕的艺术""迫切的艺术"等话。便是因为艺术与人生,与实际的生存问题相接触了,"非余裕"与"迫切"便不可免的。脱离实际的浪漫派艺术,含游戏的分子很多,有娱乐气。他们讴歌则忘却自我,怀着在梦里讴歌一般的心地,多为非真实的。自然派艺术,有可怖的真实与严肃,虽在片刻,也不忘却现实的苦恼。又埋头于苦恼之中,吟味解析,非明彻真象不止,由于这种气氛,才产生这派艺术。

8. 由韵文到散文

浪漫派艺术以感情为主,老早就立着想歌的气氛,自然派因为尊重原有的事实,遂把描写看得比歌咏重些,而描写中最恰好的形式,首推散文。以腔调为主的韵文,虽适于歌咏,颇不宜于记载与描写事实。因为这个原故,自然主义勃兴后,韵文消灭,散文盛行起来,换言之,就是诗衰而小说起了。在近代的欧洲文学,于质于量,都是小说最占优势。由这个意味,又可说自然派与诗的距离隔得远些。自然派所以近于散文,便是因为与科学相近的原故。由歌咏到描写、由韵文到散文、由诗到小说的径路的表现,是近代文学最可注意的倾向。

9. 由奇异到平凡

浪漫派艺术,以惊心骇目的奇异事件为内容,读过米尔顿(Milton)的《失乐园》(*Paradise Lost*),拜仑的《曼弗勒德》(*Manfred*)的,便可知道。这派文艺的作品,用伟火、热烈、非常、崇高诸语,可以评尽。它们随作者空想的飞翔以构造事实,任随作者感情的奔放,以做出事件,是自由自在的态度。自然派则为实际所束缚,没有这样的自由,仅仅表现人生的真实及实际生活的普通事件,倘若不是这样,即为不自然,要排斥的。因此它们所描写的都是平凡的、无奇的日常生活之事象,易于了解内容不出浅近的东西。又与读者相近,不外是读者日常所亲的人的事实,或每日所经验的事实。在读者方面,可以在作品里发现自己的影子,可以沁密地感触人生,这一点确是自然主义、近代艺术的特色。

从一方面看起来,现在是平民的时代,以前的王侯贵族、英雄豪杰,已属过去的了。文明日进,个人的力量都是平均的,不容什么英雄豪杰的出现了,所以要想以一个英雄指挥群众,在这个时代是不可能的。乃是集齐许多力量均齐平凡的人支配一切,将一切平凡化,异常的东西是不能够存在的了。在这样平凡化的时代,文艺的描写是平凡的、无奇的,乃是自然的趋势,又从他方面看起来,化一切为平凡的事,全靠作者的观察方面,昔时看为异常的,由科学的根据,现代人的客观看来,是不能为异常的。其结果,现在的人都成为眼锐心冷,这也是近代科学精神的影响。又由唯物论(物质)的立足点看来,世中没有非凡与神秘一类的事物。例如拿破仑虽是英雄,但前人眼中所见的英雄,不是现在人的眼中所见的英雄了。以前的人把英雄看为半神的,看为人以上的人,以英雄与神秘相接,但到现在则不然,英雄也是普通的人,不是人以上的人。不过他们的精力比较普通人的强些,可以多做许多事而已。所谓英雄,他们的人的"质"没有相异的道理,仅仅"量"有点差别。此外天才、美人都是如此,近代的人,在没有观察他们的真像之前,决不为其行事所惊,以致昏眩耳目。因为这些缘故,自然主义的艺术,没有那些表现于浪漫派艺术里的可惊的英雄与美人。试看许多作家同一地描写一个拿破仑,但托尔斯泰在《战争与平和》(*War and Peace*)里所描写的拿氏,不过为一普通人而已。综上所说:从前浪漫派艺术将平凡的事物,化为非平凡的倾向,一到自然派的艺术,无论平凡的、不平凡的,都将它们化为平凡了。这两派文艺的主要区别,略尽于此。在西洋文学史上,1830 年左右,是浪漫主义全盛时代;1860 年左右,是自然主义全盛时代。

四、自然主义之勃兴

自然主义是什么? 看前面与浪漫派的比较,大抵可以知道了。现更进一步,以解剖自然主义一语的内容。试翻开《英语大辞典》来,自然主义一语有以下的几个解释:1. 原来固有的,生来的本质的意味,不是由后来所得,或附添上去的,乃是生而具有的,就是立于技巧、惯习、因袭之外的意味。2.肉的、物质的、客观的。3.依据自然的理法起来的。4.现实的、常轨的,即怪奇变异的反对。这样说明,虽不能得其要领,但大概的意味,却可由这不完全的说明看出。至于成为自然主义内容的,是物质的、科学的、机械的态度,这无论由哪方面看来,都是确的。实际上,近代文学史里面,自然主义的名称有两种意味:第一,是法国卢骚所倡的浪漫思想,含于其主张里的自然主义。第二,就是加于左拉(Émile Zola)所倡的文艺运动的名字。此二者根本上是相同的,在表现上稍稍有异。卢骚的是一般人生观上的自然主义,左拉的范围比较窄狭,仅是艺术上的自然主义而已。所以卢骚的自然主义影响一般社会的思想,左拉的自然主义则惹起艺术方面的革命。卢骚之说,高呼"返于自然"(Return to Nature),诅咒文明及人间的技巧,以生来的本质自由地活动。他的主张,在政治上促进了法兰西革命与自由主义;在文学上,使浪漫派胜利了古典派。前面曾说自然、浪漫二派,其自然的、平民的二点是共通的,直言之,浪漫主义里面,已经生了自然主义的倾向,潜伏自然主义的蘖芽了。而且卢骚为浪漫主义的健将又为自然主义的先锋的原因,在此地也可以明白的。以下说起于左拉的文艺上的自然主义。

产生近代艺术——自然主义的,是19世纪的科学精神。自然主义的先锋,是法兰西的左拉。用一句话来包括左拉的自然主义的主张,就是他以科学者的态度,观察解剖人间的事象,把现实的真象,照原形说出。在现在自然主义充塞的时代,其说是别无可惊的;但在当时浪漫的空气尚浓的文艺界，实是毅然绝然的思想。虽然，这也不是左拉的独创，是他把当时勃兴的科学精神入于艺术的结果。倘若我们以卢骚为自然主义的思想的（又是浪漫的精神的——此说见前）第一人，则左拉亦为自然主义的第一人。在当时不只是左拉一人，如英国的渥斯华司（Wordsworth），一面虽为浪漫主义者，一面自然主义的倾向也很显著，到了巴尔沙克（Balzac）、福劳贝（Flaubert）等人，则更大著，不过尚存浪漫主义思想的痕迹，没有自觉地将科学精神入于文艺。其时他们也主张以科学的研究法应用于创作，最初实行的便是左拉，他以研究物质的态度研究人生，首倡实验小说〔著有论文曰《实验小说》(*Le Roman Experimental*), 1880〕。如科学家由种种实验检出物质的性质一般，也由实验解剖观察人生，将所得结果照原样载出，便成文学。他这种主张，以文学囿于科学精神，达于极端，其实人生岂只物质？科学的实验，岂能直接实用于人生？同一的事情境遇，常生同一的现象或结果。例如酸素与水素化合就成为水，这些由于科学的实验，固然可以明了，但是人生不是有一定性质的物体，因此左拉的主张，不过空想而已，何况人生是不能置于桌上，放于试验管中，随心之所思以实验，是没有这种性质的东西呢。约言之：左拉的自然，太过重人生的物质方面，且至于极点。过重人生的物质方面，即是科学精神的影响，自然派反于浪漫派的最大特色，也在这个地方，此层在前面已经说过。其次，左拉的实验小说的基础，是本于科学生出的决定论（Determinism），即以为人间无自由意志（Free will），仅在一定的科学法则之下，如机械般的活动而已，换句话说：他所根据的就是机械的人生观。又左拉所以取这种学说的原故,是因为受了当时法国有名的心理学者克洛特伯纳(Claude Bernard)的学说的影响,故由生理方面观察人间,用科学的态度作小说。左拉所取的方法,左拉的自然主义(即左拉主义)的要点,便是如此。

左拉主义的缺点很多,他的主张由别处取人的也多。就实际的作品说,虽求自然,反多不自然。一味地重视科学法则,决定人生应受这法则的支配,也有不能照实观察、照实描写之憾。就"自然的"一点说起来,他却劣于福劳贝。然而他以大胆的主张,引起文艺向着物质的、科学的精神方面前进,其开拓自然主义的功绩,是极显著的。说到这点,有一人由批评方面,援助此时的文艺,此人便是批评家苔痕。

以科学精神,渗入文艺批评里最早的人,(即批评界的自然派先驱)便是苔痕(H. A. Taine,1828—1893)。他比左拉早生十年,左拉的自然主义,也受了他的学说的影响。先是,18世纪左右,创作与批评皆被古典主义所支配,其时批评家的方法,不外先规定一个标准,以合于此标准与否而定作品的价值。一到浪漫主义勃兴,这种批评也就废了,批评家竭力抛去成见与向来的标准,以同情观察作品,以发现一种作品的特殊价值:这便是当时所起的新批评。创始这种批评的人是圣伯夫(C. A. Sainte-Beuve,1804—1869),他主张"文艺是作者的气质",以此点为根据,极力尊重作者的个性。又向一般读者说明:批评家所务,与其在判断作品的好坏,不如看作者是以什么目的著作,作者是在什么境遇与气质著作的。其意即是说:批评家的重大任务,与其定作品的价值,毋宁解释作者与作品的关系。至于苔痕,则由圣伯夫的态度更进一步了。

苔痕的批评论与左拉的自然主义同样,是从决定论出发的。即以为一切事物,皆受机械的法则的支配。文艺作品与社会现象相同,不外是由外部的原因自然地产出。一国的文艺,是由其国的事情产出的;个人的文艺,不是其人任意作出来的,是因为他的环境、遗传养育出来的(因为不认个人的自由意志),在他著的《英文学史》的序文中,他说:"假若这里有一作品,由下述三个条件产出,乃是这三个力量,使他不能不这样,才产出的,三个力量是什么呢? 1.人种;2.环境;3.时代。人种者,即民族遗传的性质,无论如何,人是不能脱离遗传之力的。中国人有中国民族历代所遗传的特质,法国有法国民族历代所遗传的特质,这特质在其国的艺术里,有难于消灭的色调。环境,是随附作者的境遇的周围事情,人无论怎样,总得受环境的动摇。这环境之力与人种之力,其活动的方向恰相反对,环境之力时时打消了人种。譬如中国人在法国住久了,便为法国的环境所克服,中国民族所遗传的特性会消失,而与法人相似了。文艺作品,除受人种之力的支配外,不免要受这环境之力的支配的。其次,时代在艺术里也有难消的色调,无论何人,既立足在一时代之上,受时代的影响是很多。无论谁都不能超越时代而保全其自性,同时艺术也不能脱离其时代的影响。故艺术实为时代的产物。据此看来,艺术是由于人种、环境、时代三者,自然地生产出来的了,倘若有人应用其自由的心思以制作,是十分谬误的。"将苔痕的这种有名的生物学评论根据,移于创作方面的,便是左拉主义。

以上已把自然主义的经路略略说过,至于说及他的发展方向或历史,则非本文所能尽,以下且说自然派曾以何等特色,表现于作品上。

五、自然主义的派别

由自然主义文艺的制作方法及态度(即事物的观察法及描写法)上说,是客观的。笼统的说法固然是如此,但其间有两个差别:第一是纯客观的,第二是插入主观的。因此自然主义遂分为二:纯客观的名叫本来自然主义,插入主观的名叫印象的自然主义。

本来自然主义,指左拉主义;印象的自然主义,即龚枯耳兄弟(兄名 Edmond de Goncourt, 1822—1896;弟名 Jules de Goncourt, 1830—1870)所创的一派。在未说二者的区别以前,应先将印象派(Impressionist)说明一下:印象派一语是起于绘画方面自然主义的倾向,绘画比文学出现得早些,16世纪前半期出的梯旦等的作品,算是在萌芽了。梯旦作《殉教者彼得》一画,树木为暴风吹鸣的背景,以及由背景入于本景等处,比较古典派绘画只以描写人事为主,不顾自然,已显然有自然主义的倾向了。(描写自然物,好以自然为题材,为自然派对于古典派特征之一。)18世纪19世纪间,绘画为古典主义时代,以线、形较色彩为重,至于偏重调和、均齐与形式之美,则与文学的古典派无异。浪漫派兴后,以光色较形、线为重,将热情发挥于绘画里的很多。及自梯旦等开自然派倾向的画源以来,以自然的题材为主的风景画渐盛,一时康司达卜儿、达纳、哥茨、弥勒等名家踵出。古典派的风景画家，以意大利绘画为范本，意大利为风景澄明之国，景色能显明地现出轮廓，因此有努力描写线、形的倾向。浪漫派的（又有自然派倾向的）画家，则以和兰周围的画为范本。

和兰为土地低隘、湿气深重的国家，多水蒸气，空气常为朦胧的，一切事象的轮廓，不能明见，所以他们的风景画便以色调比形、线重些。英国也是如此，康司达卜儿的画，这种趣味很明显的。哥莪的画也是这样。印象派画风即胚胎于此，经过弥勒、古尔贝，到了玛勒集其大成，绘画上的自然主义，便显明地可以认出了。印象派一语，是命名于玛勒一派的，因为他们的画题常用"○○的印象"一语，某批评家遂以嘲笑的态度呼他们叫印象派。

此时的印象是"原来映于眼里的印象"的意味。本来印象一语，其意为主观的，印在心里的象，故印象派所描处，没有客观的东西，所绘的是印于心上的物象。对于一件物象仔细地观察，不即描写，将由感觉纳入心里的印象，照样绘出，便是印象派的方法。重色、调，不重形、线的原因，即在此点。换言之，形、线是说明的，因为要客观地说明物象，遂描写出来。色、调比较是印象的，是主观的，描写一物的原来的形状，自不能不加多少的说明；印象派以心为主，只要描出映于心里、现于心里的便好，所以不需说明的。

现掉转来说本来自然主义，这一派注重物的本形，即客观的事象，照原有的描出，主张竭力地描写客观，应如描写镜里的事物一般，换言之，即是应为纯客观的。此派以左拉为首，其次福劳贝、莫泊三等也是根据这点。福劳贝曾说："艺术与作者，全无共通。"苔痕的批评也曾说："以自然的再现为极意，便汩没作者的个性。"普鲁勒梯耳（Ferdinand Brunetière，1849—1908，法国批评家）则评"自然主义是无感情性，无人格性的"。此数语都是由各方面说明本来自然主义的意义。但是我们却应该退一步想一想：艺术与作者，如福劳贝所说，能够共通不能呢？如苔痕的批评，汩没了个性，能成作品不能呢？又如普鲁勒梯耳所说，自然主义果然是无感情性、无人格性的吗？虽然可以说是本来自然主义是注目此点而前进的，但果能达到这种境地吗？换言之，果能严正地持纯客观的态度以临事象不能呢？能将事物的原形，像映于镜子里般的映入心里不能呢？因为人心不是镜子，小主观纵然可以汩没，大主观的色彩总难于消灭。倘若人心是一面镜子，必为带有个性影子的镜，映在上面的东西，无论如何，不能将个性的影子弄掉。质言之，虽说尽有的观察，尽有的描写，也不过只见其所尽见的，描其所尽见的而已。以称为本来自然主义始祖的左拉，尚且说："艺术的作品，是通过气质（人的）而观的自然之一角。所以尽一个人所见的描写，是不能充分的。在这一点，可以看出以纯客观的态度为主旨的本来自然主义之破绽。印象派的自然主义，因为要修缮这破绽，遂取用印象派（绘画的）。以某种方式，将被排斥过的主观再插入进去，此点为前述的绘画派所崇奉的。在文学上显明地主张出来的，以龚枯尔兄弟为始，他们和绘画的印象派一般，以作者的印象为主，将作者的大主观的色调（即气氛或情调）与所印象的，逼真地再现出来。借批评家巴特尔斯的话说来：他们是与左拉的报告的自然主义相对峙，将外物的印感，及由此生出的情趣上的印感二者同时现出,不到内外彻底,是不罢休的。在德国叫这派名彻底自然主义,首倡者为何尔兹等。哈卜特曼的名剧《日出之前》,可说是已经实行这派了。其次,为参考计,再举英国批评家莫理斯·巴林的说明:"——自然主义有二派,一为印象派的自然主义(只称为印象派亦可),以由自然所受的印象,表现自己的人格为手段。一为本来自然主义,则以绝对地得到客观的现实为目的。龚枯尔兄弟之作,属于前者,左拉、莫泊三之作,属于后者。"这种说明是极简明而得要领的。

既然纯客观的态度是不可能的,于是印象的自然主义、本来自然主义,仅为程度上的问题而已。大概依作者临纸握管时的态度,以定倾向。本来自然主义因为照直地映写外来的自然,所以态度是消极的。印象派的自然主义,努力消去主观的色彩,仅恣意展开心里的印象,照原样描出,态度是积极的。态度的消极与积极,既分为二个倾向,倘若消极的态度胜的时候,则为纯客观的自然主义,即本来自然主义;积极的态度胜的时候,则为插入主观的自然主义,即印象的自然主义,不外以参加主观的程度为定。本来自然主义,因为纯客观是不可能的事,有时不能不取用几分印象派,二者的差别,不能截然地划分。

(下期完结)

原载《学林》,1922年3月第1卷第6期。署名:谢六逸　译述

一棵柿树

有一只乌鸦住在山里,它的年纪已经老了。年轻的时候,它和别的年轻的乌鸦一样,很强健地飞到高岭的顶上,眺望下面的溪流、松林、村庄,有时飞进山的深处,有时也飞到那巨流击岸的海滨去,又时时飞到街上来。

无论怎么大的风,它们都不怕的。它的身体全任风吹着,像落叶般地在空中翻转,欢喜地驱逐着。当太阳还没有起来,天空微带黑色,星的光还可以看见的时候,它们早在空中鸣着飞翔了。

这种鸣声,将正在睡觉的树木、森林、原野等唤醒起来,仿佛它们褒奖这早起的乌鸦说:"强健的乌鸦。"

刚才说的那一只乌鸦,在年轻的时候,真是一个康健的幸福者。但是,现在它已经年老,并且翅膀也渐渐地没有气力,眼睛也不大能看得见东西了。

有一天,山上落了大雪,天气极冷,别的年轻的乌鸦呢,飞到乡村里、海旁去找食物,它老人家恰好相反,孤零零地栖在树枝上,似乎要睡觉的样子。正在这个时候，因为落雪，一点食物也没有，有一只饿的鹫鸟，瞧见它了。

它因为天气寒冷，眼睛在那里半睁半闭的，猛听得空中起了异样的响声，它一听着这声音，赶忙将那不能看远处的朦胧的眼睛，向前看去。一点也不差，正是那天天惧怕着的鹫鸟，朝着它飞来了。

它想拼命地逃去，可是飞到海边，飞到溪边去都不行的，只有向村庄或是街市这一面飞才好，它心里想，向有人烟的地方飞去，鹫鸟便不追它了。

于是它不顾命地向市里飞去，带着雪的寒风，吹到它的身上，羽毛也破了。后面可怕的、大的翅膀的声音，渐渐逼近，乌鸦的心里想它的命总是不能救的了。隔一会，远远地瞧见村庄里的许多人家，它就发出很大的啼声，似乎求救的样子，向着村里的林内飞下。

鹫鸟看见有人家，便停住不追，急忙飞回山里去了。乌鸦的命侥幸得救，只是翅膀受了伤，又受冷，又受饿，身体便如棉花一样，十分疲倦，就是要静悄悄地在树枝上栖息的气力也弄得没有了。不料脚一松，便软飘飘地落在白银似的雪地上。

这个时候，恰好村庄里有一个少年到树林里面去拾枯柴，看见了落在雪地上的乌鸦。

"怪可怜的！翅膀受的伤很厉害，是被什么东西追了逃来的吗？或许是害病吗？"少年走近乌鸦，用手抚摩它的翅膀，一面口里这样说，他便急忙跑回家中，带些捣过的柔软的饼来，一点一点地喂这乌鸦。

乌鸦得食之后，便有了气力，到少年拾了枯柴返家的时候，不晓得已经飞到什么地方去了。

乌鸦很感谢少年的恩惠，这一冬无事地过去了。直到翌年，有一天，少年听着庭院里时时有乌鸦的啼声，出来一看，原来有两只乌鸦在树枝上，另有一只乌鸦在地上，仿佛正在那里埋什么东西。过了几天，降了雨，出了太阳，日光暖和地照在地上，便有一棵胡桃树长出芽来了，一天比一天长高，少年加意地防护着，到了秋天，已经有一尺高了。冬天降雪，忽然从根折断了。

少年十分地悲哀。隔几天，又听着乌鸦在院里叫，出来一看，仍然有二只乌鸦在树枝上，另有一只乌鸦在地上，仿佛在那里埋什么东西。

这一回长出的芽是一棵柿树。少年心里想道，在地上种柿木种子的，便是前次那只可怜的乌鸦了，登在树枝上的，或者是它的朋友吗？不，或者是它的儿子吧！于是他培养这棵柿树，柿树渐渐地长大了。

过了很久的时候，少年长成大人了。可是他虽然长大，他的怜恤物件的心仍然很深，是一个亲切的人，村庄里的人都敬爱他。他生了可爱的儿子。

这个时候，柿树也长得很大了，而且每年结许多的果实。

"这棵柿树是乌鸦栽种的呢！"从前的那个少年——现在孩子们的父亲，向着他的孩子这样说。

"乌鸦为什么栽它呢？"孩子这样问了。

于是从前的少年——现在的父亲便将许多年前的事,详详细细地说给孩子们听,并且说:"那只乌鸦早就死了呢!"

到了秋天,柿树满结着果实,村里的小孩们全跑来摘柿子吃。残留在树枝上的,那只可怜的乌鸦的儿子和孙子,也由山里飞到树上来啄着吃。

原载《儿童世界》,1922年10月第4卷第1期。署名:谢六逸

弟弟救瓦雀

1.［哥哥］喔呀！来了,来了！瓦雀来了！

2.［弟弟］哥哥！吃饭哟！哥哥！你在那里？

3.［哥哥］好呀！多叫几个朋友来！拼命地叫呀！给我多叫几个来呀！

4.［哥哥］老二来找我了,不要给他瞧见。……对呀！快点过去吃米。……再过去几个。……讨厌的老二！

5.［弟弟］呀！哥哥！你躲在这里做什么？妈妈叫你吃饭呀！你没有听见吗？哥哥！哥哥！

6.［弟弟］你还没有听见吗？哥哥！哼！你装着听不见,我要拉你的小耳朵。……（竹器倒下,瓦雀飞走了。）

原载《儿童世界》,1923年1月第5卷第2期。署名:谢六逸

性缓的人

1. 周志新把猎枪买来了,穿好打猎的服装,走到野外去打鸟。

"嗳呀!那里不是一只鹳吗?在吃什么东西似的,不错,在吃大泥鳅呢!等一会,慢着、慢着。"

2. "等一会有什么用呢?乘这个空我也吃点东西吧。"

3. "嗳呀!变成两只了!争泥鳅打架了!道谢道谢!还有热闹看呢!等它两个打疲倦之后,先擒打胜的,今天的运气不错呀!"

4. "吓!两张嘴含着一条泥鳅呀!危险得很!再加用力,恐怕要把头折断了!好的好的!这样我的弹药也不用花费了,定能活捉了。"

5. "嗳呀!哪边打胜呢?要先擒打胜的才行呀!噫!泥鳅断了,难道两个的头都折断了吗?"

6. "哼!还分不清哪个打胜,都飞不见了。"

原载《儿童世界》,1922年第4卷第8期。署名:谢六逸

性急的人

1. 性急鬼王大,瞧这秋天晴和的时候,出去打鸟。

"水鸭真多呢? 打着谁也好,只要遇着弹丸的,便要你的命。"

2. 咚! 咚! 咚! 咚! 一阵枪声,连水鸭飞起的声音也听不见。

3. "吓! 今天放枪烟子特别多唎! 什么也瞧不见。待我来寻找着。水鸭在哪里? 中弹的水鸭在哪里呀?"

4. "嗳呀! 受了伤在水里伏着吐气吗?"

5. "赶快浮起来吧,浮起来就是这样一枪。"

6. "怕是气绝死了吧! 怎么不见浮出呢? 真是性缓的东西呀!"

原载《儿童世界》,1922 年第 4 卷第 9 期。署名:谢六逸

俄国文学之先驱

据俄国 P. Kropotkin　原著

一、初期民俗文学：民谣、诗歌、古话

俄国的初期民俗文学，现在有一部分因为人民的记忆，还保存着。其数之丰富，很可令人惊异，而且有很深的兴味。在西欧各国中，传说、故事、抒情的民谣、古代叙事诗之丰富，远不及俄国。虽然从前西欧各国也有同样丰富的民谣，但是其中大部分，当科学的探讨者认识它们的价值，欲想搜集以前，已经湮没了。俄国的这种宝藏，虽在文明不及的远僻地方——阿勒卡湖的周围也保存着的。十八九世纪的时候，民俗学研究者动手搜求这类东西的时候，在北俄及小俄地方，还寻着老诗人们用原始的弦乐伴着唱的（起源很古的）歌，正流行在各田舍间呢。

此外还有些很古的歌，田舍的人仍旧唱着。逢着年祭——圣诞节、复活祭、中夏节的时候，便唱种种的歌，这种歌从异教时代以来，即保存着它的音调。又在礼节很复杂的结婚式或葬仪的时候，农夫

的妇女也唱同样的古歌。这些古歌中有许多都随着年代湮没了,不过还有些断片剩余着。俗语中曾经说:"歌里绝不能变更一语。(Never a word must be cast out of a song.)"所以文句虽有许多失掉意味的,而各地的妇女,仍旧唱着完全的古歌。

其次还有很少的故事。就中有些,和流行于阿尔牙族各国的故事相同:诸君可以在《格林的神仙故事》(Grimm's Fairy Tales)里得读。有些是由蒙古、土尔其来的,有些似乎是俄国的产物。其次,放浪歌人——Kalihi所唱的,也是很古的歌。

这些歌完全是由东方借来的,他们都喜欢歌他国的英雄美人,如亚叙尼王阿其陌(Akib, The Assyrian)、美人海伦、亚历山大王、波斯的露司特姆(Rustem of Persia)等,比起本国的来,喜欢得多。这些东方的故事、传说的俄译,给与民俗学者和神话等研究者很多的兴趣,是不用说的了。

最后有叙事诗(比尼里,Byliny),此与爱司兰的古话(Icelandic Sagas)相符合。现在这种叙事诗,在北俄的田舍间,拿着很古的特殊乐器的诗人,还在唱着。他们一面奏乐,一面用暗诵的腔调念着一两章,然后悄悄地吟诵其次的各章,加入自己的声调,使成谐音。不幸这些老诗人已经逝去了,可是三十年前他们内中有几个还在圣彼得堡东北的阿洛勒斯省生着,我曾听过一次。其中的希尔芬丁曾经被人带来京城,在俄国地理学会唱他那可异的歌。这种叙事诗的搜集正恰当其时(18世纪时),加以专门家热心继续,现在俄国或者是搜集这种诗歌最富的国家了(约有四百种)。因此,他们被由"遗忘"中救了出来。

俄国叙事中的英雄(或译主人)多为周游各国的骑士,通俗的传说不离基夫太子、日神维纳底米等。这些骑士,有莫鲁的伊尼亚(Iliyá of Murom)、陀卜南亚尼肯其(Dobrynya Nikitch)、村人尼古那斯(Nicholas the Villager)、牧师之子亚尼西(Alexey, the Priest's Son)等及其他,可以代表俄人,他们灭了侵犯国土的巨人国和蒙古及土耳其。跑到远方替首领维纳底米太子,或是为他们自己去夺一个新妇。在他们的行程中,自然遇着许多的危险,其中尤以演出异样的魔术为最要的部分。这些古话里的英雄都各有各的个性,例如农夫之子伊里亚,绝不注意金钱或富豪,只顾打灭巨人或异己的国家。村人尼古那斯则代表土地耕作者的力量的拟人化(Personification),他的重大的锄犁,没有人能够从地上拔它出来,但是他只消用一只手便可拔出,并且抛在半天去了。陀卜南亚则为杀龙者的化身,属于圣乔治。沙德哥为富商之拟人化。捷洛则系一优雅、雄伟、高尚的男子,妇人见了,便要堕入情网的。

同时这些英雄是神话的特色,无足疑义。初期比尼里的俄人研究者,受了格林的影响,将这些英雄解释成旧司拉夫神话的断片,绝力说明其中是以自然之力为主人(即英雄)而拟人化的。他们在比尼里中寻出了雷神的风格。杀龙者陀卜南亚则系想像代表被动势力的太阳——想像其能动的战斗力则给与伊尼亚。沙德哥系航海和海神的拟人化,海神即勒卜条(Neptune)。捷洛为诱惑的原素之代表者,其他大都如此。这便是初期的研究者对于神话的解释了。

司塔沙夫(V. V. Stasoff)在他著的俄罗斯比尼里之起源(1868)中,全然把这种议论颠覆了。以很丰富的论据,证明这些叙事诗不是司拉夫神话的断片,仅仅是现在由东方故事中借来的。伊里亚是在俄国周围的伊兰传说的鲁司特姆(Rustem of *Iranian legends*)。陀卜南亚即印度民谣的克里细拉(Krishna of Indian folklore);沙德洛和洛尔曼故事相同,是东方故事中的商人。上述一切俄国叙事诗的英雄,都是起源于东方。别的研究者比司塔沙夫还要研究得深些。他们曾经看出俄国叙事诗里的英雄中不足轻重的人物,住在14、15世纪,看见由东方故事里借来的英雄的功业也相一致。所以叙事诗里的英雄和维纳底米时代没有什么关系,甚至于和古代司那夫神话也没有什么关系的。

新的,某一个地方的人,到了一个新地方的时候,随着他们去的神话之渐次地进化和移动;我相信它可帮助我说明以上的矛盾,就是说明俄国叙事诗的英雄是神话的状态的事,是的确与否？不过它们是属于阿尔亚神话,不是属于司那夫神话罢了。由于这些自然力的神话之代表,人的英雄,遂渐渐在东方进化了。

后来,当这些东方传说刚才流布于俄的时候,其中的英雄事业,遂赋与当时活动于俄国范围内的俄人。俄国民谣和它们同化,它们能保持很深的半神话的状态和特质的时候,同时,都把一些新的特色给与"伊兰的鲁司特姆、印度的杀龙者、东方的商人,以及其他了",即是给了一些纯粹的俄罗斯特色。所以神秘的材料为伊兰人、印度人所擅有及人类化了的时候,不啻把原有的外衣脱掉,另外着上俄罗斯的外衣一般。我曾经在特南司贝加尼亚听着过——希腊的英雄，赋与布勒德的特性，并且他的很多的功业，都是建立在特南司贝加尼亚山上。但是俄国的民谣，决不简简单单地把波斯王子鲁斯特姆的衣服，变成俄国农夫伊尼亚的。

俄国的古话的文体，所依据的诗的想像，与及主人公的特质，都是新颖的创造。其中的英雄全系俄人：例如他们决不取司堪迪纳维亚英雄的流血复仇；他们的行动——尤以年长之英雄为甚——决不是个人的目的，是由俄人一般生活特色的社会精神而染成的。这种古话作成的时候，可以相信是10世纪到11、12世纪。至于成了一定形式的时候——我们得见的——则系14世纪。此后他们没有受着些微的变化。

在这些古话之中，俄罗斯保持着稀见的、诗美的、可宝之国家的遗产，英国的罗司登（Ralston）、法国的历史家兰保特（Ramband）都很赞赏的。

二、伊鄂侵入之歌

俄罗斯还没有咏史诗 *Iliad*〔译者按：*Iliad* 为希腊诗家荷马（Homer）咏 Troy 城被围之诗〕，没有作如荷马的叙事或芬兰的卞勒瓦拉（Kalevala）一类的诗，用来歌咏伊尼亚陀卜南牙沙德哥捷洛和其他英雄的功业的。仅仅依赖一些传说，如《伊鄂侵入之歌》（*The Lay of Igor's Raid*, *Slóvo Polk li Igooreve*）一诗即是。

此诗是在12世纪末或13世纪初所作的，可以相信是出自一人之手。诗的美丽和形式，可以和《尼布仑歌》及《洛兰歌》相匹敌。此诗是歌1185年的一件事实：其夫的太子伊鄂，率领武士出发，侵掠波洛什，波洛什占有南俄和东俄大平原，不绝地侵入俄罗斯村落。当进军平原的时候，有某种凶兆发现了——太阳忽然黑暗，投其影在俄罗斯武士队之上，动物们也给了些豫兆；伊鄂奋然呼曰："弟兄们！朋友们！以其为波人之囚，毋宁死！让我们进军到唐河之碧水，让我们的枪当波人而折。我不遗首于战场，即以黄金之兜，饮唐河之水。"于是仍旧前进，与波人遇，大战。

战争的描写，加入各种生物——鹫、狼、狐，都在俄军赤盾之后而鸣——很可惊异的。结局，伊鄂的军队败了："从日出到日没，由黄昏至破晓，铁篱飞，剑碎于铁甲之上，枪折于异域——波洛什之域。""马蹄所踏之地，白骨散乱，因此，这些惨愁的苦恼，也将起于俄罗斯内地。"

于是有了初期俄罗斯诗中最优美的一节。就是在普梯瓦尔镇，伊鄂的妻子——亚洛司那娜望夫的悲叹：

> 亚洛斯那娜的声音如杜鹃的呜咽。当太阳初升时，我想化杜鹃飞到河边。沥我的海獭袖于卞亚那河，洗我的太子的伤——我的英雄的重伤。
>
> 亚洛斯那娜倚普梯瓦尔城而泣。
>
> 风啊！可怕的风啊！为什么你吹得这样厉害？你为什么带去敌人的轻矢到我的英雄的武士？你高吹在云间，还

不足吗？在碧海中破碎了许多船，还不足吗？你为什么把我的爱人吹倒在平原的草上？

亚洛斯那娜倚普梯瓦尔城而泣。

胜利的特尼贝尔啊！你穿过山岩，流到普洛什地。塞托司拉夫的舟楫去攻污人，你带他们去吧！我的主啊！将我的丈夫还我吧！我不再向海流着泪到潮里了！

亚洛斯那娜倚普梯瓦尔城而泣。

光明的日光啊！顶光明的太阳！你放热送万物，你向万物放光辉，你为什么把热光射到丈夫的勇士？你为什么在无水的平原，晒干了他们武士手中的弓？你为什么使他们口渴，使弓箭在他们的肩上加重？

亚洛斯那娜倚普梯瓦尔城而泣。

这一点断片可以把《伊鄂侵入之歌》的一般特色及美的观念给我们了。乐人波乐丁曾经把它编成歌剧（Opera），曰伊鄂太子。[注]

在这些时代，当时所作的或歌着的，一定不仅仅一种。诗人巴牙的暗诵及歌，譬如吹动树梢的风，当伊鄂及勇士等的祭日的时候，有很多巴牙唱着上述的歌。不幸后来只有这一种遗传给我们。俄人教会——15、16、17世纪的教会，严禁唱流传在人民间的叙事诗。若唱这种诗歌，即为邪教徒，对于这种诗人及唱这种古歌的人，也严重处罚。因此，这种古代的民谣遗留得很少。

有些过去的遗物，使俄国文学受很有势力的影响，除开纯粹的宗教的题材而外,可以取得他种题材的自由。若果俄国作诗法取反缀音之韵律的形式,则因为这种形式,系由民谣安置在俄国诗人之上的原故。到了现在,这些民谣在俄罗斯的田园生活间,或地主与人民的家庭里,成为最重要的条款了,所以不得不深刻地影响俄国诗人;最早的大诗人普希金,动手作文学生活,便是把一些故事,写成诗体。那些故事,是他做小孩子的时候,在长冬的夜里,由年老的乳母听得来的。并且 1835 年,早就有了以普通传说为基础的歌剧(Opera;Verstovsky's Askólds Grave),因此纯粹的音调,遂即刻达到极少音乐教育的俄人的耳里。这就是农夫的唱歌队,现在向着农民的听众,能够演唱 Dargomyzhshiey 的歌剧——以及其他少年作者的歌剧——的原故了。

在俄国的这些民谣及民歌,有无限的作用。他们维持了全俄日用语言的或种的统一,同样地维持了文学上的语言和一般民众的语言统一,格林卡(Glinka)、采可夫司基(Tchaikovsky)、林司基(Rimsky)、可尔沙可夫(Korsakoff)、波罗丁(Borodin)、缪梭司基(Mussorgsky)等的音乐和农民的乐队之间,也维持他们的或种的统一——使诗人与著作者和农民们接近。

三、年代纪

其次,说到初期俄国文学,至少要用些话来说及年代纪(Annals)。

10、11、12 世纪的时候,在俄国,已有几处发展的中心地。基夫(Kieff)、洛夫哥罗(Nóvgorod)、可夫(Pskov)、浮尔赫尼亚(Volhynia)、苏德尔(Suzdal)、维纳底米、莫斯哥、拉赛(Byazan)等都市,在那个时候,已经组成了独立的共和国。其共通点,不过言语和宗教同一而已;因此他们都由罗尼克家各拥立君主——陆军首领及司法官。这些中心地,各有他们记载其地方生活及特色的年代纪。那南俄及浮尔赫尼亚的年代纪,即所谓纳司特年代纪(Nestor's Annals),是人所尽知的。这种年代纪,不是只记录干燥无味的事实的,其中处处是想像的、诗的。洛夫哥罗年代纪带有富商的城市之印记,非常拘泥事实,他们仅于记录洛夫哥罗共和国胜利了苏德尔的时候,才对于题目很热心。反之她的姊妹共和国可夫的年代纪,很能充满德谟克拉西的精神,他们叙述平民的同情心,又叙述普司哥斯贫富——黑人与白人——的争斗,在一种绘画的状态之中。综上所说,这些年代纪确非僧侣的著作,如吾人在早所想像,乃是处身政治界的人,熟习了本国的内忧外患的事实,遂作成各城市的记录。

这些年代纪——尤以基夫及纳司特为甚——都是超乎只记一点事实以上的东西。当我们见纳司特的名字便可以知道他们是企图在希腊模型的神韵之下,去写一国的历史——有很复杂的构造,历史家们,又将各时代所加上的材料的层分鉴别出来。

很古的传说,或许是由皮赞庭的历史借来的。古史的知识之断片,古政治的协商,关于如"伊鄂侵入"的完全诗,以及各时代的地方记录等,都入了他们的记录之中。关于很古的时代,康司坦丁年代纪编者及历史家所十分确认的历史的事实,尽和纯粹的神话的传说混合了。但是这种事实,的确使俄国年代纪,更有文学的高尚价值。就中南俄及西南俄,还包含着古代文学的很可贵的断片。

这些都是 13 世纪初叶,俄国保有的文学之宝藏。

四、中世纪文学(Mediaeval Literature)

纪元 1223 年蒙古人的侵入,破坏了一切青春的文明,把俄罗斯投在新的运河里去了。南部及中部俄罗斯的主要都市,全成荒墟。当时人口最多且为知识中心的基夫的街市,也降为破坏的城市,其后二世纪之间,遂不见于历史中了。大都市的人民,若有抵抗敌人的,不是为蒙古人俘虏,便为所杀。土耳其人随着蒙古人侵入巴尔干半岛,俄人的不幸更加添了。15 世纪末叶,俄人知识所从来的两个国度——塞尔维亚、保加尼亚,也陷于土耳其人支配之下。俄罗斯的一切生活,遂起了深刻的变化。

在侵入之前,俄国建立有独立的共和国,与西欧各国的中世纪共和国相同。现在有一个陆军团,由于教会的势力的维持,已经慢慢地建立于莫斯科了,又以蒙古王的帮助,征服了周围的小独立国。政治家及教会的有力活动者之主要努力,现在都向着建设足以脱去蒙古人羁绊的势力的国家进行了。国家的理想,变成了自治和联盟,和那厌弃知识道德的邪教徒蒙古人不必接触的教会——由他的力量可以建设基督教国家——变成了昔日残酷迫害的邪教徒,而成了中心力。他们努力在希腊正教理想之上,建设莫斯哥王的无限权力。为增加军队的力量,采用农奴制;破坏了一切独立的地方生活。莫斯哥理想,由教会之力维持,变成教会及国家之中心,宣言莫斯哥为康司坦丁洛卜儿之后继者——第三罗马帝国,现在真的基督教,便在这个地方发展着。

其后脱离了蒙古羁绊的时候,莫斯哥王国统一的事业,便由沙尔(Tsars)和教会继续。因为防御拉丁教会伸展权威到俄国,对于这种西欧势力之侵入,起了争斗。

这种新的状态,必然影响于文学的发达。初期叙事诗的新鲜和有生气的青春永久亡了,悲哀、忧郁、忍从,变成了俄国民谣的主要状态。鞑靼人不绝地侵入,捕全村人为囚,夺了他们在东南野外的阵营,当作奴隶使用的囚人之痛苦,胜利者来到征服地——为征收高税而来的巴司卡克的光临,以及正在发展的军国科赋人民的痛苦等——这些事件,自此以后,都给民谣里面以永不失掉的深沉悲哀。同时放浪诗人所歌的叙事诗,旧的、快活的祭歌,被严禁了,若果犯了,便由教会处以酷刑。因为教会不仅仅以这些是过去邪教时代的遗物,并且看成为和鞑靼人结合的关键。

知识遂渐渐集中寺院,各人都成为抵御侵入者的堡垒,所以文学只限于基督教文学,完全成为经院派了。把关于自然的知识作为"不神圣",作为一种妖术。主张禁欲主义(Asceticism)为最上之美德,这种主义,也变成文学的主要形式。关于圣徒的传说很普遍地读着,时时讲着,他们没有寻出这些知识和发展于西欧的中世纪大学的比较。关于自然知识的欲望,被教会严禁,称为一种自忽的表证。一切诗歌都是罪恶,年代纪也失了生气的特色,变成记述"关于地方僧侣、寺院长老的一些不紧要的琐事"的无味记录了。

12世纪中,洛哥罗可夫等的北方共和国在一旁大唱新教合理论(Protestant Rationalism)——意见的先导之强有力的表现——且盛传关于初期基督教同胞主义(参看 *Kostomaroff's the Twelfth Century Rationalists*)把背理的福音书、旧约圣书,以及论真的基督教的种种书籍,很热心地写出,广为传布。于是中俄教会的首领,对于这些教义改造的倾向,很激烈地反对。他们无理地固执着皮赞庭教义(希腊正教的教义),福音书的解释成了邪教,对于宗教界知识生活的批评,与莫斯科教会一般,待遇若危险物。若有犯了的,便由莫斯哥逃出,到远方的北边,去寻隐居之所。及至给欧洲以新生命的新生时代 Renaissance——还没到俄国——大运动发生,教会以为是返于邪教崇拜,有来到俄国的先驱者,都被送到火刑台上处火刑,拿到拷打房的石上处死,用种种残酷方法歼灭了。

这里,我不能详细再说4、5世纪间的文学了。因为这个期间,俄国文学研究者对于他的兴趣很少。仅仅把不能不说的几种著作说一下吧。

其中有一种是:由莫斯哥逃到尼塞里亚的老臣库卜司基和恐怖者约翰四世间交换的信件。库卜司基由很远的尼塞里亚,把长的、责备的书信,送给那残酷的、半狂的前君。约翰四世将皇帝 Tsars 神圣不可侵犯的威权,答覆了他。这封回信,实在是那个时代,表现的政治思想及知识发展的有力特色。

约翰四世死后,(他在俄罗斯史上,同法兰西的路易十一世,占同一的位置,后由封建诸侯之力——实即残酷之鞑靼人——杀于火剑之中。)如世人所知,便入了大骚乱的时代。篡夺者底米特尼由波兰来,自称约翰之子,在莫斯科占领皇位。因此波兰遂侵入俄罗斯,为莫斯科司莫林司克及其他西部诸都市的主人,底米特尼即位后不数月颠覆了,一般农民的叛乱勃发,同时中俄被哥萨克队侵入,又出现了五六个新篡夺者。这种"扰乱时代"的痕迹,似应遗留在民谣的文学的里面,但是因为继续着来的农奴制度的黑暗时代,完全被消灭了。我们仅仅可以依据1619年顷住在俄国,作了关于那个时候的一些诗歌的英人詹姆司(Richard James),还可以知道一点。

其次可以说及民俗文学。因为在黑暗时代以后,民俗文学到17世纪末叶才出现。洛曼罗夫一世〔米哈尔(Mikmhai),1612—1640〕之下所确立的农奴制,和继续着勃发的农夫的宽广的叛乱,被压迫的农夫们的宠爱的英雄司梯班那星之可恐的暴动,算是达于极顶了。其后对于不信奉国教者(Noncon for mists)的激烈残酷的迫害,以及使他们移居到乌拉尔的深处诸事件,应该在民谣中表现的。不过国家和教会,残酷地驱逐一切带有谋反精神的东西,以致当时的民众的著作,没有一件使我们得着。仅仅有几种论战的书籍,和一个被放流的僧侣之自叙传,被不信奉国教的人保存而已。

[注]懂英文的读者,可以在 L. Wiener 的《俄国文学选》中,得这首诗的全译,原书1902年出版,计两卷。

原载《民铎》,1923年第4卷第2号。署名:毅纯　译述

梅利的小羊

梅利有一只小羊,羊毛和雪一样白,梅利走到什么地方,小羊不离伊的身旁。

有一天,小羊随伊进学校。犯了学校的规则,同学们见了,大家笑:"哈哈!小羊也来进学校。"先生听了跑出来,要赶小羊出学校,小羊依依不肯走,幸好梅利出来了。

小羊跑去挨着伊,把头靠在伊手上:"我不怕他们,有你保护我!"

同学见了,大家叫:"为什么小羊这样爱梅利?"

先生说:"梅利也很爱小羊!"

原载《儿童世界》,1924年4月(创刊号)。署名:逸

春

春来了,

春来了,

山上,野外,

都穿上了绿衣,

溪里流水的声音

——真好听。

春来了,

春来了,

暖风吹来了,

园里的桃树发芽,

黄毛的莺儿到处飞。

原载《儿童世界》,1924 年 4 月(创刊号)。署名:逸

英国民谣

如果世界上的海,
变成一个海,
那是何等大的海呀!
如果世界上的树,
变成一棵树,
那是何等大的树呀!
如果世界上的斧,
变成一把斧,
那是何等大的斧呀!
如果世界上的人,
变成一个人,
那是何等大的人呀!
如果那个大人,
拿着大斧,

斫倒大树,

投在大海里,

发出的声音不知怎样大呀!

原载《儿童世界》,1924年4月(创刊号)。署名:逸

婴　孩

"我没有名字,我生下来不过两天。"
我怎样叫你呢?
"我欢喜,'欢喜'就是我的名字。"
柔和的欢喜,罩着你的身上了。

可爱的"欢喜"呀!
你生下来只有两天,柔和的欢喜呀!
我叫你做柔和的"欢喜"吧,
你唱歌的时候,
你笑眯眯的,
柔和的欢喜,罩着你的身上了。

　　这首诗是英国的一个诗人维廉·布莱克作的,原名叫"婴孩的喜悦"。想来小朋友们都有小弟弟或小妹妹,他们生下地来只有几个月，还在母亲怀里吃乳的时候，看见了灯光，或是玩具，就会笑起来的。笑的样子，不是很有趣的吗？这首诗就是说一二个月的婴孩，他们常常是欢喜的。因为婴孩总是笑眯眯的，所以没有不欢喜婴孩的人。

维廉·布莱克生在1757年11月28日。现在我把他幼时的故事，讲给你们听。

他的父亲是一个很穷的靴匠，从早到晚，做靴子去卖，或是替人修补破靴，脸上带着红色，人又矮又胖，又爱生气。他发气的时候，就用钉锤敲那做靴子的牛皮。

他的母亲很好看，脸也很白，性情温和。

维廉六岁的时候，伊每天领他到幼稚园里去读书。

维廉是一个聪明正直的小孩，决不说一句诳话；但是他的邻近的人，都叫他作"扯诳的维廉"，不把他说的话当作真的。

有一天，维廉从幼稚园里回来，走过公园旁的路上，他看见很奇怪的事了。那公园里一棵很大的松树上，发出黄色的光，绿色枝叶之中，有五彩的光射出来。他用心一看，松树上有许多好看的仙人。"嗳呀！"他吓了一跳，一口气跑回家去了，到了家里，他把刚才看见的，告诉他的父亲，并且说："爹爹！你去看呀！赶快到公园里去看呀！"

"真的吗？维廉！"

"我不说诳的！那些仙人还生着翅膀，在树上跳来跳去呢！"

"有这样希奇的事吗？"

他的父亲说了,把钉锤放下,脱下围腰布,揩揩头上的汗,就跑到公园里去。

邻舍的小孩们看见靴匠匆匆忙忙地跑去,大家说道:"不晓得公园里有什么事,靴店里的爷爷已经跑去了!"

"去看呀!去看呀!"

大家追在维廉的父亲的后面去看。

到了公园,那松树林里静悄悄的,什么也看不见。他的父亲非常生气,走回家来,骂维廉道:"你这说诳的东西!"就用钉锤打了维廉两下。维廉哭起来了。

过了十天,他又说出希奇的事来了:"爹爹!妈妈!不得了啦!快点来吧!快点把窗子关起来!"他的爹爹妈妈不知道是什么事,以为总是什么地方失火,大家都吓得跳出屋外来,问维廉道:"什么事?维廉!"

"赶快把窗子关上,我看见一个美丽的仙人正由那窗上进屋里来……"

"在哪里?在哪里?"

他的父亲走进屋去,关上窗子,到处寻找,什么也看不见,又发起气来,打了他一顿。

他的母亲也骂他说:"你总是说诳!"

像这类的事,维廉时时说出来,使得大家都不安。幸亏他母亲很好,看他这样,就很注意,心里想:真是奇怪,我们看不见的,这孩子看得见也说不定。所以此后遇着父亲打维廉的时候,母亲就护卫他。

后来维廉不讨别人的厌了。他把别人看不见，自己所看见的东西，拿来做材料，慢慢地学作诗、学绘画，成了一个能作诗、能绘画的少年了。

有一天，他的弟弟生病，睡在床上了。这是他一生最不幸的时候。不知他又看见什么奇怪的事，十天十夜都不睡觉，看护他的弟弟。就是他的母亲每天也要稍微睡一睡，他简直眼睛也不合地守着。到了第十天的下午，他忽然大声叫道："呀！现在弟弟要升天了！"

他说了之后，就倒在床上，睡了三天三夜，也不吃饭，也不翻身，大睡一觉。

他倒在床上不到十分钟，他的弟弟果然死了。

听说死了的弟弟常来伴他，讲作诗的话。别人全不看见，只有他一个人在黑暗的屋里，很快活地画图，并且说话。

没有谁相信维廉遇见的事是真的。

他后来成了一个有名的诗人和画家。因为他从小就奇特，所以后来作的诗也很奇怪，意思是不容易懂的。

前面的一首诗，很合小朋友们看，所以译出来。这首诗是他的诗集《无心之歌》里面的一首。这本诗集是他自己印刷的，自己又画了美丽的插画。小朋友们将来也许有读他的诗的机会吧！

（维廉·布莱克的原名是：William Blake）

原载《儿童世界》，1924年5月第1卷第2期。署名：逸

好孩子

太阳射在窗上,树上的黄雀叫了。我赶快起身,预备进学校,顺着小路走,道旁的菜花开遍了。和暖的风,吹在我的脸上。记起昨晚妈妈说:"我的敏儿是个好孩子!"

我每天都是快活的,不乱说,不乱跳,同学们都和我相好。

太阳藏在山背后,雀鸟也归巢。温习了功课,睡在小床上,心中默默地祈祷:"愿爹爹的身体好!妈妈的身体好!"

原载《儿童世界》,1924年5月第1卷第2期。署名:逸

进行曲

Bizet　原曲

（畅快活泼）

弟弟妹妹快快来！大家同唱进行曲。

你吹喇叭我打鼓,答拉答答,答拉答答。

我们努力向前行,愿替同胞作先驱,

爬上高山涉过水,幸福未得永不回。

原载《儿童文学》,1924年6月第1卷第3期。署名:谢六逸　作歌

火蝾螈

这种蝾螈(俗名壁虎)的身上是黑的,有黄色的斑点,长七寸至九寸,产于欧洲及亚洲中部。人若侵犯,它就喷出一种乳白色的毒汁。冬天藏在水边的大石下或树根里。春天产卵,白天不出,到夜间才出来寻觅小虫或小动物当食物。有人说,把它放在火里也不会烧死,所以叫它作火蝾螈(Fire Salamander)。

原载《儿童文学》,1924年6月第1卷第3期。署名:逸

小　河

我是一条小河,每天从山下流过,青草见我忙弯腰,泥土见我忙让道。

我流过林外的草地,想休息一会,有几个孩子,手里拿着小船,在我的旁边嬉戏。

他们说:"小河!你这样的忙呀!你要流到大川里去吗?你带点什么礼物给它们?"

我听了也不作声,又淙淙地流过,牧场等我去滋润,田园要我去灌溉,我忙我的工作。

原载《儿童文学》,1924年6月第1卷第3期。署名:六逸

会跳瀑布的鲑鱼

布尼河的吉尔莫拉克瀑布在苏格兰的印维勒斯歇尔地方。瀑布下方有一条黑影,那是一尾鲑鱼。普通的鱼虽然能够逆流游泳,但决不会游上瀑布;因为瀑布地方的水力最大,不容易上去。这种鲑鱼很奇怪,它有特别的方法——继续的跳跃法,可以除去障碍,游上瀑布。

原载《儿童文学》,1924年6月第1卷第3期。署名:逸

诗人拜伦

从前法国有一个拿破仑,他提着一口剑扰乱欧洲,这是大家知道的。英国有一个诗人叫拜伦(George Gordon Byron),他手里的一枝笔,也震动了全世界。无论老人或者少年读了他的诗,胸里都觉得有点跳跃。他不仅是一个诗人,也是一个有侠气的英雄,他能够扶弱锄强;他看见希腊受了土耳其的压迫,他就帮助希腊独立军起义。他的豪侠的行动,是千古不朽的。

他生于西历1788年,没于1824年,死的那年,还不到三十七岁。今年是他死后的百年纪念,世界各国的文学界都开会追念他。现在我把他幼年时代的故事,讲给大家听:

欧洲在11世纪的时候,海盗很多。那时的欧罗巴还是未开化的土地,人民对于海盗的横行,也没有方法可以抵御。因此海盗时时袭击欧洲的海岸,抢夺金银、土地、货物。当时海盗中势力顶强的,是由欧洲北部司堪的纳维亚半岛来的海贼。有一个名叫约翰的人,做他们的首领。

约翰的身子有七八尺高,脸色是红黑的,形象很可怕,他时常带着他的部下,到处劫掠。北部欧洲与地中海沿岸的人,没一个不知道、不怕他的。如果某人凶暴,便借用他的名字来比喻,说:"你真像约翰!"又人家的小孩吵闹哭泣的时候,只消说一声"你若再哭,那约翰要来擒你去了",小孩就骇得不敢哭。由此我们就可以想见约翰的为人了。

他住的地方是没有一定的,有时在葡萄牙,有时又在马赛。有一次他率领部下的海盗,占据了法国的洛曼德,他命一个名叫威廉的,管领那个地方。他依然带着部下,各处流浪。后来他同威廉去攻打英吉利,就决定住在那里,并且悔恨做海盗是不名誉的事,就此收手了。英王亨利八世还将纽斯达特寺赐他,他终成为一个安分的好人。

欧洲的人,许久不听见约翰,大家的心里很欢喜。以为像他这种人,一定掉在大海里,被鱼吞了,从此可以高枕无忧了。有谁知道他不但没有死,反在英国变为有名的好人呢?

这位约翰先生,就是诗人拜伦的祖先。

由约翰传下来有五六百年,就到了拜伦的父亲约翰·拜伦,他与嘉塞林结婚。在1788年1月,伦敦的波尼斯街生了拜伦,取名叫佐治。那时他的父亲渐渐贫穷了,生活很困难,讨账的人,时时到他们家里来。后来没有法子,就由伦敦移到苏格兰的阿伯敦乡间去住。那时他还在吃乳,他的父亲母亲的苦处,他一点也不曾知道呢!

到了阿伯敦没有许久,就发生了不幸的事。他的母亲每天抱着他流泪,有时他在母亲的怀里熟睡的时候,他的母亲的热泪,落在他的脸上,将他惊醒,他也不知道是什么缘故,只是不见了每天伴着他们的父亲。他见母亲泣哭,他张着小而带青色的眼睛寻他的父亲,叫道:"爹爹!"

"乖乖!不要嚷了。爹爹就要回来了。"

"爹爹到什么地方去了?"

他的母亲听了,更是伤心,只好答道:"爹爹吗?爹爹去卖(买)玩具去了。你好好地睡着,马上就要回来了。"

但是经过了几天,还不见父亲回来。他因为想要玩具,口里时时嚷着:"妈妈!爹爹去寻好看的玩具去了吗?为什么还不回来?……我也不要玩具了,只要爹爹早点回来……"

他这样地嚷着,他的母亲更加悲哀。父亲终于没有回来,竟至舍弃了他们,不知到什么地方去了。

有一天,他一个人在屋子的邻近玩耍,和暖的春日射在道旁的花草上,黄色的蝴蝶飞来飞去。阿伯敦的附近有一条小河,他慢慢地就走到河边,看见一个人在那里钓鱼。那人换了几次饵,都没有钓着,他一面钓鱼,一面很忧愁地默想。拜伦走到他的身旁,叫道:"爷爷!"

"哦!"那人答应一声,仍然钓鱼。

"你钓着了吗?"

"还没有钓着啦!"

"爷爷不会钓鱼呢!"

"我钓得很好。你瞧着,就要钓着了。"

那人口里和他说话,眼睛看着水面。拜伦又说道:"爷爷!你认识我的爹爹吗?"

"你的爹爹叫什么名字?"

"叫约翰·拜伦。"

不知什么缘故,那人的脸色忽然变了。他听了约翰·拜伦的名字,他才仔细看拜伦的脸。"那么,你应该是佐治了!"

"是呀!我就是佐治·拜伦。你怎么知道呢?你知道我的爹爹到哪里去了?"那人听了,很迟疑地说道:"到哪里去了吗?"说话时,水央上的钓竿微微地动着。他叫一声:"得了!"就赶紧提起钓竿,一尾青鱼,已经上钓了。

他向拜伦说:"如何?爷爷不会钓鱼吗?要拿回去烧吃啦!"话还没有说完,青鱼早被他投入竹笼里去了。

"这次再钓得了,就送给你。"

"我不要鱼,请你告诉我,爹爹到哪里去了!"

"真为难了!"钓鱼的人迟疑地说,眼腔里含着眼泪,一会儿又说道:"你的爹爹究竟是到何处去了?"

"妈妈说'爹爹去买玩具去了',到今天还不见回来。"

"是呀!也许他去找顶好的玩具去了,所以一时不能回来。"那人说话的声音,带着悲伤的调子。

拜伦玩了一会,就和钓鱼的人告别,从原路走回来。他在路上走着,心里总记着那钓鱼的人。走到半路,又走回小河边去,想再问个明白。等他回到河边,钓鱼的人,已经不知到哪里去了。

从此以后,他出门游玩,总到这条小河边来。他想再和钓鱼的人相会，可以知道他父亲的去向。不料来过几次，都没有会着钓鱼的人。

有一天，他从小河边回来，走到教堂的附近，忽然有一个人在后面拍他的肩膀一下。他回过头来，不觉吓了一跳，原来是他每天怀念着的父亲，立在他的面前。他呆立一会，才叫一声："爹爹！"他的父亲把他抱起，也叫一声："佐治！"

"爹爹！你到哪里去了？"

"……"他的父亲也不回答，眼腔里流出眼泪来。

"你不要再去了，回家去吧！"他拉着父亲的手就要回去。

"佐治！等一会。"说话时，他已经被拜伦拉走两三丈远了。

"快放手！我不再到别处去了！"

"快点回去吧！妈妈等得久了！"

他的父亲又含着眼泪说："妈妈？……我还有许多事情，所以不能够回家去。不如到我的家里去玩吧！"

"你的家在何处呢？"

"也在这阿伯敦……你今天遇见我和到我屋里去的事，不可以告诉妈妈知道，倘若你要说，我就一个人回去了。"

"我不说的。"

"好孩子！我们走吧！"

拜伦和他的父亲在大路上走了一会儿，他紧紧地握着父亲的手，恐怕他逃去。到了一间三层楼的小旅馆，父亲就指着说道："这里就是我的屋子。"一进门，就看见从前在小河边钓鱼的人，坐在柜台里。

拜伦见了,叫了一声:"爷爷!"那人看见拜伦,也笑着叫道:"哥儿来了!请进来!"

他的父亲坐的地方,是三层楼上的一间小屋子。屋内的白壁上也没有什么装饰,只挂着一张风景画,一张粗糙的床和玻璃门的书箱,三把椅子。屋角的小桌上,有一个花瓶,瓶里插着两三枝樱花,此外就没有什么东西了。

这一天,拜伦和他的父亲很快乐地度过。两人坐在小桌边,吃朱古律糖,又看书帖。

拜伦回去的时候,父亲叫他常常到这里来玩。但是绝不可以告诉妈妈,如果说了,以后就不能会面了。父亲牵着拜伦下楼来,送他到街上,要分别的时候,父亲抱着他接了一个吻。

从那天起,拜伦没有一个时候忘记父亲的住处——小旅馆,他每天都要去一次。到旅馆去的时候,那钓鱼的人、父亲屋里壁上的风景画、小桌子、朱古律糖,都没有变动,他真是快乐极了。

这样的相会,已经有十五六天了。有一天他走进父亲的屋里去,看见一切东西都没有了。他急忙跑下楼来,叫那钓鱼的人:"爷爷!我的父亲呢?"

钓鱼的人正伏在柜上瞌睡,被拜伦叫醒了,不知是什么事,睡眼朦胧地答道:"爹爹吗?……"

"我的爹爹到哪里去了?赶快告诉我!"

"爹爹去了!到法国的马南希地方去了!"

"真的吗?他什么时候去的?"

"今天朝晨。"

"爹爹呀！……"拜伦在旅馆里放声哭起来了。钓鱼的人只得温言安慰他。

"到法国去的路远吗？"

"远啦！"

"我此刻去追爹爹，赶得上吗？"

"此时爹爹已经上了船，在海上走着了。"

拜伦除了悲恸，也没有别的法子，连声叫他的爹爹。后来哭着回家去了。

到了第二天，他想起了他的爹爹，他又到旅馆里去，拜托钓鱼的人："如果父亲回旅馆来，赶快通知他。"

他每天到旅馆里去，钓鱼的人依然伏在柜上睡觉。拜伦将他叫醒，知道父亲还没有回来。这时不知哪里来了一个恶少年，看见了拜伦就来欺负他，用竹帚打他，但是他都能够忍耐。

过了几天，他再到旅馆去，钓鱼的人也不见了，只有那恶少年坐在那里。他也不愿进里面去，一个人没趣地走回来了。刚刚走到自己的门外，他听着屋里发出哭声。他走了进去，原来是他的母亲伏在椅子上哭，他急忙跑上前去问道："妈妈！为什么哭呢？"

"唉！佐治！爹爹死在法国了！"

"……"

"爹爹的朋友寄了信来。"

他的母亲哭着，手里还拿着一封信。拜伦的年纪还小，不能读那封信,只有靠在母亲的膝上痛哭罢了。

拜伦的脚,生来是跛的,到现在更加跛了。他的母亲很心焦,请了许多医生诊治,都没有效验。这时不知怎样,他的母亲的脾气,忽然变了。从前伊的性子很温柔的,现在变成凶恶的了。因为一点小事,也要生气,好像害了歇斯底里病。

到了八岁,他进了小学校。每天在学校里的时候,有许多朋友在一起,很是快活,到了散学回家后,他的母亲时常骂他。他将书包放在桌上,想要休息一会,他的母亲看见了,就睁着眼睛骂他说:"佐治!你在做什么?还不赶快读书吗?"

他听了,吓得不敢作声,从书包里取出书来,"ABCDE"地读着,读了没有几声,他的母亲又将他抓下椅子来,骂他道:"为什么读得这样大声呢?真是讨厌,不用读了,出去玩吧!"

拜伦又将书藏好,出外游玩。他正和小朋友们嬉戏的时候,他的母亲忽然又跑来骂他了。

"佐治!你每天总是贪玩呀!"

他没有法想,只好中止嬉戏,回家去了。

有一天,他的母亲在井旁洗碟子,他立在窗内看,他的母亲忽然拿了一个碟子向他掷去,把他的额角打出血来了。

因此他在家里,总是提心吊胆的,母亲在屋里的时候,他躲在椅子背后,不敢出来。有一次他躲在椅子背后的时候,外面有人叫他的名字道:"佐治!——"

他听这声音,知道是好朋友哈尼斯来了。他答应一声:"请进来呀!"哈尼斯进屋里,四处寻他,不知他在哪里。

"喂!佐治!你在哪里?"

"在这里!"

"哪里?"

"这里哪!"拜伦说时,用手轻轻地敲椅脚。

"啊!你坐在这里做什么?"

"没有做什么,赶快到这里来吧!"

哈尼斯不知什么缘故,走到椅子背后,屈着身子,同他坐着,问他道:"你为什么要躲在这里?"

"我怕妈妈打我!"

"那么我以后不敢来玩了,要来,除非穿着铠甲来。"

"不,你来时,在椅子背后玩玩,是不要紧的。"

两个人正说着话,母亲跑到屋子里来,喘着气:"吓!吓!"

他们二人听了,气也不敢出,看见她在那里脱衣服,衣服上沾着泥土,嘴里"哼!哼!"地叫,用力将衣服撕破了。

哈尼斯见了,吓得发抖,小声地说道:"我要回家去了!"拜伦急忙用手止住他。直到母亲走到别间屋里去,哈尼斯才悄悄地溜走了。从此以后,拜伦的小朋友们,没有谁敢来和他玩了。

拜伦因为家里无趣,所以时常到外面游玩,有一次他和朋友们做"捉迷藏"的游戏,轮到他去捉别人,眼睛被布蒙着瞧不见,不料被石绊倒了,衣服弄脏了。回到家里,仆人玛丽(一个老婆婆)看见了,说道:"哥儿!你看!衣服又弄脏了,妈妈看见又要骂了!"

他听说,急忙将外衣脱下,只留一件衬衫。把脱下来的衣服,用力撕破了。

"唉!哥儿!这可了不得哪!"

他不慌不忙地答道:"我学我的妈妈!妈妈的衣服脏了,她也是这样撕破的。"

他的妈妈发怒的时候,自然是可怕,有时又好言训诫他说:"妈妈家里的祖先,是干姆司一世(英国的皇帝)的公主阿娜柏勒,你长大来,要好好继承这门阀哪!"

这样的话,时时印象在他的脑里。

拜伦进阿伯敦小学校的时候,跛足的病更加重了。并且身体长得很肥大,所以他不能够运动,一个人站在操场的角上,看别人打庭球。有一个顽皮的学生名叫印司的,他说道:"拜伦!我们两人去打球好吗?"

"我不会!"

"不会?你敢反抗我吗?"

"谁反抗你呢?"

"那么,你照着我告诉你的做吧!"印司跑去拿了一个竹篮来,叫拜伦放一只脚在里面。拜伦没有法子,只得照他说的做了。印司又说:"你就这样地绕着操场走一个圈子!"

这时拜伦气极了,握起拳头,想要打印司。他又转念想道:"我何必打他呢?让旁人看了,评判一下,看是他错呢?还是我错?"他的拳头终于没有发出去,只得忍气穿了竹篮在操场上走。

他的身体肥大,像一个皮球一样,一只脚穿起竹篮,一只脚又是跛的,一拐一拐地在操场上走,大家见了,笑得前仰后合的,声音震得远处都可以听着。这时拜伦气极了,忍耐又忍耐,可是眼里已有泪花转动了。

拜伦到学校里去,必定经过一条街,街上有一个乞丐,每天都站在那里。拜伦走过他的面前,他便跟在后面,学他走路的样子,又做出可怜的声音叫道:"老爷!太太!给可怜的乞丐一个钱吧!"过路的人看见,也忍不住好笑了。他们两个人,一个真跛,一个假跛,在街心走过,很使人家注意,反有人肯拿钱给乞丐了。

拜伦立在镜子面前,想到学校里所遇见的事,觉得不可忍耐了。

"哼!你侮辱得好呀!"

他咬着牙齿,好像即刻要去打印司一般,口里咕哝道:"可恶的印司,你好好记着!"于是他心里打算如何去报仇,或是趁他不防的时候,在后面推他跌一个筋斗呢?或是打一拳的好?再不然去告诉先生吗?一会儿他忽然想着了一个计策,用手在膝上拍了两下,自言自语地说道:"得了!得了!我好蠢呀!我受他的侮辱,是因为我不会打球,不能运动。好的!从明天起,我也打球打拳,我不信跛足就做不来这些事呀!"

他下了决心,从第二天起就努力学运动,又恐怕还要长肥,肉也不吃,又时常吃果子盐,肚里饿的时候总是忍耐着,只吃一点饼干和水。

这样做去,过了一年半,学校里开运动会,节目里有一节是打拳。

恰好轮到他和印司二人比赛,在许多人的面前,他们二人走了出来。听着指挥者的笛声一响,就你一拳我一拳地打起来,争斗的时间很久,看的人都以为跛足的拜伦一定要输,后来印司的气力渐渐减了,拜伦正打得起劲,噗的一拳,就把印司打倒在台上,旁观的人,都拍手欢呼,庆贺他的胜利!

1798年5月,拜伦的伯父死了,由拜伦承继财产,他的母亲带着他和佣人玛丽到英格兰去。后来就住在拉丁根,请了一位名叫洛却士的教师到家里教书。拜伦得了教师的指导,他的学问增进了不少,但是他的脚渐渐跛得厉害了。

洛却士看见拜伦这样,就告诉他的母亲,快点请医生来诊治。后来请了一位医生,因为医术不精,也没有治好。旁人看他的样子,替他着急,但是他却很安然,每天仍旧跛着脚用心读书。

那时拉丁根地方,来了一个巫婆,伊自称是天上的神叫她来的,无论什么事情她都能知道,有人问她道:"老婆婆!我们死后,是怎样呢?"

她庄重地答道:"我们死后,是到月世界里去了。"

她信口胡说,有许多无识的人,给她很多金钱,并且欢喜地说:"我们死后,就要到月世界去旅行了!"

惟有拜伦,他不信巫婆的话,心里恨她,要想一个法子惩治她。有一天他听着街上的人叫道:"未卜先知的老婆婆来了!"众人赶忙跑去围着她。

拜伦走近巫婆的旁边,叫她一声,她也不答应。拜伦生气了,大声叫道:"老婆婆!"她才看拜伦一眼,问道:"什么事?"

拜伦道:"我有一件事情托你,我的足跛了,不久就要死了,死了之后是怎么样呢?"

"死了之后,就到月世界里去。你拿钱给我,我可以使你变成菩萨的弟子。"

"哼!坏虫!"

他骂了巫婆几声,就回家去了。坐在屋里,越想越气,他就写了一首诗,诗的大意是:

> 拉丁根的街上,
> 有个巫婆来了。
> 她说:
> "你们死了,怎样呢?
> 无非到月世界去罢了!"
> 巫婆呀!你死给我们看呀!
> 你死了到月里去旅行,
> 将我的爹爹带回来!
> 我的爹爹也应该住在月里呀!
> 你说的话有根据么?
> 你这坏婆子说的话
> 有谁当作是真的。
> 你死给我看呀!

你若死不去，

赶快离开拉丁根！

滚开去！滚开去！快去！

逃到月世界里去！

拜伦将这首诗写了五六张，贴在街角的墙上，巫婆看见了，知道有人要戏弄她，就逃去了，以后就不再来了。

1801年的夏天，拜伦十四岁的时候，他进了哈路学校，先生很称赞他，说他将来必成伟人。到1805年10月，他出了哈路学校，进了剑桥的三一学院。过了三年，在1808年，他二十一岁的时候，就得了学位，他生来具有的义侠心，也随着他的年龄并进了。

在他三一学院的时候，是很可纪念的。在校时（1806年11月），他的第一部诗集出版了。但是这时也是他最悲恸的时期。当他要卒业的时候，有一天，校役送了一封信给他，他看了信封，知道是仆人玛丽写的，拆开来看，信上写着："母亲因急病逝世，请速回家！"

他看完了，流下泪来，只得收拾行李，回家去了。

1809年，拜伦二十二岁的时候，他到希腊去了。希腊是欧洲的文明国家，如像哲学家亚里士多德、柏拉图、英雄凯撒等，都生在希腊。他们的文明，正如春天的日光，照遍大地。在古时是最强盛的，不幸到了这时，受了土耳其的欺辱，就成了一个衰弱不振的国家了。

拜伦到了希腊，往各处游历，看见希腊国家的萎靡，人民的瘦弱，他的眼里就含着同情之泪，他痛恨土耳其的无理，想要替希腊人民尽力。

他这时做了一篇长诗，名叫《东藩》，诗里写一个诗人唱着一首歌，歌的意思就是悲悼希腊的。并且叫希腊人民快些醒悟，不然，就要忘[①]国了。

他的这篇诗很有影响，鼓励了希腊的人民。后来他们就反抗土耳其，宣布独立。拜伦也回到英国，带了两只船，载着粮食和兵器去帮助他们，同拜伦到希腊的有特尼洛立、比特洛、布鲁洛、司考特等人。

那时希腊人民听说拜伦来了，大家都欢呼道："我们的救星来了！"

拜伦的船停在米梭龙吉港口的时候，市民们都发狂似的欢迎他，放炮祝贺他，奏了欢迎的音乐，大叫"拜伦万岁！"，推他为希腊独立军的总督。

他带着军队和土耳其打，战争激烈，占领了许多地方，擒了许多敌人。那时，俘房中有一个八岁的女孩名叫哈达吉的，拜伦看见了，立刻叫人送她回她的家里去。后来那个女孩不肯回家，情愿住在希腊，可见拜伦真能感动人哪！

拜伦因为战事，辛苦疲劳，加以米梭龙吉地方气候不好，就染了病。病势一天比一天加重，延到1824年4月19日，这位义侠的英雄诗人，就逝世了。

他将死的时候，就说了一声："我要睡了！"

[①]当为"亡"。

拜伦死后,希腊的人民,如同丧失了父亲一样的悲哀,官厅学校都休业追悼他,举行国民葬仪,将灵柩送回英国,葬在哈克莱尔寺中。

到了今年(1924年),他已经逝世一百年了。但是这诗人拜伦!希腊独立之父!义勇之神!——的名字,将与地球终古哪!

原载《儿童文学》,1924年6月第1卷第3期,1924年7月第1卷第4期。署名:六逸

小雀的命运

第一场　郊外

奏快活的音乐,远方有小雀的歌声。

小雀的歌:

啾,啾,啾!

啾,啾!

夏天好快乐,

树上的果子熟了,

花叶上生了小虫,

好甘美的食物呀!

啾,啾,啾,啾。

这天是日曜日,小学校的先生带着他的一个学生到郊外散步。

先生:"这许多绿叶,比开花的时候还要好看。这里那里,都有雀儿唱歌,好像到了音乐会里一样。"

学生:"是的,到了夏天,草花也多了。那是什么花?(用手指)我没有见过这样的花,好看呀!"

先生:"你看那边有许多小雀快活地跳着,到这里来,不要惊动它们,我们躲在这里看。"(他们躲在树荫下)

奏乐。六个小雀

四五岁至六七岁的儿童扮演,唱着前面的歌出场,跳舞。

这时右方有一群人的声音。

人声:"喂!喂!"

因为喊声,把小雀们吓跑了。农夫五人上场,手中拿着锄、锹、竹竿,大声嚷着出来。

农夫甲:"喂!可恶的东西又来了!"

农夫乙:"可恶!可恶!"

有一只小雀逃不快,被农夫乙捉着,先生和学生急忙跑过来,农夫乙失手,小雀脱身逃下。

先生:"很可怜的!"

学生:"让它飞去吧,不要再捉它了。"

农夫甲:"先生在这里!"

他向先生行礼。

先生:"你们都好吗?"

学生:"你们到哪里去?"

学生甲:"我们到村长那里去开会,商议驱逐小雀的事。"

学生:"为什么要驱逐小雀呢?"

农夫乙:"每年到这个时候,小雀们把我们栽的种子和树上的果子都啄吃了,我们真是没有法子想。"

农夫丙:"所以我们要驱逐它们。"

学生:"怎样驱逐呢?"

农夫丙:"还没有决定,现在我们到村长那里去会议。"

先生:"你们大家都去吗?"

同声:"是的。"

学生:"小雀真可怜。"

先生:"我们同去使得吗?"

农夫甲:"自然可以去的,但是你们去做什么呢?"

先生:"我觉得小雀们很可怜的,我去替它们辩护。"

农夫丁:"它们有什么可怜?你们看!(向其余的农夫说)小雀只知道烦扰别人。"

同声:"对呀!"

先生:"不是这样!雀鸟对于你们很有益处,我们到村长那里去再谈吧。"

学生:"我也去吗?"

先生:"不要紧的,你同我去。"

农夫乙:"我替你们引路。"

农夫甲和农夫乙先走,先生和学生跟在二人的后面,其余的人随下。

第二场　会议

村长的会议室内,中央置一大桌,几把椅子围着。正面的椅子是村长坐的,其次是书记坐的,没有旁听席。

农夫甲、乙、丙、丁……和先生学生上场。

农夫:"村长还没有来啦!我们入座吧!先生请坐这里,(以手指座位,又向学生说)请你坐那里。"

这时村长和书记上场。

村长:"各位来得早,请坐下。(他也坐下)现在我们开会了。凡是关心本村事务的人,都可以陈说意见。今天我居议长的地位,你们发言的时候,要先叫一声议长!"

农夫甲发出粗大的声音。

村长(吃惊):"有什么意见?请说!"

农夫甲:"我受乌鸦的苦顶多。我下了的种,被它掘出来了。邻家受的苦也和我同样,我们先要驱逐乌鸦。"

农夫乙:"议长!"

村长:"请说!"

农夫乙:"麻雀也是讨厌的。看它的样子虽然小,倘若飞来一百只、两百只,可就不得了啦!如果不把它们杀了,我们的收获是无望的。我擒着了一只,我就用剪刀把它的舌头剪了。"

农夫丙:"议长!"

村长看着农夫丙,点头。

农夫丙:"我从前年起,把西洋种的樱桃和草莓尽力栽培,现在又有驹鸟来啄了,我们应该先杀驹鸟。"

旁听甲:"所以今年的樱桃比去年贵啦!"

旁听乙:"是呀!去年的樱桃的味道也比较好些。"

旁听丙:"草莓也是很好的。"

旁听丁:"今年产的坏极了,价钱又贵。"

书记:"不要说话!"

村长:"不错!听诸君所说的,觉得鸟雀是很可恶的,我们自然不能让它们这样放肆,一定要驱逐它们,但是我们用什么方法呢?"

农夫丁:"议长!我的意思,想用从前村里害瘟疫时,出钱捕老鼠的方法去捕它们,我们再通知邻近的村庄。不怕驱逐不尽。"

村长:"不错。(向书记说)把他的提议记下……倘若采用这个方法,那么捕得一只雀,要给多少钱呢?"

农夫戊:"麻雀和乌鸦的价值是要分别的。"

农夫甲:"当然要分别的。乌鸦是很不容易捉到的,捉得一只,我们给洋一角。"

农夫乙:"麻雀虽多,但是容易捉得,又可以拿它当作食物,我想出三个铜元一只,不知你们的意见怎样?"

农夫丙:"其余的各种雀类,平均每只出铜元二枚。"

村长:"是的,一些不错。(向书记说)把他们的提议记下——倘若没有异议,就算议决了。"

先生："议长！（说时起立）我有异议。"

村长："请说你的意见。"

先生："听诸君刚才的议论，以为雀鸟只知做坏事。这是因为诸君是人，所以诸君仅从自己所见到的方面下判断。如果雀鸟们能够说话，不知它们要怎样地辩护呀！若要决定杀害它们，这是很残酷的事。"

旁听戊："嗳呀！"

先生："在鸟雀们自己，它们要说话，也不知道。我现在就我自己的意思，向诸君陈述。"

村长："请说！请说！"

先生："我想：一个人的心中，以为天、地、山、川、鸟、兽，这些东西，全是为人产生出来的，这未免想得太容易了。雀鸟和人一样，有生活的权利。如果雀鸟有和人类同样的智慧、同样的强暴，它们一定以为人是为雀鸟产生出来的，也许它们要想杀人。并且雀鸟只做一点坏事，就要杀它们，这是人类的专横。不错的，它们掘种子，它们啄了豆芽，吃了果实；但是它们也吃那些有害谷类和果实的害虫。如像毛虫、青虫尺蠖、芋虫，还有几百几千的虫。倘若没有雀鸟，不知它们要繁殖到若干啦！就是你们以为最可恶的乌鸦，它也能够驱逐甲蟹和蜗牛。所以它们并不是只做坏事的。"

旁听的人同声："嗳呀！"

书记："不要出声！"

先生："并且，人类要养自己的身体，不是仅需要米、麦、菜、果子、肉、鱼这些东西就可以的。还要需用养心的学问：音乐、唱歌、跳舞、戏剧、文学等，鸟类就是天然的音乐，它们唱歌，它们跳舞。如果庭园、树林、野外、田间，都没有一只鸟雀，那算什么呢？那是如何的寂寞呢？你们每天过惯了，倒不觉得什么。鸟雀的声、姿态，怎样地安慰我们人类，要没有它们的时候，你们才知道。我决不是说鸟雀使你们受苦是应该的，却不赞成除了杀害之外，没有别的方法可想。"

村长："先生的话很明了的，但是我们用什么方法呢？"

先生："我想用草扎一个人形，放在田里，吓吓它们就得了。"

农夫甲："这个法子已经用过了，是没有功效的。"

农夫乙："他们不特不怕，近来还到草人上来做巢啦！"

大家都笑了。

先生："我们好好想一个防止的方法，万一想不出来，然后再杀，也不算迟。"

农夫甲："如果永远想不出方法，田土都要荒芜了。"

农夫乙："那位先生他自己没有田，所以他这样说。"

农夫戊："据我自己的经验，雀鸟是很可恶的。"

农夫丙："是呀！难道我们看着自己费尽心血做好的田土任它荒芜吗？"

同声："是呀！"

先生："雀鸟吃你们的果物，是有限的。它们没有做十分坏的事，就要杀害它们实在可怜。"

农夫乙："我们比雀鸟还要可怜，我们费尽心力做好的，都被它们取去了。"

旁听甲:"樱桃这样贵,我们也不方便。"

旁听乙:"是的,草莓也吃不成了。"

农夫甲:"我们无论如何,要驱逐雀鸟,驱逐!"

同声:"赞成!赞成!"

书记:"安静些,请安静些。"

村长:"众人的意见已经说过了,现在应该从多数取决,赞成把雀鸟杀尽的人起立!"

除先生与学生、旁听席中两个女人外,都起立。

村长:"起立的大多数。"

农夫丁:"用什么方法杀雀鸟呢?"

村长:"和捕鼠一样,捕雀一只,照章给钱。今天我们可以散会了。"

大家从下方入内。村长与书记从上方入内。

第三场 林内

先生和学生从下手出场。

先生:"去年初夏的时候,我们来这里散步,有许多鸟愉快地唱歌、跳跃,很有趣的。今年一只鸟也不见,好无味呀!"

学生:"他们看见雀鸟,即将它杀死,怪可怜的。"

先生:"好残酷呀!"

他们看地上。

学生:"这里有一只小雀,快要死了。"

先生:"给我看看还能活吗?"

学生:"定是那些顽童爬上树去取雀巢的时候,把它弄下地来的。我把它放在怀里,带回去喂养起来。"

先生(看看菜园):"你看土里有许多虫,青菜的叶子,都被虫吃完了。"

学生(向上看):"今年这棵樱桃树,和秋天的枯木一样,叶子很少,快要被虫吃完了。……嗳呀!"

他跳起来了。

先生:"什么?"

学生:"呀!你看这样大的毛虫!"

先生(摘了有毛虫的叶子,抛到远处):"不要紧了!"

农夫甲、乙二人从上方出场。

农夫甲:"先生在这里!去年开会的时候,我很固执的,对不住先生了。"

先生:"哪里!你们不必向我客气了。你们的田土成了这样,怎么办呢?"

学生:"你们还在杀雀鸟吗?"

农夫甲:"没有了。我们是自寻烦恼,真和先生说的一样,鸟雀实在有益处,它们是为我们做事的。"

农夫乙:"鸟的害处,倒不及虫的害处,虫是暗地害我们啦!"

先生:"那么,现在你们怎样呢?"

农夫甲:"大家都没有法子,已经和村长商议,命人从远方带些鸟雀来。"

农夫乙看上方。

农夫甲:"是的。"

上方有音乐的声音。

农夫乙:"你们看那样大的鸟笼啦!"

在第二场会议时旁听的两个女人,由上手方走出。

女甲:"好快活呀!"

女乙:"从此以后,树林和草地上要比从前热闹了。"

女甲:"他们已经把鸟笼开了。"

女乙:"飞来了!"

先生:"飞到这里来了。"

此时音乐之声渐近,有许多小雀……扮演同第一场,唱着下面的歌出场,快活地跳舞。

啾,啾,啾,

好高的山呀!

好深的林呀!

飞到山上吗?

飞到林里吗?

住在这棵树上吗?

住在那棵树上吗?

啾,啾,啾,啾。

小雀唱歌两遍,跳舞。先生、学生和其余都拍手,小雀们见了,急忙从下方逃入。

学生:"把它们吓走了!"

先生:"不该吓它们啦!"

大众(互视):"哈!哈!"

农夫甲:"我们可以放心了。"

农夫乙:"我们去谢谢村长吧!"

大家由上手入场。

幕下。

改作

原载《儿童文学》,1924年9月15日第1卷第6期。署名:易

无产阶级革命与民族解放运动

一

资本主义的经济基础是立在榨压剥削之上的,故资本主义列强,当这个制度发达到相当的程度,国内市场已不敷用,他们为避免对国内劳动阶级的苛酷掠取与过重负担所引起的国内的恐慌不安,以企确立其已动摇了的地位而延长其寿命的唯一手段、唯一补救,就是以武力掠夺殖民地、侵略弱小民族,攫得世界市场以销售他们过剩的生产品,这就是帝国主义——国际财政资本之最高形式。但是国际资本帝国主义的利害始终是相冲突的,他们因互争市场与廉价劳动,他们自己之间发生不可调和的矛盾。资本主义的经济虽征服了全世界,但因它是狭窄的专利制度,不能广包运用这样伟大的生产力,它的崩坏,终竟是不可逃免的命运!

二

资本主义呱呱堕地时,即已产生了它的死敌——无产阶级;资本主义开始向经济落后的国家掠夺市场时,即已摇响了它自己的暮钟——殖民地半殖民地的民族革命运动。1914—1918年的战争就是帝国主义初次爆发其互相冲突的结果,从此,国际间的分工破坏了,经济平衡遂不能维持。东欧、中欧的经济状况既退后到资本主义的前纪;英、法等西欧各国也由金本位变成纸本位,因之国际间汇兑率异常困难;又因战后资本主义中心不是欧洲而移至美国,它握着雄厚的资本和高量的生产与行将破产的欧洲不能调剂;东方日本帝国主义的惟一市场是中国,而它特别与美国帝国主义根本不能调协,凡此种种皆证明资本制度的必然崩溃,帝国主义之末运已临。一方面因生产过剩而发生恐慌,一方面因生活昂贵而感着痛苦,国内劳动阶级失业者愈众,资本家非更加倍榨取其剩余价值则无地以取偿;殖民地半殖民地的经济愈破坏不安,帝国主义者非以更严厉的侵略方法保持其地位,攫得原料,推销货物,根本不使这些落后民族之翻身,则他们自己便会死。资本帝国主义的倾向,是要取消一切国界、关税、束缚生产力的障碍而占领全地球,但是他们之间的冲突存在一日,则经济统一与平衡即一日不可能;资本愈集中于最少数人之手,则无产阶级数目必定愈加增多;全世界的土地已无可再瓜分的了,他们巴不得再有几个新大陆从新发现。这些客观的条件,就是帝国主义时代财政资本统治的社会之症疾,便是推进了世界革命之流波急转。资本主义国家的无产阶级之社会革命与殖民地半殖民地的民族解放运动——国民革命,原来是世界革命之两方面。

三

　　资本帝国主义已征服了全世界，英、美、法、日等国家的货物充斥了非洲、澳洲、亚洲的市场，已是无孔不入，所以经济关系成了全世界整个的，因此全世界的革命运动当然也是整个的；先进国的无产阶级革命与被压迫的民族革命的利害是相一致的，他们都是站在一条联合战线，分工协作地进行上一个共同的目标——推翻国际资本帝国主义的统治。所以资本主义国家的无产阶级社会革命运动对于殖民地半殖民地被压迫民族的国民革命运动有莫大的援力，同时，殖民地半殖民地被压迫民族的国民革命运动对于资本主义国家的无产阶级社会革命运动也有重大的意义。因此，前者的胜利即是后者的凯旋，后者若是成功，前者也就不成问题。稍具国际政治常识者，类能知之。

四

　　中国以这样广大肥美的领土、众多的劳动人口、经济文化政治落后的国家实在具备了列强侵略的最适当的条件，在他们看来，好像垂死时得了一服"救命汤"；他们正在庆祝上帝赐给他们这块肥肉！他们都竞相帮助军阀以谋取得政治上的优越地位，演成循环回复的内乱，于中取利。所以每次战争，并非纯国内的私斗，而是国际帝国主义为避免他们直接冲突的重大牺牲间接表现于其互殴之工具。所以每次战争的胜负的决定，是要按照当时国际形势与各帝国主义相互间对峙的关系而不是依着军阀的本身。所以中国问题已是世界的问题，中国已是国际帝国主义最后争夺的市场。中国革命成功，帝国主义必崩坏，国际情形必突变。但是不要忘记，我们要与世界上被压迫阶级及以平等待我之民族共同奋斗，才能成功——现在不是闭关自守的封建时代，中国更不是与人世绝缘的孤岛，中国民族解放运动不过是世界革命之一部分，是国际反帝国主义联合战线上的最重要、最有力的一部分。

五

国家主义派、研究系、国民党右派等一般反动的法西斯蒂，他们在这全世界革命高潮中戴了黑色的帽子，甘心为拥护资本帝国主义的工具。他们根本认不清这个世界革命的联合战线的关系，他们不过认笼统的外族是民族运动的对象而放松凶狠的帝国主义。他们所谓民族运动不过是封建时代闭关的单纯的民族运动，他们不明了资本主义发展到最后阶段的帝国主义时代，已将全世界经济关系打成一片，地球上任何国家没有一个是孤立的蓬莱仙岛，便无所谓狭义的国家主义之存在。中国的民族运动是一个国际的民族运动，是要与全世界被压迫的无产阶级和弱小民族共同奋起推翻资本帝国主义束缚全世界的统治地位，是要与全世界被剥削的无产阶级弱小民族共同去做毁坏束缚自己的锁链工作。立脚在国家主义上面者，如果仅认一个单纯的国家主义，便是荒谬无识；如果还有一个法国资产阶级革命的印象——即 18 世纪封建末期的民族运动——则不仅在中国为不可能,在此资本主义临终的残喘里,客观的条件实也所不许。中国民族运动的对象,是唯一的帝国主义,中国革命运动的基点,便建筑在反帝国主义之上。全地球分为两大寨营:压迫阶级与被压迫阶级。我们应当从实际行动上认清谁是我们的友人,谁是我们的敌人,然后联合全世界所有被统治的无产阶级与弱小民族打倒国际资本主义,大家携手共进,跻于真正的自由平等,我们的历史使命才算真正完成。我们是要求得我们民族之解放,并不是自己要变成帝国主义者。我们更必须与苏俄结成亲密的永久同盟,得到他的帮助才能保障我们的胜利,因为他是国际反帝国主义的大本营。国家主义者、右派,他们口头说爱国,实际是卖国,他们自以为是民族主义者,实则作了帝国主义所豢养的宣传、造谣、破坏中国民族解放运动的工具。他们侮苏俄为"赤色帝国主义",证明他们认不清什么是帝国主义与非帝国主义的性质与定议,根本不明了现在国际的形势与趋势。他们原来不过是闭关时代笼统的排外的民族思想者,早已受了帝国主义的利用而站在反革命——诚实说,帝国主义的那一边了。

六

现在是列宁主义时代,列宁主义当然就是马克思主义而又依着客观的情形更加扩大明确了。列宁主义时代的特征是:

一方面包含着:1.资本家与劳动阶级的冲突;2.资本帝国主义国家相互间的冲突;3.资本帝国主义国家与殖民地半殖民地的冲突。这三个矛盾点是资本主义的致命伤。另一方面形成了:1.工人与农人的联合;2.已胜利的无产阶级国家与资本主义国家无产阶级的联合;3.全世界无产阶级与所有被压迫民族的联合。这三个大联合是推翻国际帝国主义,即世界革命成功的保障。所以列宁主义在资本制度过渡到共产制度这一整个的时期中,包括了无产阶级专政与国际民族解放运动的两个特性。"十月革命"即是这两个特性(理论)之实现,不仅是无产阶级独裁制之初次建立而也是民族解放运动之初次成功。

我们更可以看出世界革命成功必都归集于这一点——共产主义。因为:1.劳资阶级间斗争的结果,非消灭资本主义建立共产主义的社会,无解决的方法;2.帝国主义相互间因利害冲突而起了国际的战争,无产阶级便会爆发"国内战争",推倒祖国的统治阶级,建设工农政府;3.殖民地半殖民地的国民革命,虽是各阶级联合的解放运动而因实际领导这解放运动的是无产阶级,故结果也必走到共产主义的道路。我们是唯物史观论者,我们根据客观的事实,决不怀疑民族革命会是资产阶级的德谟克拉西,它会变为无产阶级的障碍而自成为新兴的帝国主义事实已告诉我们为不可能。我们更相信,国际的无产阶级运动的成功即是国际的民族解放运动的成功。中国自然没有例外:中国革命的成功必是无产阶级的领导与全世界一切反帝国主义的力量共同依助而努力;结果,那些国家主义者,戴季陶主义,什么孙文主义学会的□正派与官僚的研究系等一般反动的人们所梦想的大中华帝国主义终究是一个梦想而已!

七

自资本主义侵入中国,八十年来在它的铁蹄压迫之下,表现了一源两流,两流汇合的革命运动。从鸦片战争而太平天国,而中法、中日诸役,而义和团暴动以至辛亥革命、五四运动,都直接间接表示反帝国主义的性质,民族革命的需要,随着帝国主义侵略的程度而感着迫切。他方面,资本主义在中国逐渐有了长足的进步,跟着小资产阶级破产、无产阶级觉悟而团结起来,客观的环境,逼着他们由改善经济地位的争斗进而为夺取政权的争斗,形成了无产阶级革命运动。但是他们在这殖民地半殖民地的地位,不仅仅为改善自己本身的地位而奋斗,同时也为全民族的利益而奋斗;而且已取得领导的地位与前锋了。故"二七"惨变,一面是工人阶级反抗军阀的争斗,一面更是反抗帝国主义的民族的争斗;"五卅"事件,一面是全国反抗帝国主义的民族的争斗,一面更是工人阶级不仅直接地反抗帝国主义,而且直接地反抗军阀和妥协的资产阶级与一切帝国主义之走狗的争斗。所以"二七"后,工人阶级已认清他们的力量,准备要迎头痛击"五卅"运动的祸首与其间谍(工具)。"五卅"后,阶级分化得愈显明了,同时国民运动也愈形澎涨。工人阶级更毫不客气地站在前线,领导全国一切革命的民众勇敢地战斗。今后必有更伟大的"二七"与"五卅"为无产阶级领导和担负的重任,以完成这两流同归的革命运动。然而在此时期,革命民众要记着:革命势力愈发展,帝国主义及其走狗必愈呈手慌脚乱的恐怖;革命势力稍形沉寂,他们便会马上联合进攻。但这不过是他们垂毙时的"灵光反照"的一瞥罢了。革命的民众——尤其是工农群众,加紧自己的训练,掌固自己的阵线,努力地打倒一切恶势力呵!鲜艳的旗帜,飘扬在空中。我们的胜利,只是时间迟早的问题。

2月18日夜

原载《国民新报副刊》,1929年第8卷第9—13期。署名:毅纯

《日本文法辑要》

——《狂吠斋随笔》之一

薄薄的二十七面(中式十三张半),定价大洋三角,编辑者新中华学校。绿色的封面,印着"日本文法辑要"几个字,发行者不用说,书业大老板商务印书馆是也。

日本语言是我所欢喜的一种。在我看来,日本要算我的第二故乡,当然有许多东西使我怀念着。

我所喜悦的倒不是什么生鱼片与清汤之类,除了樱花、沐浴等,就要数到语言,并且目前几于每天要讲要读,这当然不至于过了黄海便忘记。因此研究日本语言的书籍,颇引起我注意,得见这部佳作。又因为日人研究中国的书籍越出越多了,昨日重印了《汉文大系》,今天又来了一套《支那经济调查》,明天又印好一部《支那文学史》。趾高气扬的编辑家,方坐写字桌旁,顾盼自豪,随手摭拾,随手印行。比如日本评论社出版部编纂的一套《我们该学什么呢》出世了,于是聪明的学者已写好几册的问答百科丛书了。安藤引一般人编的《自然科学之话》一套问世不久,而伶俐的名人便一人包办了六七册的《少年自然科学》,连题目也依样葫芦(或曰:忠实之至)了。费日本金一元八角买一本,"烧直"后可以拿四五块钱一千字的稿费,虽然不能说一本万利,却也于生活上不无小补。这怎叫区区不心热眼热呢!所以很久地也想学"编"一部"日本文法"。便先借此书作为参考。

一面惊叹日本人事事都为中国人预备好,一面却享着现成的福呢!然而有时还不免叹息几声"矮奴,为什么编得这般不完备!",言下颇有悻悻之意。所最痛恨者,"蕞尔矮奴,何竟不用汉文编书,省得老夫颠来倒去地眼花缭乱"。不见新中华学校编辑的(不知是师生合编呢?抑是校中桌椅板凳所编?)《日本文法辑要》乎?在那洁白的第二张洋纸上大书特书道:

……读《红楼梦》者不必能说北京话,读《水浒传》者不必能解山东语;此固显而易见者。日本人之于汉文,以日本人之读法读之完全与吾人之读法不同,则吾人之读日本文亦何必学日本人之读法乎?

昨夜做了一梦,梦中见中国已分裂成了几多小国,所以北京话与山东语已不算是中国的语言。惜乎醒来没有成为事实,所以拿来和日本语言比较,实在是牛头不对马嘴。是啊!"吾人之读日本文亦何必学日本人之读法乎?"斯言也,著者。根据原书开卷第一页:"吾人对于日本文,不可认为外国文,当视为汉文之一种,即汉文之杂有日本方俗言语者"而来。拜诵这几句,才恍然有一夜梦中听说日本已被支那合并之声浪,非无因也。而且中日战争以前,德富苏峰不是在报纸上说过吗?"一位白种人问日本的使者道:'日本是中国的哪一省?'"当德富苏峰作文时气得胡须向上,那时日人也大叫:"征清!""征清!"真是"蕞尔矮奴,叛逆天朝"。听人说黎遵义到矮邦作使时,鸣锣开道,有撞道的,那黑黄色的屁股上,已重笞了几百。威威乎大国之雄风也!该蛮夷之文字尚足道耶?是亦不过"汉文之一种"而已。哪里值得研究,更何必要什么文法?(若有研究发音、作文,抄讲义者,乃天字第一号的傻瓜也。)比如遇见"面白"二字,则必为"小白脸"之误植可知也。如遇见"地靼鞑"一语,则必为黎遵义用竹片打屁股时的声音,矮奴受创,因造此语,以志不忘也。再如遇见"怪我",则当年在《新民丛报》已曾见过,即是"你莫怪我"之"怪我"也。故日文"不可认为外国文(为后加),当视为汉文之一种"也。

"麻雀虽小,肝胆俱全",虽然薄薄的十三张洋纸,而条理极清楚。第一至第二面"序言",第三至第六面"假名",第七面至十七面"品词",第十七面至二十七面"译文"。简简单单,明明白白,日本文法之"要",已尽"辑"于中矣。区区拜诵此册,费时不多,得益不少。今而后,才知日本文字乃汉文之一种,可以颠来倒去地看见,不必当作外国文。至若原书第四面片假名音表,用罗马字母拼五十音,"阿"行的音,可以用 K 与 AIU……拼出;"加"行的音,可以用 S 与 AIU……拼出,皆为近今的新发现。深悔当日"征矮"多载,除拔家中的老本外,还费了许多公帑。甚至一点简便的学习法也不尝带回来,好不"羞煞人也!"

《日本文法辑要》教人（封面注明新中华教本）不必读音，不必深研文法，不必用日人读日之文法，只用日人读汉文之法，颠颠倒倒、马马虎虎。这位"受持"先生教出来的学生，必向人扬言，日本文十分钟可以毕业，"二十一条"之收回，指顾间耳。真要愧煞当年宏文师范的老留学生，因为他们"造成"，他要"三月"之久，才可"西归"考洋翰林。可见人智的进步，一时与一时不同了。

区区的命很苦，竟不会编什么"日本文法辑要"之类，三年以来，只做了"学堂"的"教习"。有时想起从前曾有几次，被"颠来倒去"的日本留学前辈，利用去当"木头"。阅者也想听听这段故事吗？"某日到神户，来接。"电报来了，乘车到神户，来者非别，乃是一位"颠来倒去"读日本文的留学生，而且是长辈。他来了，我要招待他，于是不离左右地跟着，买这样，说那样。后来他忽发"春兴"，要游香根，要我随侍。好吧！我也走玩玩，虽然定有别的职务。一到名胜，白天游逛，夜里回到旅馆。他洗了澡，穿了寝衣，没有穿"猿股"，坐在席上吃卷烟，沉默着什么也不谈，用手不住地在大腿左右摸来摸去。约莫过了十分钟，将卷烟的灰向盆里一抖，笑眯眯地低声地对我说："唉！老侄！我要想看看……"说完，依然笑眯眯的。这还加什么注脚呢？当然又是我的任务。于是叫主人打电话到"待合室"。不一会，花枝招展地来了两个。经他的选择，经我的传译，这交易便定夺了。我们睡的房间只隔一层纸格的门，那边的电灯一熄，我身上的棉被便朝头上一盖，以为"天下太平"。不料过了一会，他忽然大叫道："小路！小路（我的奶名也）。"我以为耳鸣，且不管他。声浪又传来了，"小路！

小路!"这才翻身起来,走近纸门,问他什么事。他着急地说:"你听她说的什么?"

我的心便落了一半,并不是什么"脱……"的毛病。原来他所着急者,乃是他听不懂那娇滴滴的声音:"替我搔搔背,这一边……"这当然不能怪他,因为《日本文法辑要》一类的书上,实在寻不出这两句话呀!我听明白了,才禀道:"启陛下,皇后要你搔背!"

经这一番风波(可以如是说),我也不免心猿意马,始终睡不着了。此被人当作"木头"者一也。

"有要事奉商,请速来病院一叙,至盼!"亡父的同僚,一位陆军中校,又派来考察军事了。到了不久,忽然要入病院,据说病脑复发。(因为脑病,所以"日本文法"也只研究"辑要"。)我接了信,只得旷课向病院跑去。进病室一看,医生正和他用笔谈,写了几个汉字"身体,此处,病院,不都合"。(请《日本文法辑要》的著者看,此即"日本人之于汉文,以日本人之读法读之"者也。)另有一张纸在桌上,好像已写了两天似的,因为纸上已有许多水痕了。上面的字是"何卒,他之病院,迁移可"。我一看大大地吃惊,难道病院生意不要做,赶掉"张古老"吗?我正想发作,那位医生笑嘻嘻的,斜着眼珠,向坐在屋角的三叠席上的看护妇说:"这位患者很奇怪,别的人进来一天比一天好,他的脉搏一天比一天不对。"说完,抿着嘴唇,向看护妇点点头,只羞得她低了粉颈,不敢抬起来。

我不待询问医生,便恍然纸上写着"何卒,他之病院,迁移可"原来是想送枉死鬼出门。第二天移出病院,他的脑病也好了。并且每日黐着我写"艳书",又要叫我陪他到"三越"买香水、衣料,后来还写信到上海托人买绸缎送给她做腰带呢!此被人当作"木头"者二也。

第三次、第四次的,给人当作"木头",很多很多,说不完!说不完!若再说,只好做一部"留东外史";但要夺了向恺然先生的生意,怕他一套拳把我打死。不再写了,言归正传吧!

《日本文法辑要》的著者说:"吾人对于日本文,不可认为外国文,当视为汉文之一种……"(原书第一面)又说:"吾人之读日本文,决无须以日本之读法读之,仅可依吾国人的读法,颠倒其词句,删去其语尾,改变其助语……"这些是什么话?伶俐的先生,"遣唐使""遣隋使",不会在今日来中国了。日人替中国人编好的书,不会再用汉文使了,去年文部省有限制汉字的规定了。那片假名虽然从王仁、阿岐直借了去用,平假名也只在奈良朝末、平安朝初才发明,然而那不好算是汉字呀!即一切的"汉字",学者若将他当作汉字,能将日文学好吗?不能读日本音,若用罗马字拼好的文章,能看得懂吗?日本语言之富于柔性,(用中文译西籍,与用日语译西籍,当然日语便利得多)没有麻烦无理的性别,(如法语以"桌"为阴性,德语以"卫兵"为女性之类)语尾变化与助动词之致密诸点,在东方语言中,是特出的。要是如著者所说"日本文字为汉文之一种",那么,日本也不会有今日了。"遣唐使""遣隋使"……"遣洪宪使""遣段执政使"依然要络绎地"来朝"呀!

现在国内有几个人肯用心去研究日本的呢!著者先生不编"文法"倒也罢了,编出这样的文法,教人家偷懒,其害一也。学者依据这样简陋的文法,没处去应用,不用说浅近的书看不懂,就是单句也不能知,其所以然其害二也。葛祖兰君编的《汉译自修日语读本》二卷,在日本教科书内抄出若干课,每课后装上一节长尾巴。学者当作整节的腊肠咽下,一点也不消化。《日本文法辑要》的著者,却与他相反,"辑要"的本领过于厉害,"辑"得几于没有了。两种书恰是很好的"对照"。

编辑所里东西洋留学的博士、硕士都在那里昼寝了。请著者再送一部《日本文法辑最要》去"问世"呀!我的爷呀!请你"救救孩子"!亚们!

附注:我很感谢友人丁先生,因为他要我去教书,买了这册《日本文法辑要》给我看,使我得了《狂吠斋随笔》的材料。有了这篇稿交给本刊编辑者,他见着我,便不恨恨于我了,他知道我是极懒的——对不起,又狂吠了几句。

4月24日,于上海

原载《黎明》,1926年第2卷第26期。署名:路易

八千矛神的恋歌
——日本趣味之二

日本《古事记》上卷,载八千矛神(即大国主命)与他的恋人沼河比卖唱和的歌二首,又和他正妻须势理毗卖赠答的歌二首,是日本古代歌谣中的最美的部分。兹译载于下。

八千矛神赴高志国(即越后),求婚于沼河比卖,到了她的门口,歌曰:

> 八千矛寻遍了国内,
> 难觅合意的妻子;
> 在远远的,越后国,
> 听说有贤淑的女郎,
> 听说有美貌的女郎,
> 便前去结婚,
> 走去结婚。
> 腰刀的绦还未解,

外套也还未脱,

立在门外,

去推她闭着的门,

拉她闭着的门,

"一直到天亮。"[注1]

青山里有枭鸟叫,

野有雉鸣,

庭有鸡啼,

薄情的,啼着的鸟呀![注2]

叫烦恼打杀这鸟吧!

从远道来的我,

向女郎说的话,

女郎可听着了吗?

[注1]此句是译者添进的。

[注2]八千矛神在门外等了一夜,故云。(译者)

沼河比卖尚未开门,在内歌曰:

八千矛神!

我是柔弱的女儿。

现在我的心中,

正如飞翔在水渚上的

不宁静的水鸟;

到了今晚上,

便像那浮在静浪上的鸟一般了。

好好将护君的命,

切勿因爱丧了君的身!

我谨致此词,

传达我的腹心。

日光没后,

到了夜间,

我开门来迎君,

君的笑颜如晨曦。

君将粉白的手腕,

摸我的软如雪沫的酥胸。

拥抱我的酥胸,

白玉一般的,玉一般的手互相枕着,

伸长着股儿睡觉吧。

且忍耐这一宵,[注]

切勿因爱而心焦,

八千矛神!

[注]这一句是译者添上的。

故其二人未交合,次日之夜始交合云。

八千矛神的正妻须势理毗卖甚嫉妒。她感着困难,将离出云赴

倭国,束装上道时,他只手置马鞍上,一足踏入蹬里,歌曰:

> 穿上了黑衣,
>
> 像海鸟回翔时自顾它的胸脯
>
> 振袖看自己的服装,
>
> 将这不称身的黑衣裳,
>
> 脱弃在近浪的石矶旁。
>
> 换上了碧青的服装,
>
> 像海鸟回翔时自顾它的胸脯
>
> 振袖看自己的姿首,
>
> 将这不称身的青衣裳,
>
> 脱弃在近浪的石矶旁。
>
> 舂好了山中采来的茜草,
>
> 将红色的汁水染上了衣裳,
>
> 像海鸟回翔时自顾它的胸脯
>
> 振袖看自己的姿首,
>
> 只有这套是称身的衣裳。
>
> 可爱的妻啊!
>
> 我带着鸟群去了,[注]
>
> 我领着鸟群去了。
>
> 你表面说不哭,
>
> 你终如山隈的一根"薄"草,

倾颈而哭吧，

你流泪如朝雨，

你叹气如朝雾，

娇嫩的妻啊！

[注]鸟群喻从者。（译者）

他的妻举着大酒杯向他歌曰：

八千矛神，我的国主！

你是一个男儿，

你出外遍寻岛岬的各处，

你看遍各处的矶石。

你将得着中意的妻子。

我啊！是一个女儿，

舍了你我没有男子，

舍了你我没有丈夫。

(你不要去呀！)[注]

在绫帐下的柔软的帷里，

在如绵的暖衾里，

在白净的被单里，

将你的雪白的手

摸我的软如雪沫的酥胸，

拥抱我的酥胸,
白玉一般的,玉一般的手互相枕着,
伸长着股儿睡觉吧!
我谨献这杯美酒。

[注]这一句也是译者添进去的。

歌后,交盏而饮,互以手加颈上,睦甚;八千矛神终于没有他去。

上面的歌词,是从前我自《古事记》里译出,写在《读书录》里的。前天在友人的案头,翻出一张北京出版的旧的《语丝》,见有周作人君译的《轻太子的恋歌》,周君并引和辻哲郎在《日本古代文化》一书理论《古事记》的话,说《轻太子的歌》是《古记事》中最好的。愚见则想推八千矛神的这几首,或亦好尚之不同欤?谨录出揭载。至于我的译诗,并不想协韵,全在应付原文;可是也就应付不了,决无原诗的那样好。

原载《黎明》,1927年第2卷第6期。署名:谢六逸

读书随笔：英雄崇拜论

(*Heroes and Hero-Worship*, By Thomas Carlyle)

《英雄崇拜论》是嘉莱儿自1840年5月5日到5月22日间六次的讲演。他于同年的6、7、8三个月内，把讲演的材料润色之后，在1841年2月内出版。他这一次的讲演，为生平讲演经验的第四次，也是他的讲演期(Lecture years)的顶点。嘉氏在1837年，曾出版《法兰西大革命》一书，虽博得世人的称赞，卖出的部数也多，可是利益却被书贾收在口袋里，对于他自己的生计，并没有如何地增加。这时他年逾四十，而家中仍然赤贫，因此他的友人们，想为他开一条生财大道，这并不是说叫他去经商，乃是利用他的善于言辞的舌头去演说。他的演说是很有名望的，美国批评家爱马生(Emerson)著了一部《英国气质》(*English Traits*)，第一章里就钦仰赞叹嘉氏的辩才，所以嘉氏虽到七十的衰龄，他的爱丁堡大学名誉总长的就任演说辞，博得数千青年学生的欢迎，这就足以证明。他的朋友们知道他的舌头的能干，因此给他辟了讲演的新职业的大道。嘉氏自己也听说英国的几个思想家，如徐里曼等人，他们到美国去讲演获得数千金，他也就不能无所动心了。到美国去的计划,经过两年的书信的讨论,还不曾实现,他却在伦敦讲演起来了。当时有一班作家,在皇家学院(Royal Institute)设有一个讲演会,嘉氏自请加入,惜乎收入不多,并且讲演的名单上在那一年已经没有再添人进去的余裕了,所以他毅然在伦敦社交季节的最盛期,开始个人的单独讲演。他的友人都为他奔走,每一张听讲券费洋一基尼,后来得了二百个听讲的人,许多知名之士,如亚脱·哈兰姆等人都在内,讲演的地点在继立司鲁姆司。第一次的讲题是"论德国文学",结果得了一百三十五磅的报酬,仍不能救济他的贫乏。到了翌年,又以友人的怂恿,开始第二回讲演,题目是"论文学史",一共讲了十二回(第一次只讲六回)才完毕。第二次比第一次成功,他自己写给母亲的信中,也说此次来会的人士,无论就地位、容仪、智能之点说,都是最上的,听众所受的感动也较深。结果他收入了三百磅。1839 年,他又在波特曼街开始第三次的讲演,题目是"近代欧洲的革命",时间是星期三、星期六,每次是午后三点至四点,一共讲了六回。这一次的讲演,影响听众的力量也很大,他收入了二百磅。以上三次讲演,可以说是获得最大胜利的第四次讲演《英雄崇拜》的阶梯。他讲《英雄崇拜论》,从 1840 年 2 月 27 日起至 3 月 2 日已先打定了腹稿,4 月 1 日,他把这次讲演的内容,先通知爱马生,到了 5 月 5 日,每逢星期二、星期五午后三时起在特波曼街开讲,听讲的人数二百到三百之间,收入却不到二百磅。

嘉氏在《英雄崇拜论》里所举的英雄,有神、预言者、诗人、僧侣、文人、帝王六种。他的讲演就照这个秩序分作六回。

第一讲为神格的英雄，论北欧神话，于1840年5月5日(星期二)那天开讲。

他先将英雄即创造者的意义略加解释，然后转移论到宗教，以北欧的异教俄丁神(Odin)为讲演中的第一个英雄。

第二讲为预言者的英雄，讲于1840年5月8日(星期五)。在第一讲中，他讲北欧司堪的纳维亚的最初的朴质的异教时代，到了这一讲，便以亚拉伯的谟罕默德教为主题。现在他所崇拜的英雄，不是神灵，乃是受了神的灵感的人。

第三讲为诗人的英雄，讲于1840年5月12日，以意大利的诗圣但丁(Dante)和英国的莎士比亚(Shakespeare)为题材。对于但丁的《神曲》及莎翁的作品加以批评。

第四讲为僧侣的英雄，讲于1840年5月15日，以亚丁路德的宗教改革及清教徒为主题。

第五讲为文人的英雄，讲于1840年5月19日。评论约翰孙、卢骚、彭斯三人的思想与作品。

第六讲为帝王的英雄，讲于1840年5月22日，评论格林威耳与拿破仑，末论近代革命主义。

以上是每讲的题目，至于详细的内容，则非数言可以包罗。嘉氏认英雄为具有伟大的人格者，为创造者。前面所举的六种，不过是英雄精神的几种形式。我们生在这时代，还来谈什么英雄崇拜，未免是违反时代精神。可是嘉氏的"英雄"一语，并非作狭义的解释，并非一种盲目的偶像崇拜，乃是对于人类历史里的伟大者，加以公正的估价。所以嘉氏的《英雄崇拜论》，在现代还不失为一种有力的世界的名著。

我再补叙嘉氏的生平和他的著作。

嘉氏以1795年，生于苏格兰南部达蒙弗利司州的阿南特耳地方的耶格尔非梯村。他的父亲是一个严厉褊狭的石匠，母氏美而富于情，弟兄一共四人，家庭极朴素。1809年，他进了爱丁堡大学。初学人文科，到翌年，修数学、论理学等主要科目，第四年加习生物学，在1813年的夏期毕了业，他并不要什么学位，对于学校的讲义并不感兴趣，只是埋首在图书馆内看书。我们要知道他的研究学问的态度，可以看他在《衣裳哲学》第二卷第三章所说的话，他说，"千百个的基督教青年中，有百分之一热心向学的学生。和这些青年接触，可以感染到热诚与醇化……我从没有秩序的书库中，寻出了管书员似乎也不曾知道的书来读，我的'文学生涯'的基础，就是这般做成的。我靠自己的力量，自由阅读一切有文化的国家的语言……"这就是嘉氏读书的态度了。

他在大学的时候很热心研究数学，他说，几何学乃最高的学问，出了学校，他曾在阿剌大学当了数学助教。当时的生活很苦，当了五年的教师，只储蓄得九十磅。他想倘若照这样下去，恐有饿死的一日，遂于1818年归爱丁堡为家庭教师，一面从事化学与地理学等书的翻译，以补助生活费。由1818年到1822年，他被生活的不安所胁迫，害胃病，精神极其痛苦，这时乃是他的黑暗时代。到了1822年春，当了家庭教师之后，年获二百磅，生活始稍稍宽裕。他之决心于文艺的研究,是在1819年时。因他以读维尔纳的矿物学为目的学习德语,便动了诵读Schiller、Goethe的作品的念头。他在1823年作了一篇Schiller评传,连载于《伦敦公报》。后又批评Goethe的《浮士德》(Faust),投稿于《新爱丁堡评论》。1824年,他译了Goethe的名作Wm. Meister,得了一百八十磅的稿费,此时便入了伦敦文学家的队伍里。可是当时的文学家对于他并无好感,并且痛骂Goethe的Wm. Meister一书,他因此悒悒不乐,遂于1815年遄归苏格兰,闭户著述。1827年6月著《琼保罗》《尼特耳》,1827年10月著《德国文学》,1828年1月著《维勒尔的生涯及著作》,1828年4月著《哥德的海仑》。又曾翻译德人戴克、尼达耳等人的小说,题其名曰"德国稗史"出版。自1828年4月起,六个月间,隐居于英国最荒凉的地方,从事他的大作《衣裳哲学》,一面仍读书思想,以为日后的准备。

嘉氏在文学批评史上占了重要的地位,他从1823年到1830年之间,集中他的精力于文学批评。他的功绩是揭明新批评的目的,把文学批评,放在人间性的基石上,彻底地实行传记的、历史的批评,他的主要著作,可以举出下列的十几种——

1.《徐勒评传》(Life of Schiller) 1823—1824

2.《威廉迈斯达》(Wm. Meister) 1824

3.《德国稗史》(German Romance) 1827

4.《琼保罗民特尔》1827

5.《德国文学研究》1827

6.《维勒尔的生活及著作》1828

7.《彭斯论》(*Burns*)1828

8.《落伐民斯》(*Novalis*)1829

9.《佛禄特耳》(*Uoltaire*)1829

10.《时代思潮的征候》1829

11.《衣裳哲学》(*Sartor Resartus*)1830

12.《时代的特性》1831

13.《法国大革命》(*French Revolution*)1837

14.《卡特主义》(*Chartism*)1840

15.《英雄崇拜论》(*Heroes and Hero-Worship*)1841

16.《过去与现在》(*Past and Present*)1843

17.《里人问题》1849

18.《最近小册子》(*Latter-Day Pamphlets*)1860

19.《弗民德尼克二世史》(*The History of Friederich the Great*)1858—1865

——录自1922年的我的Note-Book——

（附注）

本文前半揭载于《创刊号》，因有别的事耽误，未能赓续，对于本刊的编者与阅者，谨致歉意。

原载《复旦旬刊》,1927年11月（创刊号）,1927年第5—6期。署名：六逸

余兴：教职员谜

课余有暇,制得本校教职员谜十余条,兹摘录十条征射,以博诸同学一粲。

1. 凤鸣于岐山
2. 运河
3. 我欲勒燕然
4. 干青云而直上,慕鸿鹄之高翔
5. 落红满幽壑
6. 鲁肃
7. 明皇入清虚之府
8. 残阳留半树,孤木正当春
9. 四面皆花
10. 孚寿八百春

上列谜面十条,各射本校教职员名一;凡射中六条以上者,当赠本刊一册;射中八条以上者,当赠本刊二册;全射中者,当赠本刊三册。(愿受何期均可)来稿请注明住址,于本期出版后三日内送至第一宿舍楼下八号,过期无效!

原载《复旦旬刊》,1928年第2卷第6期。署名:谢六逸

饭　盒

[日本]加藤武雄　作

有家住在学校近旁的儿童，便回去吃中饭去了。从远处来的，都带着饭盒来上学。到了打开饭盒来吃饭时，教师便和他们在同一间屋子里，一起吃着饭。

约在十日前，有一个名叫 K 的少年，因为补缺额，进了这一级。他的家本来是住在邻村里的，因为父亲死亡便没落了，据说只得寄食在这村里的伯父的家中。他来上学，是从通学区域内距离学校最远的部落来的，所以不能够回去吃中饭。可是在校吃饭时又没有看见他，我觉得奇怪。有一天，在吃饭的时间，我见他靠着窗下的板壁，茫然不动。

"先生，我的肚皮不饿。"

当我问他时，他先就这样回答我。他是一个眼睛溜圆，皮肤青白，像西洋人的儿子似的有元气的少年。

"是吗，肚皮不饿吗？但是不吃饭身子要饿坏的。下次要把饭盒带了来。"我这样对他说。

"可是肚皮不饿的。"

"不,没有这回事。不吃饭肚皮不饿,是说谎的。说谎是不行的。"我夹着一点责备的意味,这样说过。K有一点脸红,默然不语。

以后K依旧没有带饭盒来,我对于他再三再四地叫他注意,宁说是反复地责备。

以后的一星期后,K终于带了饭盒来了。他在饭盒似打开未打开的当儿,口动两三口,就算吃过中饭了。

次日,他打开饭盒时,从围绕他的人发出了哄然的笑声。于是他大声叫起来。

"我的饭盒里装的是稗子团啊,稗子团好吃!好吃!"脸上绯红的K,一双手拿着漆黑的稗子团——虽是不厌粗食的这附近的农夫们,也以为这种稗子团是出不得面的下等食物——他捧着稗子团,这样反复地说。因为激烈的羞耻感,与逆袭这羞耻感的满身的努力,他的脸上奇妙地紧张着,他的眼睛闪然地发光。

"我的饭盒——是稗子团!稗子团好吃!好吃!"

刚强的少年的K,听说如今在美国成了富翁了。我回想这句话,禁不住微笑。然而,我那时胸里所感觉着的痛苦,现在还有一点残遗着。

(译者注)

加藤武雄是日本现代第一派的小说家,他的作品介绍到我国的,有周作人君译的《乡愁》,和我译的《爱犬故事》《接吻》等篇。

"饭盒"在日本语为"便当"。一个长方形的小盒,其中盛着冷饭,小盒的一头,放着一点冷的菜。学生不能回家吃中饭的,便在学校的"控室"(即学生的课后集会休息之所)里,用一点热开水泡着饭吞下。日本从小学生到大学生,或一般服务社会的人,大多经过这种生活来的。译者也度过这样的生活有好几年,现在想要带着"便当"去上学,倒反而不能了。我偶一走过某某学校里的饭厅,只闻着菜香肉香。而且广东人有广东菜吃,福建人有福建菜吃。听说某人的小菜比某人的好,某人的小菜又比学生的好,中华民国的人真好福气啊!

译文见加藤氏的小品集《桑之实》页一一七到一一九。

1928 年 11 月 20 日记

原载《复旦实中季刊》,1928 年第 1 卷第 3 期。署名:谢六逸　译

日本现代小品文选:零星

秋子 作

案头的菊已憔悴了。红的在俯首沉思,似乎在想着秋之神秘;白的似乎不屑想什么,仍傲然地昂着头,虽然瓣子已大半枯焦了!

风静了固然温暖些,可是,竹子的声音没有了,是如何的寂寞啊?!没有晚霞,也没有月亮,没有虫声,也没有鸟唱,我疑心世界全死了,地球全沉没了;只剩了孤零零一个我,立在冰窑里。

近来心里安定多了,因为我不大用思想。譬如人家给我表同情于某事时,我就快活地接受了,不去想她或他是为什么才表同情,或换一环境,将会不会表同情等一切,所以我的心安定了。"诸想不生诸病减,心莫玲珑!"原来想是无聊的事啊!

有什么能够比月下的花更可爱呢?!虽然只是草花,然是她是如此轻盈,在清光下特别显得柔静、淡倩。短短的篱儿护着,点点的露珠缀着,芳草茵上还有一个被相思紧裹的心儿伴着。

我又给母亲逼着去看病了,到医院时比我先到的已有好几个。

前天看见的黄瘦小孩子,仍躺在年青的母亲怀里,吱吱咕咕地发脾气，原来已好些了。可是那母亲却比病儿憔悴多了：一双失神的眼睛，孕藏着灼热的母爱，眉儿蹙着，手轻拍着。当医生说"好得多了"的时候，我看见"放心"的神气，浮上了她的脸，如释重负地叹了一口气，同时，泪儿糊上了她的眼角。

原载《青海》，1928年第1卷第1期。署名：谢六逸　译

日本现代小品文选:失眠

小谷 作

我在一个荒僻而又低陋的草屋里,整整住下了两年,这两年的生活是很舒适的。

然而近来不幸患了失眠症!

——这准是在这里住久了,屋里面有鬼作祟!……

我感到失眠的苦痛了,每到失眠的时候便这样猜测地诅咒说。

一天晚上,那已是人静声息的深夜了,我从黑暗的卧榻里翻起身来,独自跑了出去,坐在屋角的阶前,舒展这烦闷的心。

深蓝的天空满布着繁星,嘹亮的虫声响遍了四野。我在自然的大地上睡觉了,好像睡在催歌的母亲的怀中一样。

我在愉快的酣睡里,正做着得意的好梦——梦见人间不曾见过的世界,世界不曾见过的景物……

突然,从旁来了一群怪魔,身上着了古怪的衣冠,手里拿了凶横的武器,飞奔似的向我袭来,终于将我赶走了,当我在好梦中欣赏一切正得意的时候。

静悄悄的夜笼罩了大地上的一切,昏暗的天空,还遮着一层深灰色的流云。——我知道这时离天明还远。

我在阴森的恐怖的景像里逃走了,逃到我那低陋而又黑暗的草屋里,并还坚闭了门栏;但我终止不住我心头的气喘,四肢的战栗和遍身的冷汗!

我躺在漆一般黑的床,张着两眼翘望着窗外的熹微的曙光。

然而室中长久都是灰色,暗淡、无光。飘浮在半空的黑云,散了又合,合了又散……

卧榻的周围,依旧死一般的沉默、黑暗。

我疑心屋里四壁都有恶魔立着。

果然,立刻便觉得有无数的狰狞的面孔和闪亮的刀又出现于我之眼前!

我在恐怖的黑夜里沉默了。

然而我终于为幻想所惶惑了,我重复翻起身来,彷徨于低陋而又黑暗的草屋之中……

我将在黑暗里摸索黑暗里的一切以求出路。

远近的晨鸡渐在喔喔地叫了。

酣睡在黑暗之宫的人们,正做着甜蜜的梦的大约还不少吧?

然而我是无福寻求旧梦来做的人了!

我躺在漆一般黑的床上,张着两眼翘望窗外的熹微的曙光。

原载《青海》,1928年第1卷第1期。署名:谢六逸　译

日本现代小品文选:伊豆之旅

岛崎藤村 作

火车到大仁了。往修善寺去的马车,在那里等候旅客。出了车站,我们四人立刻被马车夫缠绕着。那天从早上起就乘火车,见了车马,已经厌倦了。在旅行的开始,踏进伊豆的土地,觉得新奇。我们把彼此预备好的金钱,想在这次旅行尽量的快乐。一同来的有K君、A君、M君。我见了挂着烟卷招牌的小店,就买了两盒敷岛牌的烟卷,这才去追上了朋友们。

"肚皮渐渐饿了。"

K君看着我,笑着说。离开了大仁的街市,马车夫几次地赶了来,我们终于没有乘。

"什么。走路倒反而温暖呵。"

口里虽是这样说,其实我们已后悔不乘马车了。我们受着那样的寒冷,令人想起山上也许落了雪吧。从我的眼里流出了不能止住的泪,每逢着烈风的斩刺,我一定要这样的。忽然来到可以看见与山间不调和的大建筑物的地方,这便是修善寺。多数人家的楼上,窗户是关着的,行路的人也少。我们瑟瑟地抖着,不久走到了温泉旅馆的时候,就想马上去浸在那舒舒服服的热汤里,好叫冰冷的身体温暖。火!在入浴以前,还是先要它。

到温泉来治病的客人不少,房间不中意,我们移到账房楼上的一间里。招待我们的女侍,把长火钵里的火升得旺一点,大家围拢来取暖,但不知怎的觉得不宁静。

在入浴前,一个女侍走进来,问在晚饭时要预备点什么,又问道:"要用酒吗?"

"唔,把酒烫热了拿来。"K君回答她,"大姐,酒要好酒。"

我们的身体虽冷,浴汤却是热的。我们自肩以下浸在从谷底的石隙涌出的温泉里,各人放肆地舒展自己的手足,并且互看着面容,似乎在回想寒冷的途中。

在那一天,我们的脑筋,充满了从早遇见的各样的人。一想到瞬间浮过的人影、人的气息、头发的香——这些火车里的事、都会的空气,无论到什么地方,都没有离开我们。我们经过了枯萎的桑田,经过了萌出浅芽的麦田之间,来到这里,一看那群蹲在广阔的汤槽周围的人,都是在东京横滨一带所遇见的。男男女女的浴客,出出入入的很多。其中有面容似男子的女同志进来入浴,她们老衰了的、萎垂着的乳房,在浴汤的蒸汽里,朦胧可见,我们还不致觉得是走到全不认识的人群里去了。

出浴后,便回到洋服与外衣散乱着的房间里去。谈起了继续旅行的地点,K君和A君就把地图拿出来。这时我们商量"茶代"[注]的事。

"无论到什么地方宿泊,我从来没有先给'茶代'的。"K君说,"平时总在出发时才给,待遇好的,多给一点,坏的就不过那样。"

"我也是这样。"A君说。

结局,在这样杂乱的旅馆里,就先把"茶代"给了。从在大船买夹肉面包时起,M君允许替我们做会计。

这里的女侍,也是从东京横滨方面来的居多数。晚饭时,有汤、生鱼片、鱼杂碎、炒鸡蛋等菜。女侍伸着她的坚肥的手,替大家酌酒。

[注]"茶代"是日本大旅馆的一种陋俗,是旅客在正项之外赏给旅馆中一切人役的,较正项多至一倍或二倍,绅士贵人非给不可,若是学生,不给也可以。(译者)

K君向我回忆似的说:

"在火车里有一个妇人把登载着强盗的新闻看呢。那妇人很有趣,我是这样想着,像那种妇人,就颇为中意了。"

我们大笑着,吃了饭。

A君在旅馆的旅客簿上记我们的名字,他问了大家的年龄,写在簿上。K君三十九岁,A君三十五岁,M君三十,我三十八。隔了一会,K君像大蛇一样地横卧着,吃醉了酒,就舒舒展展地睡觉,乃是K君的脾气。没有睡觉的三人,听着K的鼻鼾,谈着话。

第二天早上,雇好了的马车来了,大家忙着旅行的准备。一切端整了,就叫旅馆算账。

"K君,我来付吧。"我说。

"呃,我付。"K君从怀中拿出纸包来,这样说。

"哦,开了不少呢。"A君窥视着账单说。

"吃得太多啊。"K君笑了。M君急忙把账簿拿了出来记账。

旅馆的人把手巾送我们作赠品。A君的包袱里,装着地图、有画的明信片、脑丸,还有修善寺买的土产,装成一个大包袱。旅馆的老板娘和掌柜的送我们在庭的入口处,坐了马车。

天气虽好,风像刺一般的寒冷。K君、A君、M君三人都用手巾包裹着耳朵,从上面把帽子盖了下来。从我的眼中,又流出眼泪来了。为要避除车中的寂寞,我们借了马夫的喇叭吹着玩,马丁把路旁的树木的名字和走过的村落讲给我们听。不久到了狩野川的谷里,进谷里时,觉得山谷越走越深。向着某村前进时,在车上,我们遇着约有四十岁的一个憔悴的女人,她背着猿猴,马车驱过她的身旁了。

(附记)

岛崎藤村是日本自然派三大作家之一(外有田山花袋及国木田独步)。他的文字沉着静穆,如果你在躁急时读他的作品,包你火气全消。他的近作《暴风雨》(原名《岚》),为日本大正十五年的唯一的佳作,不久我可以译出来,供大家欣赏。

原载《青海》,1928年第1卷第2期,1928年第1卷第4期。署名:谢六逸 译

戏曲创作论

[日]菊池宽 著

怎样写作戏曲呢？——说明它的创作法，就是本篇的目的。但第一步要说明戏曲是什么东西，先使对于戏曲的本质的观念，进入阅者的脑里。

戏曲是什么东西？换句话说，一种文艺作品，说它是戏曲，为人通用，必须具备什么条件呢？这个问题，我已经在"文艺讲座"中的《戏曲研究》里详细说过了。（读者如果有读过那篇文章的人，不免有觉得重复的地方。）但是，这是关于戏曲之所以成为戏曲的必须条件的问题，是大家都应该知道的重要事项，我以为虽是重复，也该述说的。

戏曲是什么？

一

这里来了戏曲是什么的问题，研究这问题，最好是拉了"小说"来，从两者的区别说起。小说与戏曲——如果问到这二者的区别，诸君将如何作答呢？

也许有人这样说。

"戏曲是没有像小说里的叙述文的文字，全部为会话体写成，将戏曲中出现的人物的名字，罗列在头上。"

这句话说明了戏曲的形式，但是单只这样的说明，还不能充分决定二者的区别。

第一，说到本文是会话体写成的，不单是戏曲是如此。有的时候，小说也全体用会话写成。作评论的时候，全部用甲乙二人的对话作成的也不少。"俳句"虽是五七五音的十七字作成的，但与这个规律稳相贴合的一句，例如——

　　这草地上面，
　　不许人行走践踏，
　　警察厅告示。

这样的文句，不能称为俳句，是不用说的。与这个例同样，任你把人物的名字写在头上，本文也是会话体，但决不能说这就是戏曲。具备这种形式，便以为全是戏曲的人，是很多的。在一般的读者难怪不懂得，连堂堂皇皇挂起"小说家""批评家"招牌的人中，也有不懂得的。因此之故，有写只用会话体作成、戏曲的价值一点也没有的作品的人，也有一本正经地批评这样作品的批评家。读者应该注意，不要被这种现象所蒙蔽。

二

那么,戏曲之所以成为戏曲的条件是什么呢?这个答案是很简单的。曰,能在舞台上表演。

能在舞台上表演——只要不适合这条件的,无论会话写得怎样好,人物的名字堂堂地排列着,决不能说是戏曲。如果极端地说,这种东西连存在的价值也没有的。

我曾经说过,不能在舞台上表演的戏曲,就同"不能吸烟的烟管""不能汲水的水瓢"一样。不能吸烟的烟管,如果成为"八代将军"的爱玩品时,也许有充分的古董价值;不能汲水的水瓢,放在火里,也许可以代薪材之用,但这决不是那东西的本身的价值。上演不可能的戏曲,有时也许作为古董与薪材的代用,但是这样的价值,是可以漠然看过的。

能上演的东西才是戏曲,放在舞台上表演是戏曲的第一条件,这事不可忘记。戏曲不是像小说一样,读过就算完事的。

三

所谓能表演是什么一回事呢?所谓放在舞台上又是什么一回事呢?说到这点也是极简单的。

就是维系观众的兴味。维系观众的兴味——这也不限于戏曲吧,小说也是一样的,也许有人要这样说。小说因为要使人读完一篇,同样地必须维系读者的兴味。但这是要注意的,是横亘在小说的读者与戏曲的观众之间的环境的差异。

小说的读者,无论什么时候,都能极自由舒服地鉴赏。在时间空间都没有一点束缚,只要有一本书在手里,无论在上学的途上、电车里面,无论在什么地方,全可以阅读。读得厌倦了,可以把它放在衣袋里。但是戏曲的观众就不能够这样了,他们常受不自由的时间空间的束缚,在一定的时间内,如果不将身体放在剧场的座席上(最窘的场所),便不能够完毕鉴赏的事务。

在小说,则读厌了的读者,可以把书放进衣袋里。但是戏剧的观众看倦了舞台时,能够把舞台放进衣袋里吗?这当然是不可能的,只有自己离开座席,走出剧场的外面。放进了衣袋里的书,可以再取出来打开,无论什么时候都可以接续地读,一旦离开座席走出剧场,随你的意欲再走回去时,要想继续看戏,便不可能了。

即是,小说纵然使读者厌倦,不过使读者闭了书放进衣袋罢了,并没有使鉴赏完全中绝。戏曲使观众厌倦时,明明是使鉴赏中绝。因这个缘故,戏曲使观众厌倦,是绝对禁忌的。无论怎样,要努力使观众安静地坐在局促的座席上,牵引读者的极强的"兴味",在戏曲是必要的。一种不能与小说相比的极强的"兴味",在戏曲是必要的。

这强的兴味,就是使观众的屁股紧贴着座席不肯离开的力量,我名它为戏剧之力(Dramatic force)。

四

"戏剧之力"是什么东西呢?这就要先问它是宿在人生的什么地方的,研究这点,就是知道戏曲是什么的唯一的道路了。

戏剧之力是什么?如果极朦胧地思考,就是"强烈的牵惹人心的力量",是极强烈的 Socking 的力量。这种力量,无论从哪方面去想,都不能够说它是宿在人生的平稳无事的地方的。它是宿在人生的急湍的一角里——假如把人生看作一条河流,则河里的流水是有大波澜的,有瀑布的,有漩涡的。那种力,是宿在这样的一角里面。

看人生为川流,则潺潺的漾着微波流过平坦的原野的地方,也是人生;流过树叶下的溪水也是人生,可是这样的溪流里,却没有宿着戏剧之力,没有潜藏着极牵惹人心的 Socking 的力量——换句话说,就是这样的人生的一面,任你如何去取材,到底不能够写成为戏曲。这有时也许可以写成为小说,但是决不能成为戏曲的。

像哥德的《少年维特的烦恼》一样,一个青年在长年月之间,热爱着一个女性,如这种人生的姿态,无论那恋爱是如何的深刻,但仅仅如此是不成为戏曲的。因为要成为戏曲,必须在形态上现出人生的瀑布与漩涡。以上面的例来说,单是一个青年长久间恋着一个女性是不行的。在这里,必定要有一个恋爱的竞争者出现,想要把青年所爱的女子,从他的手中夺去,而青年又未必容易被夺,于是在二人之间涌起激烈的恋爱争斗。要这样的人生才能够写成为戏曲。

川水静寂地流下平原时,水面漾着微波,看去非常的稳静,但一到变为泷濑,化为漩涡,则水这东西就现出本来的性质,嚣嚣然发出响声,有击倒礁岩似的力量。人生也同这个一样,在平凡无事的时候,无论取怎样的温和态度的人,一旦遇着人生的瀑布与漩涡,便会忽然现出了真正的姿态的。能捉着这点的就是戏曲。在这里,却宿着"戏剧之力"的神秘。

(未完)

原载《青海》,1929 年第 3 卷第 3 期。署名:谢六逸　译

新秋漫笔：专家

小弟弟缠着我，要我讲故事。我就讲道："从前有一只乌龟和兔子赛跑……"

"我知道的，兔子在半路上睡觉，乌龟先跑到。"他不等我往下讲，就拦着我的话头。

我说："还有下文，你耐心听着吧。

"后来有一座山上的森林失火，林中的鸟兽开了紧急会议，（曾否恭读'遗嘱'，我不知道）大家要选举一个使者，奔到对山的森林去报信，好叫别处的鸟兽赶快逃跑。于是大家'提议'，'辩论'，'表决'，吵吵闹闹，好容易选出了一个使者。这个使者，是大家'认识'它是一个跑路最快的，它的快捷超过兔子，这个使者是谁呀？小弟弟！是乌龟哟。等乌龟爬到对山时，鸟兽尽被烧死了。"

"哈，哈，滑稽！"小弟弟乐了，似乎明白我所讲的故事。

我又往下说：

"我们已经是训政时代的老百姓了，早就理该安居乐业的。但是事实却不然,原因虽多,主要的就是受了一般'专家'的赐。什么理财专家哪,经济专家哪……是很多的。财政被什么专家一理,公财就全变成私财了,结果是私人的财理得非常之好。大家所认识的'专家',正如鸟兽所认识的乌龟一样。"

这一段的意思小弟弟似乎不大懂得,漆黑的眼珠儿凝视着我的脸。

但是我怕嘴上挂着胡子的人也未必能懂得这个故事的全部呢,他们也许以为我在这里诽谤今上了。

(附记)

借动物来骂人(如龟、兔、蝇、猪之类)是中国人的恶习惯,在我是颇不以为然的,本文里决没有这种用意,望阅者监察。(待续)

原载《幽默》,1929 年 9 月第 2 期。署名:谢宏徒

中国报纸若不改良　读者将有莫大危险
——谢六逸主任之一席话

新闻学系主任谢六逸先生,目击我国报纸描写事实,则淫乱卑鄙无以复加;记载词章,则迎合下流社会心理;而社会新闻(即本埠新闻)一栏,尤叙述秽亵,千篇一律。故本学期该系之"通讯练习"学程,由谢主任亲自授课,借以养成有学识、有经验之新闻记者人才,从事矫正现在我国报纸之通病。前日(八日)通讯练习上课时,谢主任谓我国今日之报纸,记载方面,若不速行改良,行将每况愈下。改良之方法有二:一则效法美国报界大王 Hearst 氏直辖各报,将通俗生动之文笔,热烈同情之态度,以记载社会新闻;一则效法日本之《读卖新闻》特派记者,深入社会底层发表贫苦民众之真相,以引起社会人士之注意。盖不如是,则报章非惟不能作社会之指导者,且将有引读者于作奸犯科之危机者也。

原载《复旦五日刊》,1930 年第 42 期。

全国专家对于读经问题的意见之谢六逸先生的意见[①]

"经"是中国固有文化的一部分,是古人的业绩,我们不能轻视它。但读经如不得法,便损伤它的价值。

经的读法,因读者的立场而异。

1. 因为研究哲学、古代社会、历史的缘故去读经,这样的读经,是有益的。

2. 将经的本身看为一个完整的学问,埋首研究,将研究的结果发表出来,使大家知道经是什么东西,这样的读经也是有益的。

3. 将经的一部分看作文学,如曾国藩编选《经史百家杂钞》的态度,认为是古文的高曾远祖,这样的读经也没有害处。

4. 强迫人人读经,不问读者所研究的是什么学科,一律强迫读经。像这样的读经,不惟无益,简直是毒害青年,我们极端反对。

现今中国的问题,是一个"穷"的问题。如把"读经"一事,认做解决这个问题的好方法,就不妨在大街小巷,建立"读经堂",组成

[①] 副标题为整理者加。

"读经班"。凡进"读经堂"读经的人，按月"赏"给充分的生活费，让他们以"读经"为业，一心一意地读经。这样的读经，才是彻底的办法。

如这种办法不能实行，普通一般人或青年学生便没有读经的义务。

原载《教育杂志》,1935年第25卷第5期。署名:谢六逸

日本劳动妇女的现状

一、妇女劳动者的数量

依据1929年末日本内务省（内务部）社会局的调查，日本的妇女劳动者约有一百六十万人。在一百个劳动者中，有妇女劳动者三十二人。

全国工场矿山劳动者总数	4821815人
其中妇女劳动者总数	1577451人
比率	32.6%

日本的妇女有多少人在做工，看这个调查便可明白了。就妇女劳动的总数，再可区分如下。

工场	1058369人
矿山	52750人
运输、交通、通信	39000人
日佣及其他	427332人

"日佣及其他"是包含着各种短期间的工作与建筑场的雇佣等。运输、交通、通信是指在电车、汽车、车站、邮政局做工的人。上列四种妇女劳动者，以在工场做工的占最多数。再就产业来区分工场劳动者，有如下列。

	总数	其中的妇女	百分率
纺织工业	991323	803358	81.0
制丝	385435	354499	91.9
纺绩	225518	184829	77.5
织物	287844	232285	80.7
金属工业	109717	8279	7.5
机械器具工业	245963	13164	5.3
窑业	65314	11951	18.2
化学工业	117313	41380	35.2
制材·木制品	54459	5453	10.0
印刷钉书作	53122	8151	15.3
食粮品工业	165776	42113	25.4
瓦斯·电气业	8344	91	1.1
其他	87541	41731	47.6
合计	1898872	975671	51.3

从这计算看来，日本全国的工场劳动者有半数以上是妇女。在制丝工场（纱厂）里，劳动者一百人中，妇女占九十二人，男子仅有八人。日本的富翁和地主穿在身上的华美的衣服，还有他们的女儿们出嫁时灿然的服装，都是劳动妇女们的手做成的。也可以说，凡是穿

在身上的,不管它是怎样华丽,全是这些妇女劳动者的手做成的。但是劳动者在冷天却穿不着温暖的衣服。

我们再来看那些资本家给劳动妇女的工银有多少。

二、妇女劳动者的工银

现仍依产业的区别来列成一个表,将妇女劳动者的工银和男子的比较。

	男	女
金属工业	3095	1275
机械器具制造业	2784	1443
化学工业	2316	1083
纤维工业	1645	970
窑业	2379	943
食粮品工业	2131	1054
印刷钉书作	2037	1206
矿山	1897	1251
平均	2285	1251

妇女所得的工银,不过是男子的50.4%,即是男子所得的一半。资本家驱使妇女代替男子,但是付出的工银仅有男子的一半。所以妇女劳动者与男子劳动者都应该团结起来,组织工会,借团结的力量去和资本家争斗。

这许多的妇女劳动者受了这么一点工银,她们究竟每天做工几小时呢?

三、妇女劳动者的劳动时间

在日本有"保护职工"的名称,年不满十六岁的女子,就是"保护职工"。法律上规定,保护职工做工不能过十一小时。但是这种法律是谁人作的呢？是日本的资本家和官僚作成的,不是劳动者作的。虽然有保护职工的法律,也可以随资本家们的意思变更。保护职工既在法律上规定不得做十一小时以上的工,可是又说,"因产业的种类,得主务大臣的许可,工作时间每天得延长至二小时以内"。就是说,资本家如要延长工作时间,产业和内务省有关系的,便去要求内务大臣的许可；产业和铁道省有关系的,便去要求递信大臣的许可,于是便可以驱使他人一天做十三小时的工。（大资本家不致不得大臣们的许可的,大资本家和大臣都是一样的东西。）他们役使年老的、年幼的妇女以及未满十六岁的柔弱的劳动者一天做工十三小时,便说这是保护职工。纺绩产业虽已废止夜工,但行着两次交换工作制,劳动十八时间,结果是工银减低、劳动激烈,资本家有利,劳动者没有利益。尤其是织物工场的妇人劳动者,她们被驱使着做十三小时的工。一般的妇女劳动者平均也须做十一小时。试看下表便知——

八时间劳动	4.6
九时间劳动	7.4
十时间劳动	28.0
十二时间劳动	55.0
十二时间以上	5.0
平均	十一时间

为劳动者作成的法律称为工场法,日本的工场法是很糟的,不过是为资本家的便宜而作成的。日本的工场法虽糟,仍有许多没有遵依工场法的工场。如织物工场便是其例。在织物工场做工的,大部分是妇女,看前面的统计,便可明白。有一百个劳动者的织物工场平均有近八十一人的妇女劳动者。而且有未适用工场法的,工作时间较之适用工场法的延长三小时,甚至于每天做工十四小时到十五小时。说到工银,适用工场法的,平均每天是0.879(日金八十七钱九厘);未适用工场法的,平均每天的工银只有0.823(日金八十二钱三厘),较适用工场法的少日金五钱余。这些为人做衣服的妇女劳动者,平均每天要做工十五小时,只换得八十二钱三厘的酬劳。一天得八十二钱三厘,一个月只收入二十四圆六十九钱,除了罚款、告假、药钱、其他费用等,只有二十圆到手。每天做工十五小时,每月收入二十圆的妇女劳动者,在日本有二十三万二千人以上。

四、工场的设备

像这样的妇女劳动者,资本家对于她们的工场设备是怎样呢?她们在寄宿舍里吃的饭,较之在监狱里的饭更坏。就制丝工场的规则说,应该给她们三十钱以上的食物,实际不过得到十二钱的食物,剩余下来的,都钻进了资本家的荷包。在寄宿舍里,屋子没有天花板,是薄板房,没有壁橱,没有避雨的板门,电灯幽暗,被单旧而且薄;冬天没有火钵或火盆,夏天不借给蚊帐。并且窗子是和监牢里的一样,钉上了铁丝网,遇着火烧时逃也不能逃。群马县、静冈县两处的制丝工场曾经失火,睡在寄宿舍二楼的二十六个女工被烧死十三个。

还有，便所的污秽、害病时不给请医、"棉絮"到处飞扬、机械的危险，这些都没有什么保障。

五、健康保险法

官吏、工厂主人常说："政府时刻注意劳动者的健康，因为劳动者是国宝，政府不是完备地作成了健康保险法吗？"但是官吏和工厂主人说"政府作成的法律""为劳动者们设想的法律"时，就非加以注意不可。证据是，只消一看"为劳动者的健康而作成的"健康保险法，便可明白了。

据这种法律，日本全国的劳动者，不管他们是否愿意，都非加入"健康保险组合"不可。借以收取保险费，收取的方法是很狡滑的。

保险费的比率是逢一圆取二钱，但是并非工银一圆收二钱，是在工银之外，加上膳费、寄宿舍的费用，以及其他各费，合计起来有一圆时，即收取二钱的保险费。工银是有定额的，至于工银以外的各种费用，因为是工场方面供给的缘故，可以由资本家任意规定。工场方面拿值十三钱的饭给劳动者吃，他们却计算为三十钱。结果是工人到手的不过一块钱，而与其他各费并计，则成为两块钱了。照这样看，虽说逢一圆收取二钱，实际是所得不过一圆，而要被取去四钱的保险费了。

保险费拿去作什么用呢？储积起来，到了害病时，当作请医生诊治用的。可是所谓医生，对于能够付出多额的药钱的富翁是很亲切的，对于这种"劳动者们"不会细心诊治的。

又依据健康保险法，因为医病休息时，工人得支领"标准报酬"的六成（连工银、寄宿费、膳费等在内），但不得支领到一百八十日以上，又手术费、入院费也须从这里面拿出来。结局在一百八十日以内，不必施手术，也不必入院的轻病，"健康保险法"也许可以帮助；如果是继续到一百八十日以上的重病，就不给医治。在劳动者方面，轻病不用说，重病更非求医治不可。但是日本政府所规定的法律，是"如为轻病，就给医治，但保险金应逐日照纳"，原来资本家和政府是这样地宝贵劳动者，对于劳动者的健康是这样担心的。实际上，劳动者不是每个人都害病，保险金的利息，都入了资本家的私囊了。

六、农村的妇女

农村的妇人是怎样的？自然在农村有的是地主，地主们的太太小姐是不成问题的。妇女劳动者们从早上到夜晚在田里和男子们一起工作，在家里还要从衣服做到炊煮。她们有的不能永远住在农村，便走到工场里去，在苛酷的条件下做工。据1926年的调查，农村妇女出外做工的状态如下：

在县境内者

茨城	35	神奈川	57	静冈	101
栃木	67	新潟	24	爱知	1531
群马	536	石川	143	三重	313
埼玉	639	长野	694	滋贺	570
东京	101	岐阜	509	京都	660
大阪	1047	奈良	25	兵库	333
广岛	95				
合计			7486 人		

这仅是十九县的调查,如连其他二十七县,加上北海道、桦太、朝鲜计算起来,为数是很大的。

再据1929年12月的调查,在县境外做工者,有如下表:

京都	46	埼玉	3385	静冈	1639
群马	777	福岛	107	长野	8918
茨城	284	爱知	602	神奈川	2
岐阜	26	三重	171	兵库	30
滋贺	35	和歌山	2	广岛	1
石川	1	福冈	1	冈山	1
东京	1548				
合计	180035 人				

这也只是十九县的调查,如加上其他各地,当有此数的若干倍。并且这是一年间的调查,还有在冬天出外做工的也很多。

佃户受地主的榨取与工人受厂主的榨取是同样的。佃户与工人一样地和地主挑战。在岐阜、宫城地方曾经发生暴动,最近在秋田也有暴动。此外在土佐地方有一万渔夫发生暴动,拥至县厅,其中有许多妇女。当岐阜地方暴动时,有六七十个老婆婆被捕。在千叶地方,妇女们推打警察,把被捕的男子带走,在警察署的门前开演说会。无论农民或工人,每当罢工或行示威运动时,都有许多妇女在内帮助。

七、结论

现把苏俄对于劳动妇女的法律举出来,与日本的劳动妇女的待遇对照。

苏俄的劳动者法律，是劳动者自己做成的，对于妇女劳动者有下列的规定。

1. 妊妇得不做夜工或辛苦的筋肉劳动；

2. 为筋肉劳动的女性（电信、电话、无线电的劳动妇女准此），在生产前后八星期（合计十六星期）得安静养生，其间工资全部照给；

3. 从事智识的劳动的女性，在生产前后六星期（合计十二星期）得安静养生，其间工资全部照给；

4. 生产后母亲得支领劳动保险金（平均工资的半额），在九个月内，得支取儿童抚育费；

5. 自己哺乳时，在九个月内，每做两小时得休息三十分钟；

6. 妊妇以绝对不解雇为原则；

7. 妊妇与婴儿得免费诊病；

8. 在做工地方的近旁有托儿所，母亲做工时，婴孩在托儿所安全地养育；

9. 托儿所是免费的，托儿所里有医生、看护妇、保姆等看护；

10. 苏俄劳动者的儿童，三岁以内交付托儿所，八岁以内收容于儿童园；

11. 苏俄的女性得与男性享同等的权利；

12. 苏俄的女性，凡男性的一切工作，均有从事之权利，如大使、官吏、律师、建筑家、船长、红军官长、兵士等；

13. 做同类工作的男女，得支领相同的工银。

此外对于妇女劳动的规则与设备，不能详举，总之是为妇女劳动者而作成的法规，与资本家作成的不同。日本的妇女劳动界和苏俄的比较起来，真有天渊之别。

(本文根据日本《战旗》一月号所载)

原载《妇女杂志》(上海)，1930年第16卷第7期。署名：谢宏徒

妇女记者

普通报馆的组织,分为编辑、印刷、营业三部。妇女记者是专指在编辑部里担任新闻记事的搜集、整理、调查,或充任妇女栏、儿童栏编辑的女性。

妇女记者从什么时候开始在报界活动,不能确知。惟在美国,是在19世纪的初期出现的。在那时,美国的报馆采用妇女记者,全出于好奇的态度。目的是利用女性,得着满足好奇心的读物,以供给阅者。对于男女的问题,常派遣妇女记者去采访,在报纸上揭出"由女性观察而来"的记载。因为她们是女性,又被派遣去采访惹动社会耳目的事件。曾有某妇女记者,加入潜水夫的队里,沉入海中,探访海底的情况,因而震惊世间。又有妇女记者,自扮疯女,进了疯癫病院,将许多疯人所受的虐待,暴露于世,唤起舆论,而使病院改良。又或亲身加入罪恶的渊薮,躯冒危险,将魔窟里的罪恶公布,博得世人的赞美。还有一个有趣的例,可以说明报馆之利用妇女记者。纽约有一家"黄色新闻",对于一个刚从乡间出来,想到报馆里充当女记者的女子说道:"从外国来的妇女,因为地方情形不熟悉,被恶人诱惑,受了灾难的甚多。为要采访这类的事情,请你到英国去,立即回来,扮做三等舱的船客,在纽约的码头上岸,假装身居异地,无人相识的模样,如是必有恶人来对你表示亲热,想诱惑你,你便随他前去,把魔窟里的详细情形写出来,这事是值得莫大的报酬的。"编辑主任把赴英国的来回路费和零用钱给那女子。女子答道:"我照你所说的做去,可是如果危急时怎么样呢?"编辑主任允许说:"你到了纽约时,我派社员跟随警戒就是。"女子得令,便横渡大西洋,在伦敦观光数日,坐了三等舱回国,但是没有什么恶人来诱惑。她回到报馆,做了报告,写着"年青女子,独自一人旅行,并无什么危险"。在编辑者的眼光里,这样的女记者有什么用呢? 当然是拒绝她的入社了。

到了现在,美国的纽约、支加哥、波斯顿、费城、西雅图、甘萨斯等大都市的各报馆,每家都有一二名或四五名妇女记者在工作。也有完全不用一个女记者的,也有女记者充任要职的例。如勒卜拉斯加州的洛佛克市的《洛佛克报》,就是由玛利·魏克斯夫人当主笔,指导编辑部。又如印底那州的《朴里毛斯导报》,其妇女栏的编辑主任是弗洛冷兹·包依司夫人。有名的女记者们,如像路易斯·李兹女士、耶娃·金格女士、杜洛赛·戴克斯女士,她们的著作很受读者的欢迎。美国各大学的新闻科,有志愿做妇女记者的女子正在研究,妇女记者将渐渐地增加起来。

保守的英国的《晨报》(*Morning Post*),近来也设置"妇人特派记者"于巴黎,令她写文章发表于"巴黎的流行界"一栏,在文章的冒头,揭着"驻巴黎本社特派妇人记者通信"的字样。其他的英国报纸上,也见着妇女记者的活动。

日本的妇女记者,以竹越竹代为最早,她是竹越三叉氏的夫人,夫妇同供职于国民新闻社。《东京日日新闻》的神近市子,《中央新闻》的山田邦子,《读卖新闻》的佐藤俊子、生田花世诸人,最初是妇女记者,但不久便转换到文艺思想方面去了。现在著名的妇女记者,有在《东京朝日新闻》学艺部做文章的竹中繁子,《大阪朝日新闻》的恩田和子,《时事新报》社会部的葛冈满津子,《国民新闻》家庭部花冈歌子等。她们有东京妇人记者俱乐部的组织。

妇女充当新闻记者,有不能自由发挥才能的障害。女性的生理的体质与母性爱等,是其主要的妨碍。但在报馆方面,对于妇女记者的需要颇为殷切。妇女记者的长处,是编辑星期新闻或杂志。用她们来编辑报纸上的妇女、家庭、儿童、文艺、美术各栏,是最适宜的。新闻记者的工作很辛苦,非有坚实的体力不行。在耐劳吃苦方面,恐怕女性不及男性,但如担任整理及保管的工作,则女性实远胜男性。所以将来的妇女记者,仍大有发展的余地。

海外有名的报纸大多设有妇女栏(例如日本的《读卖新闻》),由妇女记者专任编辑的事务。妇女栏对于一般妇女的思想、生活、教养上有很大的贡献。这一栏的内容,可以区别如下。

思想;(请妇女界的先觉做社论或揭载阅者来稿)

社会相;(从妇女、家庭的立场下观察)

妇女解放运动,女权扩张运动;(注重受苦难的女性生活)

美容、服饰的研究；

国内或海外流行物的批判；

趣味与娱乐；（题材以适合家庭者为限）

手工艺；（指家庭必需品而言，非有闲阶级妇女的娱乐物）

园艺、烹调；

生活改善；（以中流阶级以下的衣食住为目标）

育儿卫生；

妇女风俗史；

海外妇女界；

主妇的常识；

家庭科学；

百货店的研究；（百货店是民众的一大消费场，站在民众的立场，仔细研究百货店的营业内容）

厨所的消费经济的研究；

通俗的文艺。（如长篇小说等）

这十七项是报纸的妇女栏所必需的文字，也是最适宜于妇女记者们写作的。

原载《妇女杂志》（上海），1931年第17卷第3期。署名：谢宏徒

新兴小说的创作理论

[日本]片冈铁兵 作

一、序 论

（一）

地球的六分之一，决不是小的面积。在那辽阔的土地上，如今劳动阶级正和农民紧紧地握着手，把政治权力放在自己的手里，使有计划的社会主义经济逐渐地、有效果地前进；立在这样的基础上，组织着一个社会。在这辛苦的，然而是充满着光明的科学的旅途上，他们——那国的住民，自出发旅途以来，已经过了十一年了。到了最近，渐渐把文化问题、意识革命问题、艺术革命问题等，以非常的热心，动手探究。那国的青年批评家勒维支说："将现在发生着的伟大的进步，使之意识化的要求，是绝大的。文艺就是这意识化的最重要的武器之一。"

又依据那国的伟大的革命艺术团体《十月纲领》第六项所说，文学是指——

将劳动者阶级与广大的劳动大众的心理意识,向着普罗列塔利亚特(世界的再造者及共产主义社会的建设者)的终极使命而组织成的文学。

迈斯基在他的论文《文化文学及共产党》里说:"彻底说,在普罗列塔利亚的作家里,目前尚无第一流的天才。其次,普罗列塔利亚作家里,艺术的技术还不足,多数不过经过修学的第一阶段而已。"

以劳动者与农民之国的苏俄,关于普罗文学,还只开始成为问题,这样贫弱的状态,有什么东西来给我们申说呢?这就是和新阶级同时兴起的新文学的苦难了。

再回转头来看我们的周围,在这一国里,资本家与地主,正凶暴地榨取压迫着。一切的机关,都是为将普尔乔亚的偏见,深深地浸透人民,而总动员的。在这种状态之下,我们却想就普罗列塔利亚文学——小说的创作探究一下。可是如其不谨慎,在不知不觉间,要为了布尔乔亚的偏见所害,陷于为敌人阶级的文学探究或创作敌人阶级的结果。

我们在讨论普罗小说的创作理论之前,要明确地踏入各阶段,把它捉住。这阶段是什么呢?

在探求技术方面之先,不可不了解实体的普罗小说是什么东西。而且,自己应该显明地是一个普罗列塔利亚特,诸君也许要这样说的。一点不错,可是还有比较这些应该放在前面解决的问题是要提出的,就是——我们为什么要把普罗小说的创作理论拿来当作一个问题呢？如不把这个问题擒住,则以后发生的各种问题,就不成其为问题了。

这样地把问题拿来追溯,将它解决,此种方法的本身上,已经具备探讨普罗小说的特征了。关于布尔乔亚小说的创作理论,例如阶级的意味;何故做布尔乔亚的小说等疑问,是不会发生的。为什么呢？正如大家知道的,现在的支配阶级,是布尔乔亚。这阶级,在自己的生产方法上,依照自己的模样,把社会全体造成。即是,全人民的生活、习尚、感情、气氛等,一切都是为要变做布尔乔亚的利益而组织的。(参看蒲哈林的《史的唯物观之理论》第六章三十九节与第八章五十三节)因此之故,借现行的科学分析,来探究普罗列塔利亚的手续,在我们是没有必要的。走进抽象的小说定义与构成要素,一起手就探究小说的技术方面,这样创作出来的东西,不过是为支配阶级利益作成的文学罢了。自然,他们是决没有意识着这点的。正唯其是无意识,就会作成为布尔乔亚阶级的"阶级小说"了。

我们因为要探求困难多的与支配的生活感情,气氛立于绝对反对地位的小说理论,便不能不从容地立定脚跟地前进了。

(二)

这里,先要提出的第一个问题,就是——

> 我们为什么要把普罗小说的创作理论拿来当作问题呢？为什么要做这种小说呢？

对于这问题,怕要从诸君得着种种的答案。我从其中提出必有的答案,述说一下。

第一,一定有这样说的人。

> 因为文坛上有普罗小说的出现,所以想试作一下。

这个答案虽是平凡,许是占多数的答案吧。对于这个答案,我想说说我的意见。

如果还有别的什么新奇的文学出现,你也许要向那方面走去了。你为什么要以普罗小说为志,依然是没有解决的。还有一层,普罗小说为什么出现于现在的文坛,这也许是必须加以考虑的吧。

像这样,疑问仍没有解决。那么,再看下面的答案,这里写着——

> 我之所以垂青于普罗小说,是因为不满于向来的小说——资产阶级的小说的缘故。资产阶级的小说,是那样的讨厌,有时写点琐屑的身边杂事,连表现现代的速度(Tempo)与生活情调的能力也没有;或是写成愚折的恋爱小说,或写倦怠了的豹子似的贵夫人的闺中事;有时是嘴上胡乱说一阵的火花式,不过是皮面的轻薄的 Modern boy 的醉语罢了。若果一想到发生在我们面前的,而且促进我们关怀的劳动运动与政治结社的事件,以及逐渐痛苦的我们

的生活,于是无论如何,对于向来的资产阶级文学,总是不能够满意的。

这个回答,据我的意见,是近于正确的。资产阶级文学,其中的小说,真是分裂为各种各样,从闲静的东洋的"随笔文学"(这是横光利一氏的命名),可以数到骚乱的、发狂的文学。

然而,其中的无论哪一种,都不是如我们所欲求的,能使我们系统地认识现今我们的生活的文学。同时,也不是在生活里劳动而来的意欲的文学。文学虽描写那样的生活,可是回顾现实的我们时,就恐怕有一条深沟在那里,这是不能够否认的吧。我们不想创造"自己满足"的、逃避的文学。"创造"这事的本身,是在强烈的我们的生活意欲之时!我们愿意突进那不违反我们的现实的文学里去!在那里便有普罗小说!

经过这样的径路,我们说将作普罗小说,大概是不错的。但是,这对于我们所发的问题,不会是主观的答案吗?在表面虽是这样,里面还有别的,就是——什么东西使我们经过那样的径路,去作普罗小说呢?我们必须科学地认识其社会的根据、物质的条件,将它求得。要在现实里,求得主观答案里面的客观答案。

日本的现状(政治的与经济的)是怎样呢?关于这点,没有群述的自由。总而言之,是阶级对立的激烈化,是支配阶级的凶暴化,与他们的正面敌人普罗列塔利亚特成熟之时。日本的无产阶级已过了某期间的争斗经验而开始把自己当作阶级,使自己有意识,使自己结成,就是"成长为具有独自的利益、希望、社会的理想,欲望的全阶级了"。并且是集中一切,集中于自此发生的斗争的一切,而做政治的战争。为要使这战斗胜利,必须成长到能保持这阶级的先锋队。(即是普罗列塔利亚特自身的党)

已经成熟了的日本无产阶级,借中野重治氏的话来说,就是——因为要拥护阶级利益,就非对于压在这阶级利益上的,现社会的支配的上部构造(是作为构成部分的支配的观念形态)所特殊表现出来的支配的艺术冲锋不可。即是普罗列塔利亚特的本身,因为准备做"旧世界的破坏",并且要使这准备实现,遂用艺术(尤其是小说)当作一种手段。

以上是对于我们为什么用普罗小说的创作理论当作问题的客观的答案,又是社会的根据。

对于普罗文学的许多疑惑、不信用、误解与无用的杂论,都不外是不明白以上诸点而发生出来的。这不仅是对"仇敌文学的辩护人"说,甚至于正在从事于普罗文学的人,往往也是如此,是我引以为憾的。

由以上的说明,我们可以显明地知道下列的几件事——

用普罗文学(小说)当成问题的,是普罗列塔利亚特。

普罗列塔利亚特迫于现实的必要,遂借他们的文学(小说)作为手段,以拥护他们的阶级利益。

所以普罗小说在原则上非直接和阶级利益相连接不可。

就是,普罗小说决不仅注目于小说界的胜利,乃是以他们的阶级的胜利为目的。

换言之,这种小说决不是现在的小说的支派,是截然自有差别的。借日本普罗艺术联盟的口号来说,就是——不是艺术的武器,乃是武器的艺术。

至于什么是普罗列塔利亚以为必要的小说之内容,当于下文详细讨论。

以上所述,在使本文成为问题之根据确实,这根据就是显示我们普罗列塔利亚特到某程度的成熟。

可是普罗列塔利亚特是什么呢?请看次节便知。

(三)

普罗列塔利亚[特]是什么?

我若在此充分探究它,便是个很大的问题。我没有详述它的自由。可是在讨论我们的结局的问题时,却又非理解它不可。充分的研究,姑让于以"普罗列塔利亚[特]"做直接对象的人,在这里,我只把我们的问题,限于有关系地说点出来。就是用阶级所具的,运命所系的意识形态、观念、世界观做中心来讲。

是大家知道的,在今日最能支配的生产方法,是把基础放在近代大工业之技术的发展上的资本主义的生产。成为问题的"普罗列塔利亚特",是与资本主义的生产方法的开始同一个时候诞生的。

"普尔乔亚"者,不单铸造了杀害自己的武器,又造出了使用那武器的人物——即是近代的劳动者,普罗列塔利亚

特。——曼利斐斯特

即是,我们先要擒住在今日是最支配的、最有发达的技术的,然而是在资本家的统治(榨取)之下成为生产阶级的"普罗列塔利亚特"。此外的许多阶级,例如手工业者、农民虽也是生产阶级,但是"普罗列塔利亚特"充分具有"今日性",是具有发展的技术的阶级,二者是不可不加以区别的。

聂林也曾经说过,"普罗列塔利亚特"者,保有对于资本主义的全经济的中心与神经之经济的支配。

在这里所知道的,就是"普罗列塔利亚特"是今日唯一最进步的、中心的生产阶级。所以它的意识也是从经济的关系而决定的。——是什么意识呢?

它是唯物的,是具体的。普尔乔亚所有的鬼怪的幻想的东西与它全无关系。它对于任何事物都不做抽象的思考。它不能设想一切事物可以在抽象中得到解决。它的思考与实践相结,它的行动亦复如是。正如马克斯在《费尔巴哈纲领》中所说:"社会的生活,本质就是实践的。"只有它才是今日的最社会的、人间的。

(这里要特别声明的,以上所说的"普罗列塔利亚[特]"的认识的特性,它并不是常常是这样,是说它在社会的本质上,这样地去观察世界,是说它具备这样的条件。例如那阶级中的人,也许在现在还有相信迷信的。可是那是因为被今日的支配阶级的有组织的偏见,暂时被荫蔽的缘故,不久,他们由于阶级的自觉,便会从这种信仰主义里完全摆脱的——它的可能性已举述如上,以下望阅者也这样去解释它。)

这科学的生产阶级,它有生产上的特征,这特征是与其他的向来的生产阶级不同的。曼利斐斯特说:

> 与产业的发达同时,"普罗列塔利亚特"的数目不单是增加,更使它凝固为更大的集团,于是力量增大了,他们又感知那力量。机械渐次消灭了劳动的差异,在各地方,赁银减到同一的低水准,同时,"普罗列塔利亚特"的利害、"普罗列塔利亚特"内部的生活状态渐次平均起来。

"他们团结起来。"

照这样看来,"普罗列塔利亚特"是集团主义者,"连带精神"是极度的发达的,对于利害相同的同一阶级的人,彼此的竞争逐渐消失,开始有了"同志意识"。它最明显地认识了阶级观念。而且资本主义使世界化身为自己,在全地球的各处,资本主义的生产厉行着,于是"普罗列塔利亚[特]"便生产出来,因为各国的"普罗列塔利亚[特]"都有同一的利害关系,必然地非紧紧地握手不可。国际主义(Internationalism)也于此产生。全世界的弟兄,若不大家脱弃赁银奴隶制,则阶级的完全解放便不能得到;若无相互的援助,则不能得到彻底的胜利。"普罗列塔利亚特"的国家——苏俄,把力量借给日本的"普罗列塔利亚特";日本的"普罗列塔利亚特"或高叫"守护俄罗斯",或援助中国的革命运动,一点也不足为奇。

他们如此这般,在集团的、同一的利害关系的下面行着生产。但是还有点重要的事,必须加以说明。

——就是,只有"普罗列塔利亚特",是经过资本主义的生产过程的本身而良好地训练、结合、组织而成的唯一的阶级。

关于这一点,列宁曾说:

> 在多数人视为怪物的工场,是资本家协动的最高形态。工场使"普罗列塔利亚特"结合、训练,使它组织起来;且使它站立在其他一切被搾取的劳动人民层的先头。马克斯主义——即是由资本主义受了教训的"普罗列塔利亚特"的意识,使工场的搾取方面(饿死不安的规律)与工场的组织化方面(由集团的劳动,技术的、高度的发展之生产关系而结成的规律)区分为二,且把此事教导动摇的智识阶级,目前正在教。使"普尔乔亚"的"印特尼根追亚"烦恼的规则与组织,正由于这工场学校,"普罗列塔利亚特"能容易的摄取一切。

这就是"普罗列塔利亚特"的规律性与组织性。他们对于一切的事物,有组织地去寻求它的内在的联络性,一面思考着,一面行动。所以不能把"普罗列塔利亚特"看作一个单纯的现象。他们与"只见树子不见树林"之辈是全然不同的。

关于这点,以后再详述。我们不可以忘记"普罗列塔利亚[特]"艺术具备"有规律的组织",其根据即在于此。

第二,这种阶级,对于目前的现状,其立脚点是如何的呢？在这种制度之下,他们感觉"愉悦与安全"吗？他们想维持这种现象吗？不,他们在这里是看不出什么利益出来的。现状的变革,就是他们的希望。因此他们出于变革的行动。

为什么原故,他们要如昂格尔斯所说的一样——"为支持自己的生计,除了卖劳动力而外没有方法,因此他们是对于无论什么资本的利润都不能靠托的社会阶级。"就是因为他们为资本的利益,不能不做被榨取者,不能不劳役。因为无智与隶属,失业与弹压与饥饿,是他们的下饭菜。"普罗列塔利亚特"的生活条件,在资本主义社会里,显示了非人的存在之极顶。

> 因此之故,"普罗列塔利亚特"要意识自己,要叛逆这非人性——他们因为人性与极端否认人性的生活状态的矛盾,逼迫他们非反抗"普尔乔亚"不可。

诚如马克斯在1844年所说：

> 如果普罗列塔利亚特宣告从来的世界秩序之解体,则此事不过是他们泄漏自身存在的秘密而已,因为他们已经是世界秩序的事实上的解体了。

所以,"普罗列塔利亚特"者,犹如"普尔乔亚"的掘墓人,登上了历史的舞台,他们否定自己所否定的现状,他们否定自己一无所有的(唉!只有桎梏!)现在的所有关系——就是私有财产制度。他们在现在不承认任何权威。他们在世界的移动里感到利益,他们对于真正在动着的世界、流动的世界,虽然有敌阶级的欺诈,仍有认识的能力。

他们是革命的、能动的、动的,其理由,于此便明了了。又如德步林所说:"真正的存在,乃是未来。"

因此只有他们在未来可以看见光明,所以他们是很乐观的。现在只有黑暗,然而,一朝失了桎梏,将要获得全世界,这就是他们不知道厌世主义的所以然了。

最后我们要注意的,就是只有这一阶级直到尽头都是彻底的革命阶级。

> 在今日,与普尔乔亚对立的一切阶级中,只有普罗列塔利亚特是真实的革命阶级。其他的各阶级,因为大产业之故,衰颓了,灭亡了。普罗列塔利亚特就是这大产业的最特殊的生产物。
>
> 因为要从没落中去维持中间阶级、小工业者、小商人、职工、农民等等的存在,大家应该同普尔乔亚争斗。普尔乔亚不是革命的,是保守的,简直是反动的,他们想要逆转历史的车轮。——曼利斐斯特

又看——

　　普罗列塔利亚特之阶级的特殊地位,与其历史的使命之特质,就是他们彻底地主张自己阶级的利益。所以普罗列塔利亚[特]之阶级利益的实现,若不舍弃一般阶级利益(自其内部的特质)则不能实现。就是说,彻底的主张普罗列塔利亚特的自己阶级利益,必然的,要舍弃全阶级利益。——福本和夫

总括一句,普罗列塔利亚特,因为阶级的特质,有着从全体性去观察一切的能力。这与前面所述的"由内面的、联络的观察",同是一种在统一上去观察森林(全体)与树子(部分)的能力。

以上已略举普罗列塔利亚特的认识与世界观的特征。我们的文学是为它所限制,自不待言。我们的小说也站立在这种认识上。如以上所述的普罗列塔利亚特的特质,必须渗透在作品的内容描写。

关于日本与国际普罗列塔利亚特的现状,读者可在其他的刊行物、机关或由普罗列塔利亚[特]斗争的直接联合,于其协动之下,去了解它们的。

(四)

序论终时,我再把受这种意味决定的,我们作小说的态度,概括地说一下。

总之,普尔乔亚作家与我们的差异是很明显的。

普尔乔亚作家和 Journalism 有什么关系呢？有人说他们不过是被 Journalism 所操纵的玩偶罢了。他们是玩偶，服役于他们的阶级，服役于布尔乔亚，为他们奔走。

我们（普罗列塔利亚特的作家——译者加注）是站在什么关系上呢？

我们只是利用 Journalism，并不是在其中雀跃。有时 Journalism 也许给我们以好的待遇（这也是因为普罗列塔利亚特的阶级的压力之故）。但是，我们并不沉溺于其中。在待遇冷酷之时，我们的文学会冻死吗？不会冻死的，是同普罗列塔利亚特共同生存、共同争斗的。

所以，在原则上，于此组织之下，我们的作家不是借文学以得食，不能把文学当作职业。普尔乔亚不能不要 Journalism，可是没有它也并不打紧。将它当作商品，管它能销售不能销售！

如此这般，我们所守的乃是阶级利益。这与普尔乔亚的作家不同，我们是有意识地去干。但是他们不然。我们必须有确固的政治意见，当然，是有正当的普罗列塔利亚[特]的政治意见。有的在表面上看去好像是普罗列塔利亚特的政治意见。但在客观方面看，其实是被普尔乔亚的偏见弄歪了的（如今日的社会民主主义），抱着这种政治意见的假普罗列塔利亚[特]的艺术，我们是要彻底地和它争斗的。

我们的文学——小说，就是：

1. 与普罗列塔利亚[特]阶级的阶级利益直接连结。

2. 我们的文学，在这制度之下，并不单以胜过其他的文学为目的。

3. 普罗列塔利亚特胜利之日，才庆祝胜利。

4. 这种文学作家的我们，直到最后，是与新兴阶级——即现在才体现了真理的阶级，开始打开人类历史的阶级，为英勇的血战的阶级，与普罗列塔利亚特的运命共同奋斗！

二、普罗小说是什么？

（一）对说"这种东西不存在"的人讲

我们在序论里面，已经研究过"有什么样的社会的根据，把普罗小说的创作理论，拿来当作问题"这个答案，可申述如次。

普罗列塔利亚特（经过一定的期间，经过斗争的经验，意识自己是一阶级，立成为一个组织的）的现实的阶级利益，必须由自己的手去解决。文学——小说的问题，也必须由自己的手去解决，这乃是有创造意志的阶级之压力。我们继续观察普罗列塔利亚特的性质，则对于由它所规定的文学——小说的外貌，就可以知道了。

现在再拿普罗小说的内容来解剖，详细地研究，就是仔细去讨论小说的主题、表现形式、构成、文字以及标题等问题，这即是普罗小说作法的研究（我们的目的）。这个研究我们希望能够渐次地加深，把普罗小说放在实验台上去研究。最先的问题，就是普罗小说的正体是什么？可是在这个问题之前，还要解决一个问题，就是普罗小说为什么存在？

若不回答这个问题，则我们的研究便不能够前进，它是可以全部否定我们的研究的。

这个问题是由什么人发出的呢？是从两方面来的——一方面从布尔乔亚文学家而来，一方面从同志的阵营而来。

关于前者，在这里可以不必多说，一言以蔽之，他们否认艺术的阶级性，所以他们不承认普罗列塔利亚特阶级意识的艺术——小说的存在。但是对于这点，是有充分的反证的。总之，艺术是有着"感情之社会的组织"的职责，这是无论谁人，多少总得承认的。向来的社会，既然是支配阶级的社会，则他们的艺术，当然也是为支配阶级的艺术。同样的，现在的布尔乔亚也是支配阶级，而有他们自家的艺术文学。布尔乔亚的文学作家要忠实于他们的阶级，虽陷于认识不足，但是他们的艺术（小说）却如实地证明了他们的阶级性。即是，他们的小说，有时是布尔乔亚阶级与此阶级的随从者们的安慰物；有时虽也写普罗列塔利亚[特]为中心的被压迫的民众。但是那小说的目的，不过使作者朦胧，使作者离开现实而已，只消翻检他们的小说便可立即了然的。因此，他们抹杀艺术一般的阶级性，说普罗小说不能成立的推论之误，是用不着多说的了。

第二的见解——就是从我们的阵营里的人说出来的"普罗小说不可能论"，此说可大别为二：一是在革命后的俄国，一是在普罗列塔利亚特没有掌什么政权的日本。

在俄国有这个见解的人（代表者），是极左的杜洛茨基，他以为"成为文学的根底的文化"是不可能的。他在他的《文学与革命》里所阐发的要点如次——

一切文化的创造需要长久的经过。奴隶时代与封建时代的文化,是横亘几世纪才成就的。如果假定布尔乔亚[特]文化是从文艺复兴时代开始,则经过了约五世纪之久,由这个条件看来,自然生出问题。

就是——

普罗列塔利亚特果有成就普罗列塔利亚文化的时日吗?对于设想社会主义的世界忽然实现的乐观说,我们要对它们说,因为到达目的而生的社会革命的过渡期,如果将它看为世界全体的问题,就不是几个月的事,是非继续到几年几十年不可的,既然是几十年,当然不是几世纪的长时期,也自然不是几千年了——在这短的过渡期间,普罗列塔利亚特果能成就自己的新文化吗?

他这样的先说明成就普罗列塔利亚[特]的文化,时间是过于短了。又说——

况且,在这短的过渡期——即社会革命的时代是激烈的阶级斗争行着的时代,在这个时候,破坏是多于新建设的。

但是,过渡期终结,同时人类进了社会主义的王国,于此,未曾有的文化的创造便开始了,一切的阶级也没有了,因此普罗列塔利亚特也不存在。在这个时代创造的文化,带有超阶级的、全人类的性质。

所以,所谓普罗列塔利亚[特]文化,不单是现在不存在,在将来也是不存在的,期待这种文化的成就,是什么证据也没有的。普罗列塔利亚特掌握权力,则使阶级文化永远灭亡,不外是为全人类的文化开拓一条道路。

迈斯基氏在他的论文《文化·文学与共产党》里面,他反驳杜洛茨基如次——

在我们眼前的过渡期的继续,无论如何,不出半世纪吧。在这一点,我同主张"世界普罗列塔利亚[特]革命需要二十、三十、五十年"(见《文学与革命》一四〇页)的杜洛茨基同志是非常接近的。但是,如果设想这个期间,在创造自己的文化,以为过短,是可以的吗?称这个期间是介于资本主义的文化与社会主义的文化两个极端不相容的时代的一种"无文化"一带,是可以的吗?

我以为是不能够的,试引证二三个例来看。现代日本的全文化,是在五十年间发达了的。如俄国文的主要种类——文学、音乐、绘图、雕刻、演剧,最后是科学,等等,是约在百年间发达的;如文学、音乐、演剧等,在近来达到可惊的隆盛。但这是帝政俄罗斯时代的缓慢速度的发达。在今日,在现代的发狂似的速度的发展行程上,以半世纪的时间(骤然看去也许是长久的)构成从现代的胎内生长的新文化,可以说是很短的时间吗?这种主张我是极怀疑的。

但是,同志杜洛茨基还提出一个论证。问题不仅在"过渡期"短促一点,同时又说"过渡期与白热的阶级斗争始终,其间破坏较之新建设占更大的地位"。这个主张含有很多的真理,但是,其全体并非真理。不用说,将要走来的半世纪,是历史所无的冲突,与由此冲突而生的流血战争的时代,这是谁也不怀疑的。但是在这种地方,对于事件必须要有实际的考察。如果我们自己试把过渡期的光景在自己的面前具体地描画,则必要走来的阶级冲突与战争,并非连续的,又必非全般的,我们得了这个结论。恐怕横亘在世界战线上的平静的瞬间就要来吧。比较这点还要有利的,就是斗争的地理上的限制。例如,德国的革命是德人的紧张的主力,它在苏俄联邦的负担是很少的。日本的革命先要日本劳动者农民的双肩负担起来。但是德国在这个期间,对于日本的普罗列塔利亚[特]只须给予必要的一切援助,他们自己是能在比较的平静状态生活的。在这种情状,为新时代的文化创造,非有一定的力量与手段不可,而且一定可以寻得的。过渡期的斗争状态,多少足以使这种创造的飞跃窄狭,使它不甚丰润。然而它是一种的服务,我对于这种主张是赞成的。这种战争状态,能使创造偏狭,又把大大的流动性与变易性附加在创造上。但是,无论如何,新时代在不比半世纪短的继续期间,不能创造自己特殊的(仅在这个时代所有的)文化,是完全不会有的。

对于相同的这一点,1925年1月的第一次普罗列塔利亚[特]作家全联邦大会的决议,对于杜洛茨基的主张,曾严重地申说如次——

所谓由资本主义到社会主义的过渡时代,普罗列塔利亚[特]文学不能存在,在具体上是什么意味呢?这就是说与生活紧结的,正确地反映生活的文学不存在的意思吧。就是说掌握权力的阶级不存在,与此阶级有机地结连着的文学不存在吧。就是说积极地帮助普罗列塔利亚特引导社会向共产主义走的文学不存在吧。就是说在那时,艺术是站在生活之外的,站在阶级斗争之外的,而布尔乔亚能用强固的权力来提出艺术与政治的同权的理论(由政治而来的艺术的独立的理论)吧。

可是,杜洛茨基所说的"文化"的意义和我们的好像不同。为什么呢?他对于反驳他的许多说话,只是说"一切都是暧昧的不实的东西"而不放弃自己的说素,甚至于这样说——

> 正在准备着未来的伟大的文化之市民战,对于今日的文化是很不利的。由于十月革命的直接行动,便杀害了文学。诗人与艺术家都沉默了,这岂是偶然吗?不,正如以前所说的:剑戟响时,诗神沉默。因为要使文学苏生,休息是不可少的。

并且他对于十月以后的作家,又作这样的结论:"他们不是对于文学的发达着力,而是对于革命的生长着力。"从他的口中,漏出了只有中间派作家才可以挂上艺术家的名字,否定艺术的历史性与阶级性。

柯翰教授对于以上的见解不觉大怒,加以驳击——

> 文化一语,在习惯使用的、传统的意味上,不能够说它是普罗列塔利亚[特]文化吧。普罗列塔利亚[特]的最大的敌人,就是把获得权力的普罗列塔利亚特的地位拿来和18世纪末的布尔乔亚的地位相比较。在那一方面,是蓄积着封建制度的"富""经验""精神价值"的阶级掌握权力。在这一方面,是什么"富"也没有蓄积,什么"价值"也没有蓄积的阶级掌握权力。所以在这一阶级,在现在,不单是文化,还有很多的,如军事的、政治的、经济的忧虑。"剑戟响时,诗神便沉默",这种说话,是大误谬之一。又是在仅视服务于支配阶级的"精神的价值"才是文化,才是诗的时代,以

为这是真理的偏见之一。

于是便到了只有榨取阶级才有诗有文化的结论了。可是，连在贵族文学以外什么文学也不存在的农奴制的时代，那些贵族中最有教养的分子，还能在被压迫的农民阶级里，寻出了国民艺术的无尽藏的宝库。一切东西都有他自己的诗，不单是被压迫的阶级，在徒刑囚犯，那枷锁也使他的烦恼盖上了诗的形式，对于他们的生活与道德之成为美的形象并不妨害。在战场上，在困苦行军中的军队，也是有他们自己的文化与诗的。普洛列塔利亚[特]是有着自己的文化的，不单是自己的唯物论、历史观，与经济组织。刚只开始的两个世界的斗争，不仅是社会制度的斗争，又不仅是两种矛盾的道德体系的争战；乃是两个不同的心理的组织的战争，两个异形的人间的战争。

这种工作是长久地继续着吧。因为要理解这种工作，以及由这种工作而制造出来的价值是真的文化，没有受过去的（文化）分类、定义的支配之必要。

如果这种文学比较过去任何文化都优越，但这不是质的问题，乃是量的问题，为什么呢？在绝对的意味上，我们不知道历史上有一个固定的文化，一切文化常常是过渡的，仅在相对的意味上，能够把"封建文化"与"布尔乔亚文化"放在嘴上讲。

十月革命使人把许多传统的观念再拿来考查,使人把一般所承认的定义再加以本质的订正。在十月革命以后,"国家"一语,和以前含有法理的意识的内容是不相同的。称为 Democracy 的东西,全然是别一种意味;称为自由平等的东西,在现在则认做为支配阶级巧妙地组织了的暴压制度。在现在,对于文化的概念,已经是可以照这样加以订正的时代了。普罗列塔利亚特对于文化,对于直接实践所附带的理论,对于从行动成长同时组织"行动"的思想,对于使阶级(他们所服务的)的各个运动与各个努力能够意识,能使人感动的文学与诗歌——都有了新的观念。

对于杜洛茨基的理论,只消举出这几种反驳就足够了。总之,是是非非的桌上的争论,是不能得到什么解决的。从俄国的现状看来,在确已产生了的"普罗"的眼光里,达到"普罗"的究极的目的之一种手段——文学,它的现实的存在,就是对于否认这种文学而谬执于陈旧定义的杜洛茨基及其同党的最有力的反驳。

其次讲到日本的"杜洛茨基主义",这在日本只是时有倾向,并无充分发展的形式,可申论如次。

第一,现在日本普罗列塔利亚特的问题是政治权力,除此以外没有别的。所以艺术——文学的问题,并不是阶级的问题。

第二,日本普罗列塔利亚特,是在经济上的被榨取阶级。在资本主义的领域内,就文化来讲,不能高过应该破坏的支配的布尔乔亚。

所以只有旧文化破坏是我们的主力,新阶级文化——文学的建设是徒然的,只是曝露"小市民性"罢了。

第一种见解是过于单纯,用常用的话来说,不外是"幼稚病"的主张。为什么呢？惟其是把政治权力拿来当作问题,所以既成的,使民众麻醉的布尔乔亚文化——文学成了问题。从与他们相同的前提,我们有了正反对的结论。我们普罗列塔利亚特的"质的发展",使文学有成为问题的可能,这点已经在序论里说过了。他们从这种误谬的见解对于布尔乔亚文学,实际已经举起白旗屈服,并且眼看着布尔乔亚文学跳梁。

至于第二种见解,骤然看去,好像是真理,而且在某程度也是真实不虚的。在夺取政权以前的普罗列塔利亚特,不能够自由地把阶级文化拿来当作问题。可是,在一般上是正确的这种见解,实际不能不说是谬误,为什么呢？

日本的普罗列塔利亚特,并非孤立地行着自己的解放运动,这事使我们首先想到,在我们以为是最重要的,就是从国际方面,以曾经行着××的俄国的普罗列塔利亚特作中心,而实行我们的运动。俄国是怎样的呢？在那里,生产力突破了大战以前的水准,社会主义的建设正在进行,普罗列塔利亚[特]文化正现实地树立着,而且它成为世界××中的一种强有力的武器。俄国的这个建设进展,使得正与资本血战的万国普罗列塔利亚特的××的地位从根底改善。他们将在俄国得来的武器作为自己的东西,因为得了这种力量,在资本主义的社会里,能够和布尔乔亚文化充分地对立,并且现实地对立着。

根据上述,对于说普罗小说不存在的两方面的见解,都加以打击了。

已经从理论上证明了它的存在的普罗小说的正体,我们须加以观察,从表面渐渐地深入内部。第一,我们要先看普罗小说是怎样发展起来的。

(二)它是怎样发生发展的?

在这一节,我们应该从国际的见地,以俄国为中心,研究日本普罗小说的发达,才是正当的办法。但是,因为准备的不足与避开问题的复杂,只得专讲日本的,望阅者原谅。

关于内容的(即主题、技巧等)发展,放在后面详细讨论,现在专讲理论与运动的发展。

普罗小说,在它所服务的阶级没有产生以前,它是不能够生出来的,这是明明白白的事。和普罗阶级同时发生的普罗文学,它的萌芽,能在明治文学史里寻得。

以日俄战争为一区划而成为一大飞跃的日本资本主义,使得含孕着矛盾的阶级运动(还没有成为意识的)与社会主义运动,如飞跃似的进步。这种社会的事实,马上反映在文学里面,如像木下尚江在明治三十七年发表的"火之柱"与其后发表的《火宅》《墓场》《劳动》等,可以作例。只是因为阶级的运动还未发达,遂使这些作品多少成为非现实的(即空想的),甚至于带着宗教的色彩。

后来,社会主义运动,因为所谓"大逆事件",全国的、极端的,受了弹压,窒息死了。因此在小说方面,反动的东西很流行,而社会主义的文学，一时没有了踪影。

因为1914年到1918年的世界大战，打开了一条活路的日本主义的膨胀，必然地带来了阶级对立的深刻化与阶级对立的普遍化。加以大正六年(1917)11月俄国普罗列塔利亚[特]××的成功与及翌年日本全国的米荒暴动，使日本的思想界与文学界受了大动摇。在论坛上唱Democracy，在文坛上，于"为人类"的口号之下，扬着人道主义(在当时有着进步的意味)的"白桦派"，在当时开始活动。由此获得了力量，倾向于潜伏着的社会主义的文学忽然有力。大杉荣译了罗曼罗兰的《民众艺术论》，对于那时出现的民众艺术的提倡，给予一种指针。其他如加本特、杜那培儿、惠特曼、托尔斯泰等民众艺术家的介绍，盛行于当时的刊物。在大正九年(1920)社会主义同盟成立时，有小川未明、秋田雨雀、藤森成吉、江口涣诸人参加，文学与政治运动的接触，成为当时的兴味的中心。

据我们所知道的，那时还没有普罗文学——小说的名称。他们只是为抽象的人类的缘故，或进一步为民众的缘故，为贫穷的作工的人的缘故，便止步了。至于视为历史的阶级的近代普罗列塔利亚特，它的××的性质，并未尝得见。不仅在文学是如此，连成为文学的根底的社会的事实也是如此的。虽然有大正八年到大正十年间的劳动运动的激烈的××化，可是社会主义并没有和它们合派。这种现象，直到山川均氏的《无产阶级运动的方向转换论》的提倡出现为止，是继续着的。

以前，即十年十月三日，在秋田县土崎港发行的《播种人》是值得注目的。它真是替后来的普罗文学播下了种子。当这时,有社会主义倾向的文学,才结成为一个集团的运动,在阶级争斗里担任一件工作。《播种人》的指导精神,就是 Internationalism 与 anti-mililatarism。

后来《播种人》在东京发行,在喧嚣的文坛的冷嘲里,成为一种势力,使自己成形。但是必须注意的,因为他们以 Internationalism 与 anti-mililatarism 为旗帜,只要和这一点共通的,都可以做构成分子或是撰述人。换言之,他们之中,包含共产党、无政府主义者、布尔乔亚自由主义者、观念的民众主义者,还没有被一个有结合的××理论所贯穿,也没有和他们所服务的阶级有机地结合起来。

可是,那些指导理论家,为当时世界的××的潮流所刺激,因为普罗列塔利亚特的××之故,他们的文学是战斗的,为这个原因,他们把知识阶级送到阶级战的战线上,以及他们的主张,当然是不能否认的。在实际上,《播种人》的一团人,不单是只做文学的工作,对于俄国饥馑救济运动、防援会、对俄不干涉等运动,都用了相当的力量。并且又把许多有力的作家送到文坛上去。

《播种人》在大正十二年八月——即日本关车大震灾的前一个月陷入不能发行的状态,又因为大地震的机会,××阶级的反动政策奏了功效,与其他无产阶级运动同时,我们的文学在同年中也闭锁了。

但是,开始知道屈辱的阶级再起了。反复的,任何一种支配阶级的××,只要这个阶级存在,是不能够把反抗绝灭的。于是无产阶级运动复活,由于"普通选举"的运动得了力量,政党树立的要求勃起。用这些作为背景,普罗文学再得了势力。即是在大正十三年,以曾经散漫了的《播种人》的同志做中心，产生了《文艺战线》杂志。在这杂志出世的前后，又出了一种"战斗文艺"，与前者互相鞭挞。后来两者合并，加入别的构成分子，组织了日本普罗列塔利亚［特］艺术家联盟。在日本的艺术运动的严格意味上，这是最早的组织。他们不单是在文学上，也和演剧、美术等坚固地团结，向着他们所期望的目标前进。

后来，所谓无产政党，它的"全国单一性"被右派干部的策略与左派的误谬所破坏，遂分裂劳动农民党、社会民众党、日劳党、日本农民党等。文学运动在这个时候，也非明白地决定他们的政治的态度不可了。于是青野季吉便在大正十五年九月的《文艺战线》上发表了《自然成长与目的意识》的论文。

这篇论文，是普罗文学的方向转换论，内容的要点在高呼我们的文学，必须以"目的意识"（自然是完全××党的意识）来贯穿，是一篇有历史的意义的论文。后来在嚣嚣的议论声中，包含着杂色分子的日本普罗列塔利亚［特］艺术家联盟，便立在××主义的指导下，结果无政府主义者便从此脱离了。

但是，渐渐在文坛上占了大势力的普罗文学，不觉忘了他们所服务的阶级与运动，专由自己去图现在秩序的改革，似乎以作品为文坛承认为目的，生了这样的幻想。这是林房雄起草的发表于昭和二年二月号《文艺战线》杂志的纲领（These）。

以此为中心而起的论争，引起了分裂。就事实说，就是同年四月"普罗艺术家联盟"的分裂，劳农艺术家联盟的结成；同年 11 月"劳农艺术"的分裂,"前卫艺术家同盟"的组织。这些组织的背景是什么呢?我们仍不能不在普罗列塔利亚[特]政治运动中去求。即是,始终一贯的,不外是在文学部门里的战斗的Marx主义与左翼民主主义的争斗。结果左翼民主主义者(山川均一派)完全把"劳农艺术"放在自己的支配之下,借杂志《文艺战线》来行自己的政策。

与此对立的"普罗艺术家联盟"与"前卫艺术家同盟",现在因为相同地支持着×××××是不能分裂的,因为受了无产者新闻记者的忠告(艺术理论的差别,是可以当作同一个阵营内的问题而战斗),在反动的风暴发生的3月25日合而为一,组织了全日本无产者艺术联盟。渐次对于社会民主主义者的合法主义的文学,加以压迫。

在分裂骚然之时,我们的文学一点也没有衰颓。与日本全阶级战的深刻化同时,杀进了支配阶级的阵营里。试看当时在文坛上有势力的青年文学杂志《十字路口的马车》,成名的左倾作家的作品的发表,尤其重要的,是他们的作品能够有组织地、活泼地穿进了普罗列塔利亚特之中,等等,便可以明白了。

(三)无政府主义的文艺存在吗?

在前一章,我们知道在1926年(即大正十五年)末,普罗文艺运动才站立在共产主义的指导下,而无政府主义的文艺是脱离了。但是,无政府主义的文艺——小说虽完全脱离了普罗列塔利亚[特]阶级的战线,现在还可以看见有残留的事实。这事实是说明什么呢?离开了普罗阶级的无政府主义的小说是作为怎样的阶级层而存在的呢?我们在讲普罗文艺——小说创作的具体的问题之前,虽然麻烦,也得先把这两个问题解决一下。

现在,无政府主义的文艺,已经脱离了阶级战线了吗?先从这个问题讲起。

简单地说,在事实上,无政府主义的思想,无论在理论方面或实际方面都不能够成为普罗列塔利亚[特]阶级的(即全被压迫阶级的)武器了。我们没有在这里详细研究批评无政府主义的理论的余裕,也没有这种兴味或必要。

否定一切政治的权力、政治的争斗,专依赖直接行动与初步经济的争斗的无政府主义理论是非科学的,是空想的,没有什么××理论的价值,远在19世纪的时代,已经由马克斯、昂格尔斯先辈讨论得透彻了。

我们在实践上还可以看见许多证例。例如俄国革命,那样的大革命能够实行,并不是无政府主义者,而是被大众支持的共产党,这确是事实。今日世界各国,对于支配阶级,从正面加以猛烈的反抗,乃是在第三国际指导下的共产党,这也是事实。只举出这两点便足以证明了。德国有名的共产党革命家罗莎庯森堡对于俄国革命里的无政府党的行动,曾经说——

> 俄国好像是无政府主义的英雄的行动的实验场。因为普罗列塔利亚特绝对地没有握着政治的权利;在组织极弱的国家,有种种纠纷的利害的"国民层"的复杂混淆;国民大众缺乏教育;代替这些的,是支配者们的极端的××的××

的使用——这些事实,虽然没有长久间继续,但无政府主义便急激地产生出来了。

因此俄国是无政府主义的历史的发祥地,可是巴枯宁的祖国,又成了这种教义的葬埋地。俄国的无政府主义者,并没有站在大众罢业运动的前头,共产的行动与大众罢业的全政治指导权,是在社会民主主义(这是俄国无政府主义者视为布尔乔亚党而激烈反对的)的掌握中的,又或是在社会主义的诸团体(他们的一部,多少受了社会民主主义者的影响,或是与社会民主主义者近似——如社会××党的台洛尼斯特党)。无政府主义的存在,并没有视为俄国革命的重大的政治倾向。只是在发生困难事件(如劳动者里面各种不同的民族的混合、小规模经营的极端的散在的状态、酷烈地被压迫的普罗列塔利亚特等)的小都市,例如在比亚尼斯托克,七八个不同的××的集团之中。有极少数的未成熟的无政府主义者混在里面,极力助长劳动者间的混乱与纠纷,最后,在莫斯哥与其他二三个都市,有极少数的这种人在活动。

我们姑且把少数的××的集团搁置不提,究竟无政府主义在俄国革命中的实际的工作是什么呢?它不过是世上普通的盗贼与掠夺者的招牌,无数的窃盗与个人的掠夺行为之大部分都假"无政府共产主义"之名以行。这种行为,在一切的沽滞时期,一切的取守势的时期,如同对于××的混乱的波涛一般的涌起。在俄国革命里,无政府主义并不是斗争的普罗列塔利亚[特]的理论,只是反革命的不自觉的普罗列塔利亚特的思想的招牌罢了。他们那些不自觉的普罗列塔利亚特像一群鲛鱼似的,跟在革命战舰的后面游泳。同时无政府的历史的生命便告终结。

于此,我们能够明确地认识反映这种非"普罗"的"无政府主义"思想,意识地宣传"无政府主义的文艺"。小说,在各种意味上,早已不是普罗小说了,简直是反"普罗"的文艺。

更进一层,我们来讨论第二个问题。脱离了普罗文艺运动战线的无政府主义小说现在还存在,它们是痛骂共产主义的小说为"欺骗普罗列塔利亚特,是谋利的御用文艺"。他们的阶级的根据在什么地方呢?这个问题必须讨论。

这个问题,在这一章里,是最重要的。

他们,无政府主义的小说家们描写什么呢?描写的是,避开解放战线,自己的世纪末的苦闷,对于一切权力的无辨别的爆发的愤怒与反抗,空想的挫折与由此而来的绝望。不然,就是对于共产主义的反宣传。他们虽然把普罗列塔利亚特放在嘴上,但是不能够描写大众斗争与现实斗争的过程。

究竟这个事实是从什么地方来的呢?其起因,就是他们的阶级的根据。

在他们的头脑里面,空想着一个理想社会。如他们的教祖巴枯宁、克洛泡特金一样,一旦知道了自己对于现实社会的极穷困的"社会层"力量薄弱的时候,他们便马上坠入绝望的深渊了。其次,在社会的变革期,共产主义者视为必然过程,宣言有似铁一般节操的普罗列塔利亚特的××之时,他们(指无政府主义者)因为卑屈的个人主义之故,被恐怖、反感、憎恶驱使,于是又堕落成为夜盗之流。

这些思想,是在什么人的脑中发酵的毒菌呢?就是——最消极的个人的、动摇的、羸弱的、典型的知识阶级层;就是反动的 Intellgentia 的世纪末的、个人主义的、破坏的、非创造的、头脑极不健全的私生儿。我们在此处是专指无政府主义的文艺讲,因为无政府主义的劳动者中,虽然理论上有错误,但在××的情热上,还有少数的可以尊敬的人。这些人们,不久就走向共产主义这边来,回到普罗列塔利特的立场了。我们到现在已经看见了许多例证。文艺家之中,现在在"普罗作家同盟"里面也包含着不少的这种人。

所以现在的无政府主义文艺——小说,连保持自身纯洁都感困难了,在走向现社会(是反动的 Inelligentia 的,一切思想混杂的现社会)的绝望中,他们发现了好的伴随者——虚无主义、大大主义;在空想的天国之幻想中,有了堕落到浪漫主义与象征主义的倾向。无政府主义的小说,要脱离自然主义的领域,是不可能的。

以上,我们明白了无政府主义的文艺——小说是个什么东西,更可结论如次:

无政府主义文艺,在各种意味上,是反 Marx 主义的,是反普罗列塔利亚[特]的。无政府主义的文艺——小说,并不是作为××的武器的普罗文艺,并且是反××的文艺。换言之,是意识的或无意识的作为支配阶级武器的文艺。他们,正如洛莎氏所说,在文艺上无政府主义也是做的反××的行动的职务。

(四)农民的真正的小说是什么?

关于无政府主义的文艺,上面已经说够了。其次,再讲——农民的真正的小说是什么?

对于 Marx 主义文艺——小说扬着反旗的集群,还有一个残余着,就是农民文艺——小说的主张。

主张农民文艺——小说的人,从1926年以来,与无政府主义文艺的固执者们同时脱离普罗列塔利亚[特]文艺的阵营了。

他们在怎样的意味主张农民独自的文艺——小说呢?他们说——

在资本主义社会里,都会极端地榨取农村,使农村疲弊。据他们的意见,住在都会的人,即使是劳动者,决没有生产人类的生命的食粮,这些都是农民创造出来的,负着这种重要的人类使命的农民(占日本全人口约七成的多数的人),他们的生活是怎样的呢?所以应该用农村作为中心,以思量人类的解放;主张农民独自的、纯粹的文艺——小说,去宣传它。

诚然,骤看好像是正当的意见,尤其在农民,更要这么想。但是这是走到真正的农民文艺——小说的路吗?立在普罗文艺的地位的人,是否反对这意见呢?

马克斯主义者主张农民阶级应该站在普罗列塔利亚特的指导之下。这种见解,如果把它和前面的农民文艺一派的见解并合起来思量时,好像是矛盾的、错误的见解,我们其所以如此主张的原故,是因为要在确固的理论之下,立在资本主义社会之科学的解剖上,坚决地主张。

他们说,在资本社会里,农村被都市榨取,主张都市与农村对立。可是为什么必然地有这种结果呢,他们并没有深刻地考察,只是不爱使农村成为都会化。

在资本主义里面,我们看见了必然地生产出来的都市普罗列塔利亚特。只有普罗列塔利亚特是资本主义的掘墓人,是新社会的唯一的指导的建设者,这事我们已经看见了。(参看绪论)这是不可动摇的事实,苏维埃俄国与世界各国的解放运动,正在证明着。

可是,农民阶级是什么呢?在资本主义社会里,它占什么地位呢?这是有研究的必要的。研究这一点,对于主张农民独自的文艺的人们的见解的错误,随便也就可以明了。问题可以在诸君的面前解决。

这是一个很大很困难的问题,因为重大之故,在本文不能详说,希望诸君（尤其是农村的诸君），兼读其他的政治的论文，充分地去研究一下。用马克斯主义的见解做骨干，以自己的体验做筋肉，是可以发现我们的理论是决不错误的。现在我们再讲资本主义社会里的农民阶级的解剖。

近代资本主义社会，因为资本主义的生产（资本家阶级与劳动者阶级，即资本与赁银劳动的对立）是"支配的""基本的"，所以称它作资本主义社会。资本主义的生产与其他生产关系交错，成为复杂的形相，这是无可否认的。其中有封建的生产关系（从属的）残存着。还有构成资本主义社会的阶级，因各国的特殊状态而有不同，这是应该注意的。

以下再看农民阶级在现社会里究竟占如何的地位。

但是所谓农业，决不是同样的东西。例如美国、英国的农业与日本的农业，站立在不同的阶级关系。美国、英国的农业是充分发达的，（换言之，就是资本主义社会的充分发达）所以农业也从属在资本主义生产方法的下面，所以资本家的农企业家与农业劳动者，代替了地主与农民的阶级关系。因为站在资本家与劳动者的阶级对立关系上，不成为什么新的问题。日本就不是这样简单，在日本，农业的资本主义的发达是落后的。

农业的资本主义的发达迟缓，是封建的生产方法残留着的意味。封建的生产方法是什么呢？举一个例来说，日本的德川时代，封建诸侯与全农民的关系可称为典型的（Typical）。农民自有小小的土地，因为贡米而被榨取，在生产方法上，巨大的地主把农民当做农奴，而成立榨取关系。

在这种生产关系之下,农业发展生长,随着外部的商品生产与资本主义的发达,农业又作货币经济化、农业资本主义化的准备。与这事实相呼应,农民遂分为富裕农(农村布尔乔亚)与贫农两个阶级。因此,农业的布尔乔亚革命是必要的。即是,农业里的资本要素发展、生产方法与生产关系的变革是不然的,土地的分配关系之根本的变革是必然的。

举例来说,或是像法兰西革命时,扫除封建的地主,将土地分配给农民(当这时,富裕农们是很阔绰的);或是像英吉利那样,封建的地主依旧残存,小农民对于土地的占有权一概否认,由富裕农变成的小资本家的小作农者来大规模地经营,对于地主,不是付给像从来的封建的地价,而是付给资本家的地价。

但在日本则如何呢?

试看日本的农业,站在封建的小生产方法上的土地关系是支配的,大或中的地主是封建的榨取者,小土地所有者与无土地的农民与之对立,矮小地主与中农则浮动于中间,以这样的关系,形成了农村里的阶级关系。因农村的土地问题而成的农村阶级的对峙,在今日,就是大中地主与小土地所有者以下的贫农的对峙。并且,他们的对峙渐渐深刻化,贫农正成为革命的。

农民文艺的主张者将说:"不错,这样的解剖正是马克思主义的赐物。"他们与无政府主义的理论是合流的——"为什么革命的贫农,要在都市普罗列塔利亚特的指导与协力之下去争斗呢?农民自身可以在自由联合主义之下，实行独立的争斗！"

且慢，不错，农民是革命的。正如许多的例证明了的，日本的农民更其是革命的。不过，农民究竟有使资本主义改变的充分革命能力否？这是一个问题。

正如前面讲过的，对于农民的重要的根本问题是土地。因为"明治维新"的不充分的布亚乔亚革命，使日本的农民还残存于封建的革命之下。在今日，虽然有他们那些农民文学家们的绝望的叫唤，但是资本主义仍侵犯农村。他们称此事实为"都市的农村榨取"。虽然无力，他们也去护卫，想把历史拉转到过去，正继续着无效的努力。

照这样看来，假使如他们所说的，把农民的革命的 Energy 委之于农民自身，则结果如何呢？

依据上述，我们看见了农民的发展过程与现状。但在资本主义社会里，此农民阶级是什么性质的阶级呢？结局要谈到这一点。

在前面说过，农民阶级是封建制度的遗产。它与手工业者、小商人等同被称为过渡的阶级，是现在资本主义社会里的，正在急速地走着分解之过程的阶级。其物质的基础，是"小私有权"。农民阶级想得到土地，尽力地去反抗地主，所以，在反对共产这一点上说，地主与布尔乔亚是站在同一的立足点上。农民虽反抗地主，但是那反抗，是他们本身去否定资本主义吗？不是的，农民依然是小所有者，有小资产阶级的本质。他们的革命的 Energy 现在虽是如何强烈，得因布尔乔亚的土地问题的让步政策，会无端地冷却的。

纵令在表面上有程度相同的革命的 Energy，但对于普罗列塔利亚特(他是资本主义社会的彻底的批判者,因历史的必然性,打坏私有权者)之历史的使命,农民根本地和他们对立。不打坏私有权,则资本主义的变革不可能。

总之,如让农民这样过去,他们是常在布尔乔亚与普罗列塔利亚特二者之间浮动着的没落阶级。

追随于农民的革命的 Energy 的无政府主义者的理论是如何的可笑,可不言而喻了。

因此,我们正当地主张——

> 日本的农村人口的最大部分,是为封建的遗制所苦的小土地所有者与无土地的贫农大众。不过,封建的小农经营虽然残存,成为支配的货币经济是要逐渐破坏封建自然经济的。无土地的小作农在相当程度,不得已而从事商品生产,或从事任何种类的工银劳动。

在这种现状下,农村的阶级对立(大中地主与小土地所有者以下的贫农的对立),已经深刻化了。

土地在现在多已抵当了,并且资本由租税与流通之道去榨取贫农。贫农大众已和普罗列塔利亚特相结,而向××之道突进了。

没有普罗列塔利亚[特]的指导,不使布尔乔亚革命变为普罗列塔利亚[特]革命,则农民也不能真正地从资本主义、地主永久解放。

农民诸君非理解这真理而与普罗列塔利亚特结合不可。现虽有农民文艺主张者的悲号,但是日本革命的农民,已在普罗列塔利亚[特]协力之下,在普罗列塔利亚[特]党之下,展开了有力的争斗了。

我们再回到"真正的农民小说是什么"的问题。

仅有站在马克斯主义的见地上的农民的小说,才是真正的农民小说。

蒲哈林说得好——

> 在我们,农民文学是不可少的。我们应该指示一条路途,是不必说的。我们慢慢地(如教导农民那样的缓慢)注意其全部重量与特色,如同在别的一切意识的领域里一样。在文艺的领域里,应取用农民文学去引导农民解放的政策。

关于普罗列塔利亚[特]文学的"俄国共产党中央委员会的决议"中,其结论如次——

> 普罗列塔利亚[特]文学的内容的范围,应该是——在一切复杂之中,把握着现象;不踏蹈于一所工厂的门内,不是一个工会的文学,是率领数百万农民在自己的背后而争战的伟大阶级的文学。

现在,从日本的革命的农村,不可不现出真正的农民小说,而且是一定要出现的。

（五）要之，是政治的意见

我们对于布尔乔亚文艺，将我们的普罗文艺的态度，宣告如次——

> 我们所守护的，是阶级利益。这与布尔乔亚作家不同，意识地干着。我们有着确固的政治意见，有着正当的普罗列塔利亚特的政治意见。

在论及对于"说普罗小说不存在的人说"，对于"无政府主义的文艺""农民的真正的小说"等时，常依正当的政治意见去批判，使我们的文艺（小说）真能成为正当的普罗文艺。实根据此种"正当的政治意见"，只有坚守这"正当的政治意见"，我们才能够使我们的小说，成为较好的普罗文艺。

> 看去虽是普罗列塔利亚[特]的政治意见，但是在客观方面看，却是受了布尔乔亚偏见的影响（就是在我们的眼前的社会民主主义），我们和抱这种主义的冒牌普罗列塔利亚[特]艺术，也非彻底地争斗不可。我们的联盟和"劳农艺术"分裂，常和他们挑战，就是为这个原故。（译者按：这是作者引用"战旗"一派反对"文艺战线"一派的话，作者是属于"战旗"一派的。）

没有正当的普罗列塔利亚特的政治意见的作家的小说,果能成为技术优秀的冒牌的普罗小说吗?这一点是我们应该研究的。据我的意思,错误的政治意见,内容不用说了,甚至于技术都会受恶影响。(作家的才能一点也不能隐瞒)换言之,普罗列塔利亚[特]的写实主义,根本只有从正当的普罗列塔利亚特的政治意见才能得到。苟被错误的社会民主主义的政治意见所束缚,则那小说,根本的,全体的,决不能成为普罗小说。

(六)我们的小说行动的集团性

我们在正当的普罗列塔利亚特的政治意见之下,自己结合成为一个集团,我们更进一步,意识地在小说行动——艺术作品行动,形成组织的一个集团。

为什么呢?

因为要实行比较活泼而有效果的艺术作品行动——小说行动。

我们利用 Journalism。但是,我们仅仅利用 Journalism,并非在其中跳跃。

还有——

"布尔乔亚作家,能够缺少 Journalism 吗?我们是没有 Journalism 也行的。"为什么呢?

我们首先就是一个普罗列塔利亚特。我们成为普罗的实质,就是小说的焦点,具体地将它当作问题。这已不是 Journalism 所知的了。换言之,这乃是布尔乔亚作家和我们的决定的分歧点。用一切普罗列塔利亚[特]的方法(不管它合法不合法),我们使我们的小说,泛滥于我们的阶级。

因此,我们的小说行动有着组织的集团性。正因为如此,我们在我们的小说行动上,能够最有效果地去利用 Journalism,去克服它;能够和冒牌的普罗列塔利亚[特]小说、布尔乔亚小说对抗。由此在真正的普罗列塔利亚特的政治意见的影响下去获得读者大众。

原载《现代文学》,1930 年第 1 卷第 2 期,1930 年第 1 卷第 3 期,1930 第 1 卷第 4 期,1930 年第 1 卷第 5 期。署名:谢六逸 译

人名索引

Adam 158；亚当 142、154/亚当

Arthur Waley 37/阿瑟·戴维·韦利

Bacchus 55/巴克斯

Bergson 151/亨利·柏格森

Bizet 206/乔治·比才

C. G. Rossetti 62/克里斯蒂娜·吉奥尔吉娜·罗塞蒂（Christina Georgina Rossetti）

Dionysus（酒神）55/迪俄尼索斯

Edmond de Goncourt 173/埃德蒙·德·龚古尔

Edmund George 53

Edward Carpenter 158/爱德华·卡本特

Elektra 94/厄勒克特拉

Eve 156；夏娃 142、154/夏娃

Ezra Pound 37/埃兹拉·庞德

G. B. Robson 158

Gaia 神 58/盖娅(Gaia)

Hearst 284/威廉·伦道夫·赫斯特

J. C. Adams 53/约翰·切斯特·亚当斯(John Chester Adams)

John Dewey 158/约翰·杜威

Johnson 61;约翰生 65;约翰孙 260/塞缪尔·约翰逊

Jules de Goncourt 173/茹尔·德·龚古尔

L. Wiener 196

Madel 37

Moulton 158;毛尔顿 39/莫尔顿

P. Kropotkin 184;克洛泡特金 333/彼得·阿历克塞维奇·克鲁泡特金(Pyotr Alexeyevich Kropotkin)

Pope 151/蒲柏

Thomas Carlyle 48、258;卡莱尔 48;嘉莱儿 79、258/托马斯·卡莱尔

阿拉德里·鲁纳却尔斯基 121;鲁那卡尔斯基 106/阿纳托利·瓦西里耶维奇·卢那察尔斯基

阿岐直 250/阿直岐

阿其陌(Akib, The Assyrian) 185

阿斯登 101/威廉·乔治·阿斯顿

爱伦·坡 149;爱伦玻 79/爱伦·坡

爱马生(Emerson) 258、259;爱玛生 79/拉尔夫·沃尔多·爱默生

安得列夫 6;安得烈夫 8/列昂尼德·尼古拉耶维奇·安德列耶夫

安田 129

安子 67/饭河安子

岸田国士 110

昂格尔斯 311、330/恩格斯

巴尔沙克(Balzac) 170/巴尔扎克

巴枯宁 331/米哈伊尔·亚历山大罗维奇·巴枯宁

巴特尔斯 175

百达(Pater) 164/沃尔特·佩特

拜仑(Byron) 163、167/拜伦

般生 32/比昂斯滕·比昂松

坂上大孃 126/坂上大娘

包乐眉 65

保罗·维尔冷(Paul Verlaine) 149/保罗·魏尔伦

鲍删奎 19/伯纳德·鲍桑葵

北村寿夫 112/北村秀雄

北村喜八 110

贝德士教授 123

本居宣长 96

标尔 10

波乐丁 190；波罗丁(Borodin) 191/亚历山大·波菲里耶维奇·鲍罗丁

波特勒尔 149/夏尔·皮埃尔·波德莱尔

布加乔 74；布喜乔(Ciovanni Boccaccio) 71/乔万尼·薄伽丘

布朗 32

布勒德 188

采可夫司基(Tchaikovsky) 191/彼得·伊里奇·柴可夫斯基

仓田百三 108

藏原惟人 106

人名索引 / 347

曹雪芹 17

长与善郎 13、15

陈恭禄 123

陈望道 131、136

池谷信三郎 108

川端康成 107

次田润 90

村山知义 107

达纳 173

大伴阪上郎女 88/大伴坂上郎女

大伴家持 88、90、126

大伴旅人 88

大关格郎 110

大隈重信 111

戴克 50、262

但丁 87、260；但丁（Dante）260；檀丁 53；檀德 43；檀特 74/但丁

岛崎藤村 108、273、276

德步林 312/阿尔弗雷德·德布林

德富苏峰 247

德田秋声 11、108

底米特尼 196/季米特里·伊凡诺维奇

杜洛茨基 316、318、319、320、323/列夫·达维多维奇·托洛茨基

杜洛赛·戴克斯女士 298

杜那培儿 326

俄丁神(Odin) 260/奥丁

俄特西(Odessey) 22/奥德赛

额田王 88

恩田和子 299

房子夫人 67

费鸿年 47

弗洛冷兹·包依司夫人 298

浮海伦(Emile Verhaeren) 141/埃米勒·维尔哈伦

福本和夫 313

福劳贝(Flaubert) 170、171、174、175；弗劳贝 3、7；福劳贝 170、171、174、175/福楼拜

傅东华 131

冈田三郎 108

高尔该 57/高尔基

高晶素之 114/高畠素之

哥德 49、50、262、281；歌德(Geothe) 53、141；贵推(Goethe) 14、163；Goethe 262/歌德

哥我 173、174/柯罗

哥哥尔 8/尼古莱·瓦西里耶维奇·果戈理

哥梯(戈蒂埃,Gautier) 163/泰奥菲尔·戈蒂耶

哥尾其(Coleridge) 163/塞缪尔·泰勒·柯勒律治

格俄尔克·该撒 110/乔治·凯泽

格莱 39

格林 186/格林兄弟

格林卡(Glinka) 191/米哈伊尔·伊万诺维奇·格林卡

格林威耳 260/奥利弗·克伦威尔

葛冈满津子 299

葛西善藏 113

葛祖兰 251

龚古尔兄弟 5；龚枯耳兄弟 173；龚枯尔兄弟 175、176/龚古尔兄弟

古柏 65/詹姆斯·费尼莫尔·库柏

古德司密斯 65/奥利弗·哥德史密斯

古尔贝 174/居斯塔夫·库尔贝

谷崎精二 108

谷崎润一郎 108

顾颉刚 97

关口次郎 108

光仁天皇 87

国木田独步 276

哈卜特曼 176/盖哈特·霍普特曼

海痕(Heine) 163/海涅

海伦 185

何尔兹 176/阿尔诺·霍尔茨

和辻哲郎 96、257

荷马(Homer) 46、87、188

贺川丰彦 98

贺慕管 69

赫德森 33；黑德森 2、4、39/黑德生

赫尔麦斯 94/赫尔墨斯

黑岛传治 107

亨特 39/西奥多.W.亨特

横光利一 106、305

侯嬴 93

胡适之 30/胡适

胡愈之 47

花冈歌子 299

黄公度 123

惠特曼 14、141、149、326/沃尔特·惠特曼

吉田弦二郎 110

济兹(Keats) 72、163/约翰·济慈

加本特 326/卡彭特

加藤武雄 266、267

嘉村矶多 107

嘉龙 72

间宫茂辅 108

江口涣 108、326

江马修 108

劫特卜尼南(Chateaubriand) 163/夏多布里昂

杰克·伦敦 57

界利彦 114/堺利彦

今东光 107

久保田万太郎 108、111

久米正雄 108

久野丰彦 107

菊池宽 11、68、70、94、116、277

康司达卜儿 173、174/康斯坦布尔

柯翰教授 321/克拉克·克尔

可尔沙可夫(Korsakoff) 191/里姆斯基·科萨科夫

克尔巴特尼克 56

克拉司特(Kleist) 163/海因里希·冯·克莱斯特

克里细拉(Krishna of Indian folklore) 187/克里希纳

克洛特伯纳(Claude Bernard) 171/克劳德·伯纳德

孔子 125

库卜司基 195/安德烈·库尔布斯基

拉玛丁(Lamartine) 163/拉马丁

拉司金 18/约翰·拉斯金

莱因哈特 115/马克斯·莱因哈特

兰保特(Ramband) 188/朗博

勒卜条(Neptune) 186/尼普顿

勒姆卜南特 14

勒维支 301

勒幸 72/莱辛

黎遵义 247

李白(Lipo) 37;太白 145/李白

李格 72/J. M. 里格

李克生 65

李逵 8、54

李石岑 136

里见弴 11、108、109、111、116

立野信之 107

列宁 241、242、310;聂林 308/列宁

林房雄 107、328

林司基（Rimsky）191/里姆斯基·柯萨科夫

铃木彦次郎 108

刘大白 132

龙胆寺雄 107

娄芒夺夫（Lermontov）163/米哈伊尔·尤里耶维奇·莱蒙托夫

露司特姆（Rustem of Persia）185;鲁斯特姆 188/鲁斯塔姆

卢骚（J. J. Rousseau）160、162、169、170、260/卢梭（Jean Jacques Rousseau）

鲁迅 63、135

路麦尔登 106

路易十一世 195/路易十一

路易斯·李兹女士 298

罗丹 14/奥古斯特·罗丹

罗曼·罗兰 55;罗曼罗兰 326/罗曼·罗兰

罗莎房森堡 330/罗莎·卢森堡

罗司登（Ralston）188/罗尔斯顿

洛尔曼 187/诺尔曼

洛勒吉 72

洛曼罗夫一世 196/米哈伊尔·费奥多罗维奇·罗曼诺夫

马克斯 106、110、114、122、308、310、311、330、335、336、337、340/卡尔·马克思

玛拉尔麦 149/斯特芳·马拉美

玛勒 174/莫奈

玛利·魏克斯夫人 298

迈斯基 302、318/玛伊斯基

曼利斐斯特 308、309、312

梅里麦 94/普罗斯佩·梅里美

弥勒 173、174/米勒

米尔顿(Milton) 43、167/约翰·弥尔顿

缪梭司基(Mussorgsky) 191/穆捷斯特·彼得洛维奇·穆索尔斯基

谟罕默德 260/穆罕默德

莫泊三 2、3、5、7、44、157、174、176/莫泊桑

莫理斯·巴林 176/莫里斯·巴林

莫索尼里 110、111/贝尼托·阿米尔卡雷·安德烈亚·墨索里尼

木村庄三郎 107

拿破仑 44、45、168、210、260/拿破仑·波拿巴

纳司特 192/涅斯托耳

南部修太郎 108

南达 141

尼达耳 50、262

尼古那斯(Nicholas the Villager) 186/尼古拉斯

聂政 93

培根 92/弗朗西斯·培根

彭·约翰孙 141/本·琼生

彭斯 50、53、260、263/罗伯特·彭斯

皮尔斯 32/帕特里克·皮尔斯

片冈铁兵 107、301

片上伸 113

平林太依子 107

坪内士行 111

坪内逍遥 103、111、112

蒲哈林 303、340/尼古拉·伊万诺维奇·布哈林

普勒哈洛夫 106

普鲁勒梯耳(Ferdinand Bruntière) 175/费迪南·布吕内蒂埃

普希金(Pushkin) 163、191/亚历山大·谢尔盖耶维奇·普希金

契冲 90、126

千叶龟雄 92

前田河广一郎 111

浅原六郎 108

桥本英吉 107

勤子内亲王 126

青野季吉 328

秋田雨萑 326/秋田雨雀

秋子 269

犬养健 107

却而司·兰勃 72/查尔斯·兰姆

却仆曼 141

若山牧水 113

森田草平 108

沙德洛 187/沙狄科

莎弗克尔斯 94/索福克勒斯

莎士比亚(Shakerspeare) 23、18、52、103、111、112、260

山本有三 108、110

山部赤人 88、89

山川均 114、326、329

山上忆良 88、125

山田邦子 299

山田孝雄 125、129

杉村楚人冠 109

上司小剑 108

上田文子(上田万年博士) 112、115

神近市子 299

沈雁冰 47/茅盾

沈振寰 28

生田春月 142

生田花世 299

圣伯夫(C. A. Sainte-Beuve) 171、172/查尔斯·奥古斯汀·圣伯夫(Charles A. Sainte-Beuve)

圣特(G. Sand) 4/乔治·桑(George Sand)

施笃谟 32/汉斯·台奥多尔·沃尔特森·施托姆

十一谷义三郎 107

石滨金作 108

石川郎女 88

史屈恩日 13

柿本人磨 87、88/柿本人麻吕

狩谷掖斋 128/狩谷棭斋

舒明天皇 87

水谷胜 75

司德曼 141

司歌特 65；司各特（Scott） 163/沃尔特·司各特

司各特 39/司各特（密歇根大学修辞学教授）

司塔沙夫（V. V. Stasoff） 187/斯达索夫

司吐活夫人 43/哈里特·伊丽莎白·比彻·斯托

苔痕（H. A. Taine） 52、171、172、174、175/伊波利特·阿道尔夫·丹纳（Hippolyte Adolphe Taine）

泰戈尔 32

谭达斯 80

汤麦生·哈谛 66/托马斯·哈代

汤姆孙（Thomson） 46/约翰·阿瑟·汤姆森

陶司托夫司其 7；陀思妥也夫司基 13/陀思妥耶夫斯基

陶渊明 37

藤森成吉 108、110、111、326

梯旦 173/提香·韦切利奥

田山花袋 11、108、276

田中纯 11

屠格涅夫 43、157；杜格涅夫 149；杜介涅夫 2；杜瑾拿夫 5/屠格涅夫

土方与志 115

土居光知 53

土岐善磨 90、91

托尔斯泰 2、13、168、326

陀卜南亚尼肯其（Dobrynya Nikitch）186/多布雷尼娅·尼基季奇

王仁 250

威尔斯 46/赫伯特·乔治·威尔斯

威廉·阿彭爵士 46/威廉·奥彭

维廉·布莱克 201、202、204/威廉·布莱克

尾崎士朗 108

魏亦波 28

文采斯德 17、19；文齐斯德 39/温彻斯特

文章生英房 127

渥次华斯 32；渥尔斯华司（Wordsworth）163；渥士华司 141；渥斯华司（Wordsworth）20、170/威廉·华兹华斯

武松 8

武者小路实笃 59、67

西蒙司 72/西蒙斯

希尔芬丁 185

细田民树 107

下村千秋 108

夏目漱石 102、109

夏芝 32/威廉·勃特勒·叶芝

贤智 127

向恺然 250

小川未明 108、326

小岛政二郎 107

小谷 271

小山内薰 110、111、115

小松太郎 108

小仲马（Dumas Fils）4/亚历山大·小仲马

新居格 111

徐勒 49；西喇（Schiller）163/席勒

徐里曼 258

徐蔚南 131

许敦谷 183

许俄（Hugo）163/维克多·雨果

亚丁路德 260/马丁路德

亚里士多德（Aristotélēs）141、223

亚历山大王 185/亚历山大

亚洛司那娜 189；亚洛斯那娜 189、190/雅罗斯拉夫娜

亚尼西（Alexey）186/阿列克谢

亚司登 90/奥斯顿

亚脱·哈兰姆 259/亚瑟·亨利·哈兰姆

耶娃·金格女士 298

叶山嘉树 107

伊鄂 188、189、190、192/伊戈尔

伊里亚 186、187；伊尼亚（Iliyáof Murom）186；伊尼亚 186、188

易卜生 111/亨利克·易卜生

永井荷风 108、109

永田衡吉 110

有岛生马 108

有岛武郎 68、153、158

宇野浩二 108

宇野千代 107

羽左卫门 103、112

誉谢女王 88

豫让 93

原敬 111

约翰·特林瓦透 46/约翰·德林瓦特

约翰达克 44、45

约翰四世 195；约翰 196/伊凡四世

泽田正二郎 109、110

曾国藩 285

詹姆司（Richard James）196/理查德·詹姆斯

张伯伦 90/巴兹尔·霍尔·张伯伦

张岱 136

张文成 125

赵景深 28、32

真山青果 110

正宗白鸟 108

郑振铎 32、47；西谛 15、33/郑振铎

中村吉藏 110、111

中村星湖 108

中河与一 107

中里介山 109

中条百合子 106/宫本百合子

中野重治 106、107、306

周志新 182

周作人 136、257、267；岂明 96/周作人

朱自清 79

竹友藻风 37

竹越三叉 299

竹越竹代 299

竹中繁子 299

筑山 79

左拉（Émile Zola）2、169、170、171、172、173、174、175、176/爱弥尔·左拉

左团次 103、112、115/市川左团次

佐藤春夫 108

佐藤俊子 299

佐佐木茂索 107